CODE ZÉRO

KEN FOLLETT

Code Zéro

ROMAN TRADUIT DE L'ANGLAIS PAR JEAN ROSENTHAL

LAFFONT

Titre original :

CODE TO ZERO

Note : le lancement du premier satellite américain, *Explorer*, initialement prévu pour le mercredi 29 janvier 1958, fut reporté au lendemain. Raison invoquée : des conditions météorologiques défavorables. De quoi surprendre les observateurs présents ce jour-là à Cap Canaveral : un superbe soleil brillait sur la Floride. Mais, à en croire les autorités militaires, des vents soufflant à très haute altitude, les jet-streams, risquaient de compromettre le lancement.

Le jeudi matin, nouveau retard, pour le même motif.

Le lancement eut finalement lieu le vendredi 31 janvier.

« Dès sa création, la Central Intelligence Agency a consacré des millions de dollars à un vaste programme de recherches visant à mettre au point des substances chimiques et des méthodes capables d'inciter ou de contraindre des individus à commettre des actes, tenir des propos, révéler leurs secrets les plus intimes, voire à oublier sur commande leurs propres souvenirs. »

John Marks,
*The Search for the Manchurian Candidate :
The CIA and Mind Control*, 1979.

Première partie

5 heures

La fusée *Jupiter C* se dresse sur son pas de tir, dans la zone 26 de Cap Canaveral. Pour la soustraire aux regards indiscrets, elle est recouverte d'une immense bâche. La seule partie visible est le premier étage, que l'on connaît pour être celui du modèle *Redstone*. Le reste de l'engin, dissimulé sous son sarcophage, est de conception entièrement nouvelle.

Il se réveilla, affolé. Pis : terrifié. Cœur battant, souffle court, tous ses muscles étaient tétanisés. Après un long cauchemar, le réveil ne lui apporta aucun soulagement. Il eut le sentiment qu'une chose épouvantable venait de se produire. Quoi ? Il l'ignorait.

Il ouvrit les yeux. Une faible lueur provenant d'une pièce voisine lui permit de distinguer des formes vagues, familières et pourtant sinistres. A proximité, de l'eau coulait dans un réservoir.

Pour se calmer, il déglutit sa salive, s'efforça de contrôler sa respiration et tenta de mettre de l'ordre dans ses idées. Allongé sur un sol dur, il se sentait glacé, courbaturé, comme s'il avait eu la gueule de bois. Il avait la bouche sèche, la migraine et des nausées.

Il se redressa, tremblant de peur. De répugnants relents de détergent émanaient du carrelage humide.

Il reconnut une rangée de cuvettes. Il se trouvait donc dans des toilettes publiques...

Le dégoût l'envahit. Il avait dormi à même le sol. Que lui était-il arrivé ? Il fit un effort de mémoire. Il portait un manteau, de grosses chaussures, mais il avait l'étrange impression que ces vêtements n'étaient pas les siens. Sa panique première se transforma en une angoisse plus profonde, moins hystérique. Ce qui lui était arrivé devait être particulièrement grave.

Il lui fallait de la lumière.

En scrutant la pénombre qui l'entourait, il estima l'emplacement de la porte. Les bras tendus devant lui pour éviter les obstacles, il s'avança jusqu'à un mur et fit quelques pas de côté, explorant la paroi de ses mains. Il sentit une surface froide et lisse — sans doute un miroir —, puis un essuie-mains et un coffret métallique évoquant un distributeur automatique. En tâtonnant, il finit par trouver le commutateur.

Une lumière crue inonda des murs carrelés de blanc, un sol cimenté et une rangée de cabines dont les portes étaient restées ouvertes. Dans un coin s'entassait ce qui ressemblait à de vieux vêtements. Comment avait-il échoué là ? Que s'était-il passé la veille au soir ? Il n'en gardait aucun souvenir.

La panique le saisit à nouveau : *il ne se souvenait absolument de rien.*

Il serra les dents pour ne pas hurler. Hier... avant-hier... rien. Aucun souvenir. Il ne se rappelait même pas son nom.

Il se tourna vers les lavabos alignés devant un grand miroir. Dans la glace, il aperçut un vagabond crasseux, en haillons, les cheveux hirsutes, le visage sale, avec un regard de fou. Il examina ce personnage avant d'éprouver une sensation atroce. Poussant un cri, il recula d'un pas et ce mouvement se refléta aussitôt dans le miroir. Ce vagabond, c'était lui.

Incapable de contenir plus longtemps son angoisse, il hurla : « Qui suis-je ? »

Le tas de vieux vêtements bougea et roula sur le côté. Un visage apparut et une voix marmonna :

— Tu es un clochard, Luke, boucle-la.

Il s'appelait donc Luke.

Il accueillit cette nouvelle avec une gratitude pathétique. Un prénom, ce n'était pas grand-chose, mais c'était mieux que rien. Il observa son compagnon. L'homme portait un manteau de tweed en lambeaux, serré à la taille par un bout de ficelle. Son visage juvénile et mal lavé avait un air roublard. L'homme se frotta les yeux en murmurant :

— J'ai mal au crâne.

— Qui êtes-vous ? demanda Luke.

— Je suis Pete, tu ne le vois pas, espèce de demeuré ?

— Je ne sais pas... fit Luke en dominant sa terreur. J'ai perdu la mémoire.

— Ça ne m'étonne pas. Tu as vidé une bouteille de gnôle hier. C'est un miracle que tu n'aies pas complètement perdu la boule. (Il s'humecta les lèvres.) J'en ai bu à peine de ce foutu bourbon.

Du bourbon, voilà qui expliquait la gueule de bois.

— Mais pourquoi ai-je vidé la bouteille ?

— C'est vraiment la question la plus idiote que j'aie jamais entendue, fit Pete avec un rire moqueur. Pour te soûler, qu'est-ce que tu crois !

Luke, horrifié, découvrait qu'il était un clochard alcoolique qui couchait dans des toilettes publiques.

Une soif épouvantable le tenaillait. Il se pencha au-dessus d'un lavabo, tourna le robinet d'eau froide et but goulûment. Ragaillardi, il considéra une nouvelle fois son reflet dans le miroir.

Le visage était plus calme. Son regard n'était plus halluciné mais perplexe et consterné. La glace lui renvoyait l'image d'un homme d'une trentaine d'années, avec des cheveux bruns et des yeux bleus. Il n'avait ni barbe ni moustache, mais il était mal rasé.

Il se retourna vers son compagnon.

— Luke comment ? Quel est mon nom de famille ?

— Comment veux-tu que je sache ?

— Pourquoi suis-je ici ? Depuis quand ? Que m'est-il arrivé ?

— J'ai besoin d'un petit déjeuner, annonça Pete en se levant.

Luke se rendit compte qu'il avait faim lui aussi. Il se demanda s'il avait de l'argent. Il fouilla ses poches d'imperméable, de veste, de pantalon. Vides. Pas la moindre pièce de monnaie, ni portefeuille ni papiers, pas même un mouchoir. Rien...

— Je crois que je suis fauché.

— Sans blague. Allez, partons.

Luke lui emboîta le pas.

Quand il déboucha dans la lumière, il reçut un autre choc en découvrant une immense nécropole, déserte et silencieuse. Des banquettes d'acajou étaient alignées sur le dallage en marbre, tels des bancs d'église attendant une congrégation de fantômes. Tout autour de l'immense salle, sur un haut linteau soutenu par une enfilade de colonnes, de surréalistes statues de guerriers en pierre, portant casque et bouclier, montaient la garde. Au-dessus de sa tête, le haut plafond voûté était somptueusement décoré de caissons octogonaux dorés. Luke fut traversé par une idée folle : on l'avait sacrifié au cours d'une cérémonie rituelle qui l'avait laissé amnésique.

— Où sommes-nous ?

— A Union Station, Washington.

Un déclic se fit dans le cerveau de Luke. Tout s'éclairait. A la vue des murs sales, du chewing-gum piétiné sur le dallage, des emballages de bonbon et des paquets de cigarettes traînant dans les coins, il se sentit stupide. Il se trouvait dans une grande gare, avant l'afflux matinal des voyageurs. Il s'était fait peur tout seul, comme un enfant imaginant des monstres dans l'obscurité de sa chambre.

Pete se dirigea vers un arc de triomphe au faîte duquel on pouvait lire SORTIE, et Luke se précipita derrière lui.

Une voix hargneuse cria :

— Hé ! Hé, vous !

— Oh, oh, fit Pete en pressant le pas.

Un robuste gaillard sanglé dans un uniforme des chemins de fer fonça sur eux, bouillant d'une vertueuse indignation.

— D'où sortez-vous, tous les deux ?

— On s'en va, on s'en va, fit Pete d'un ton geignard.

Luke se sentit humilié d'être ainsi chassé par un employé bedonnant.

Mais l'homme continua :

— Vous avez dormi ici, hein ? lança-t-il. Vous savez que c'est interdit.

Luke était furieux qu'on lui fît la leçon, même

s'il le méritait : il avait bel et bien dormi dans ces foutues toilettes. Il ravala une réplique cinglante et força l'allure.

— Ce n'est pas un asile de nuit ici, poursuivit le préposé. Saloperies de clochards, foutez-moi le camp !

Il poussa Luke par l'épaule. Celui-ci se retourna brusquement pour affronter son adversaire.

— Ne me touchez pas. (La menace, proférée d'une voix calme, l'étonna lui-même.) Nous partons, alors pas besoin d'en faire un plat, est-ce clair ?

L'homme recula, apeuré.

— Allons-nous-en, dit Pete en saisissant son compagnon par le bras.

Luke eut honte. Ce type n'était qu'un crétin qui faisait du zèle. Un fonctionnaire des chemins de fer avait le droit d'expulser des vagabonds de la gare. Il n'avait aucune raison de le prendre de haut.

Ils franchirent la porte monumentale. Dehors, il faisait encore nuit. Hormis quelques voitures garées devant l'édifice, les rues étaient désertes. Il faisait un froid mordant, Luke serra ses guenilles autour de lui. C'était un matin glacial à Washington, on devait être en janvier ou février.

Il se demanda de quelle année.

Pete bifurqua à gauche, il semblait savoir où il allait. Luke le suivit.

— Où allons-nous ? demanda-t-il.

— Je connais une mission évangélique dans H Street où nous pourrons avoir un petit déjeuner gratis, à condition que tu acceptes de chanter un hymne ou deux.

— Je meurs de faim, je chanterais un oratorio entier.

Sans hésiter, Pete emprunta un dédale de rues bordées de logements sociaux. Aucune lumière aux fenêtres, les rideaux des boutiques étaient baissés, les vendeurs de sandwiches et les marchands de journaux n'avaient pas encore ouvert leur étal. Jetant un coup d'œil à la fenêtre d'une chambre fermée par de méchants stores, Luke imagina un homme dormant à poings fermés sous un amoncellement de couvertures, le corps tiède de sa femme blotti contre lui. Il l'envia. Il avait l'impression d'être à sa place ici, parmi ces gens qui, avant l'aube, rôdaient dans les rues glacées : l'homme en treillis qui gagne d'un pas traînant son lieu de travail, le cycliste emmitouflé dans son écharpe ; la femme qui fume dans l'intérieur d'un bus brillamment éclairé.

Il s'interrogeait sans cesse, avec angoisse. Depuis quand buvait-il ? Avait-il déjà essayé de se désintoxiquer ? Avait-il une famille capable de l'aider ? Où avait-il rencontré Pete ? Où se procuraient-ils de l'alcool ? Pete n'était pas loquace, et Luke réprima son impatience. Ce compagnon se montrerait peut-être plus bavard une fois son estomac rempli.

Ils arrivèrent devant une petite église plantée comme un défi entre un cinéma et un bureau de tabac. Ils entrèrent par une porte latérale et descendirent au sous-sol. Luke se retrouva dans une longue salle au plafond bas : sans doute la crypte. Il aperçut un piano droit et une petite chaire qui faisaient face à une cuisinière ; au milieu de la pièce, trois tables à tréteaux avec des bancs. Trois clochards s'y tenaient installés, chacun à une table, le regard dans le vide. Dans le recoin qui faisait office de cuisine, une femme boulotte touillait le contenu d'une grande casserole. Près d'elle, un homme avec une barbe grise et un col d'ecclésiastique leva la tête en souriant.

— Entrez, entrez ! dit-il d'un ton joyeux. Venez vous réchauffer.

Luke le considéra avec méfiance.

Il faisait chaud dans la pièce, une chaleur étouffante en comparaison de l'air glacé de l'extérieur. Luke déboutonna son imperméable souillé.

— Bonjour, monsieur Lonegan, dit Pete.

— Vous êtes déjà venu ? J'ai oublié votre nom.

— Je m'appelle Pete, et lui, c'est Luke.

— Deux disciples ! fit-il avec une bonhomie apparemment sincère. Vous arrivez un peu tôt pour le petit déjeuner, mais on vient de préparer le café.

Luke se demanda comment le pasteur Lonegan pouvait éprouver un tel plaisir à se lever à l'aube pour servir le petit déjeuner à une assemblée de fainéants à moitié abrutis.

Le pasteur versa du café dans de grands quarts.

— Du lait, du sucre ?

Luke ne savait pas s'il en mettait dans son café.

— Oui, merci, répondit-il à tout hasard.

Il prit le quart et but une gorgée. Le café était crémeux, écœurant et beaucoup trop sucré. Il supposa qu'en temps normal il devait l'aimer noir. Mais cela apaisa sa faim.

— Dans quelques minutes, nous allons dire une prière, annonça le pasteur, et quand nous aurons terminé, le fameux porridge de Mme Lonegan sera prêt.

Le pasteur Lonegan devait être un brave type qui aimait venir en aide à ses semblables.

Luke et Pete s'attablèrent. Luke examina son compagnon. Jusqu'alors, il n'avait remarqué que la crasse sur son visage et ses vêtements en loques. Il dut constater que Pete ne portait aucun des stigmates de l'ivrogne invétéré. Pas de couperose, pas de peau sèche qui pelait sur le visage, pas d'hématomes ni de coupures. Peut-être était-il trop jeune : dans les vingt-cinq ans, pas davantage. Sur son visage, une tache de naissance rouge sombre s'étendait de son oreille droite à sa mâchoire. Ses dents, jaunies par le tabac, étaient plantées de travers. Pour les dissimuler, à une époque où il se souciait encore de son apparence, il s'était laissé pousser la moustache. Luke devina chez lui une colère rentrée. Pete devait en vouloir au monde entier, à cause de sa laideur ou pour toute autre raison. A ses yeux, le pays courait à sa perte, ruiné par les immigrants chinois, les Noirs arrogants, et les milliardaires qui contrôlaient en secret la Bourse.

— Que regardes-tu ? demanda Pete.

Luke se contenta de hausser les épaules. Sur la table traînaient un journal ouvert à la page des mots croisés et un bout de crayon. Luke y jeta un œil distrait, se saisit du crayon et se mit à compléter la grille.

Peu à peu, d'autres clochards arrivèrent, et Mme Lonegan disposa les bols en tas, ajoutant une pile de cuillères. Luke séchait sur une définition : « Pas seulement au Danemark », en six lettres. Le pasteur Lonegan, se penchant sur son épaule, constata que la grille était presque terminée. Il haussa les sourcils d'un air surpris et murmura à sa femme : « Il y a plus de choses au ciel et sur la terre, Horatio, que ce qu'en peut rêver notre philosophie. »

Luke trouva aussitôt la solution : « Hamlet[1] ». Comment le savait-il ?

---

1. Hamlet veut aussi dire « hameau ».

Il déplia le journal et nota la date en première page : mercredi 29 janvier 1958. Un gros titre attira son regard : « PAS D'ALUNISSAGE EN VUE ». Il poursuivit sa lecture :

Cap Canaveral, mardi. A la suite de nombreux problèmes techniques, la marine américaine a renoncé aujourd'hui à sa seconde tentative de lancement de la fusée spatiale Vanguard.

Cette décision survient deux mois après l'échec cuisant du premier essai, au cours duquel la fusée explosa deux secondes après la mise à feu.

Les espoirs américains de lancer un satellite capable de rivaliser avec le Spoutnik *soviétique reposent maintenant sur le missile Jupiter conçu par l'armée de terre, et concurrençant la marine.*

On plaqua un accord strident sur le piano. Mme Lonegan jouait les premières notes d'un hymne. Accompagnée de son mari, elle se mit à chanter *Quel ami nous avons en Jésus*. De bon cœur, Luke se joignit à eux, ravi de pouvoir se rappeler les paroles.

Le bourbon avait d'étranges effets : il pouvait faire des mots croisés et chanter un hymne de mémoire, mais il était incapable de se souvenir de son nom de famille. Peut-être buvait-il depuis des années et souffrait-il de lésions cérébrales ?

Après l'hymne, le pasteur Lonegan lut quelques versets de la Bible, puis leur annonça à tous que le salut était à leur portée. Luke ne songeait nullement à s'en remettre à Dieu ; il avait d'abord besoin de retrouver son identité.

Le pasteur improvisa une prière, on chanta le bénédicité, puis les hommes se mirent en file et Mme Lonegan leur servit un porridge bien chaud avec du sirop d'érable. Luke en engloutit trois bols, qui le ravigotèrent et achevèrent de dissiper sa gueule de bois.

Impatient de reprendre ses questions, il s'approcha du pasteur.

— Cher monsieur, m'avez-vous déjà vu ici auparavant ? J'ai perdu la mémoire.

— Je ne crois pas, répondit Lonegan en le dévisageant longuement, mais je rencontre chaque semaine des centaines de gens et je peux me tromper. Quel âge avez-vous ?

— Je ne sais pas, dit Luke, conscient du ridicule de la situation.

— Je dirais une bonne trentaine. Cela ne fait pas longtemps que vous vivez à la dure : ça marque un homme. Votre démarche est souple, votre peau claire sous la couche de crasse, et vous avez l'esprit assez vif pour vous attaquer à des mots croisés. Si vous arrêtiez de boire maintenant, vous pourriez reprendre une vie normale.

Luke se demanda combien de fois le pasteur avait déjà tenu ce genre de discours.

— Je vais essayer.

— Si vous avez besoin d'aide, n'hésitez pas.

Un jeune homme qui semblait être un handicapé mental tapotait avec insistance sur le bras de Lonegan. Celui-ci se tourna vers lui avec un sourire bienveillant.

Luke s'adressa à Pete.

— Tu me connais depuis combien de temps ?

— Je ne sais pas, ça fait un moment que tu traînes par ici.

— Où avons-nous passé la nuit précédente ?

— Du calme ! Ta mémoire finira bien par revenir.

— Quand même ! Il faut bien que je découvre d'où je viens.

— Ce qu'il nous faut, c'est une bonne bière. Ça remet les idées en place.

Il s'apprêtait à sortir.

— Sans moi.

Luke avait mieux à faire que de lui tenir compagnie.

— A dire vrai, reprit-il, je crois que j'aimerais être seul un moment.

— Pour qui te prends-tu ? Pour Greta Garbo ?

— Je parle sérieusement.

— Tu as besoin de moi. Tu n'arriveras jamais à te débrouiller seul. Tu n'es même pas capable de te rappeler ton âge.

Mais Luke resta inflexible.

— Merci bien, mais tu ne me serais d'aucune aide pour découvrir qui je suis.

Pete abdiqua.

— C'est ton droit. A bientôt, peut-être.

— Peut-être.

Pete sortit. Luke serra la main du pasteur Lonegan.

— Merci pour tout.

— J'espère que vous trouverez ce que vous cherchez, dit le pasteur.

Luke remonta l'escalier et déboucha dans la rue. Il aperçut Pete sur le trottoir d'en face qui parlait avec un homme vêtu d'un imperméable en gabardine verte et coiffé d'une casquette assortie. Sans doute essayait-il de lui extorquer de quoi se payer une bière. Luke partit en sens inverse et tourna à la première rue.

Il faisait encore sombre. Luke avait froid aux pieds. Il réalisa qu'il ne portait pas de chaussettes et pressa le pas. Quelques flocons de neige se mirent à tomber. Il ralentit l'allure. Il n'avait aucune raison de se dépêcher. Peu importait qu'il marche vite ou lentement. Il s'arrêta pour s'abriter sous une porte cochère.

Il n'avait nulle part où aller.

6 heures

Un portique de lancement entoure la fusée sur trois côtés, la maintenant dans une armature d'acier. Ce portique est en réalité un derrick converti pour la circonstance et monté sur deux trains de roues opérant sur des rails à grand écartement. Avant le lancement, l'ensemble de la structure, plus haute qu'un hôtel particulier, sera déplacé à une centaine de mètres de là.

Elspeth se réveilla préoccupée : elle se demandait où était passé Luke.

Elle s'attarda un moment dans le lit, songeant à l'homme qu'elle aimait. Puis elle alluma la lampe de chevet et se dressa sur son oreiller.

Le décor de la chambre du motel évoquait un programme spatial. La table de chevet avait la forme d'un missile, et sur les murs, des gravures représentaient des planètes, des croissants de lune et des tracés d'orbites se découpant sur un ciel nocturne. Le Starlite était un de ces nouveaux motels qui avaient surgi par milliers en Floride, au milieu des dunes, dans le secteur de Cocoa Beach, à une douzaine de kilomètres au sud de Cap Canaveral, pour loger l'afflux croissant des visiteurs. Le thème de l'espace avait visiblement inspiré le décorateur, et Elspeth avait l'impression de coucher dans la chambre d'un garçon de dix ans.

Elle décrocha le combiné du téléphone posé sur la table de chevet et composa le numéro du bureau d'Anthony Carroll, à Washington. Pas de réponse. Elle fit son numéro personnel, sans plus de résultat. Etait-il arrivé quelque chose ? La peur l'envahit. Anthony était probablement déjà en route vers son bureau. Elle le rappellerait dans une demi-heure. Le temps qu'il effectue le trajet.

Tout en prenant sa douche, elle se remémora le jour où elle avait fait la connaissance de Luke et d'Anthony. A la veille de la guerre. Elle faisait ses études à Radcliffe. Les deux garçons étaient membres de la chorale ; Luke avait une belle voix de baryton, et Anthony faisait un superbe ténor. Elspeth, qui dirigeait la chorale de Radcliffe, avait organisé un concert avec les deux ensembles.

Tout en étant les meilleurs amis du monde, Luke et Anthony formaient un curieux duo. Tous deux étaient grands et athlétiques, mais leur ressemblance s'arrêtait là. Les filles de Radcliffe les surnommaient « le Monstre » et « le Prince charmant ». Luke incarnait le Prince, avec ses cheveux noirs et bouclés et ses costumes élégants. Affligé d'un nez proéminent et d'un menton en galoche, Anthony n'était pas beau, on avait toujours l'impression qu'il portait des vêtements d'emprunt, mais son énergie et son enthousiasme séduisaient les filles.

Elspeth ne s'attarda pas sous la douche. Enveloppée dans un peignoir, elle s'installa devant sa coiffeuse pour se maquiller, consultant du coin de l'œil la montre posée près du bâton de Rimmel.

La première fois qu'elle avait adressé la parole à Luke, c'était lors d'un raid effectué un soir dans le dortoir des filles par un groupe d'étudiants de Harvard, quelques-uns passablement éméchés. Ils s'étaient introduits par une fenêtre du rez-de-chaussée. Vingt ans plus tard, elle n'arrivait pas à croire que, pour ses camarades et elle, le pire était de se faire subtiliser leurs petites culottes. Le monde était-il plus innocent à l'époque ? Elle se souvenait qu'à l'instant où Luke avait fait irruption dans sa chambre elle se tenait assise devant une coiffeuse, vêtue d'un peignoir. Il suivait les mêmes cours de maths qu'elle, et, malgré son masque, elle l'avait reconnu à ses vêtements : une veste de tweed clair avec une pochette à pois rouges. Luke lui avait d'abord paru embarrassé. Elle avait souri, désignant du doigt la penderie, avant de préciser : « Le tiroir du haut. » Il avait attrapé une charmante petite culotte blanche bordée de dentelle. Elspeth en avait éprouvé un certain regret, car c'était la plus jolie du lot. Le lendemain, il l'avait invitée à sortir.

Elle s'efforça de se concentrer sur son maquillage. C'était plus difficile ce matin car elle avait mal dormi. Elle étala son fond de teint et choisit un rouge à lèvres de nuance rose saumon. Bien qu'elle eût obtenu un diplôme de maths à Radcliffe, elle devait toujours se présenter à son travail apprêtée comme un mannequin.

Elle brossa ses cheveux auburn, coupés à la dernière mode, au carré, légèrement retroussés, puis enfila rapidement une robe chemisier sans manches, à rayures vertes et brunes, et noua à sa taille une grosse ceinture en cuir verni marron.

Vingt-neuf minutes s'étaient écoulées depuis qu'elle avait composé le numéro d'Anthony.

Elle pensa au nombre 29. Un nombre premier, pas très intéressant. Tout ce qu'on pouvait en dire, c'était que $29 + 2 \times n$ était un nombre premier pour tous les nombres après 28. Elle calcula mentalement la série : 29, 31, 37, 47, 61, 79, 101, 127...

A la trentième minute, elle décrocha le combiné pour rappeler le bureau d'Anthony.

Personne.

Elspeth Twomey s'éprit de Luke dès le premier baiser.

La plupart des garçons de Harvard ne savaient pas embrasser. Soit ils vous meurtrissaient les lèvres en vous plaquant un patin brutal, soit ils ouvraient si grande la bouche qu'on avait l'impression d'être chez le dentiste. Quand Luke lui donna son premier baiser, à minuit moins cinq, dans l'ombre du dortoir des filles, il se montra aussi tendre que passionné. Il effleura sa bouche, ses joues, ses paupières et sa gorge. Le bout de sa langue s'inséra avec douceur entre ses lèvres, comme pour demander poliment la permission d'entrer. Elle n'eut même pas à jouer les mijaurées. Plus tard, seule dans sa chambre, elle s'était contemplée dans la glace en murmurant : « Je crois bien que je l'aime. »

Il y avait six mois de cela, et ce sentiment ne

cessait de croître. Ils se voyaient presque chaque jour. Tous deux étaient en dernière année. Ils se retrouvaient pour déjeuner ou pour travailler une heure ou deux. Durant le week-end, ils ne se quittaient guère.

Il était fréquent que des étudiantes de Radcliffe se fiancent l'année du diplôme à un étudiant de Harvard ou à un jeune professeur. Ils se mariaient au cours de l'été, partaient pour une longue lune de miel, puis, à leur retour, s'installaient dans un appartement. Ils commençaient à travailler et, un an plus tard, à peu de chose près, naissait leur premier bébé.

Mais Luke n'avait jamais parlé mariage.

Elle le considérait maintenant, assis à une table au fond du bar, chez Flanagan, en train de discuter avec Bern Rothsten, un grand gaillard à la moustache noire en bataille et aux airs de dur à cuire. Lui avait déjà obtenu sa licence. Luke avait perpétuellement des mèches brunes qui lui tombaient sur les yeux et il les repoussait machinalement de la main gauche. « Dans quelques années, lorsqu'il aura plus de responsabilités, il se mettra de la gomina sur les cheveux et perdra son air sexy », songea-t-elle.

Bern était communiste, à l'instar de nombreux étudiants et professeurs de Harvard.

— Ton père est banquier, déclara-t-il à Luke d'un ton dédaigneux. Tu finiras banquier toi aussi. Evidemment, tu trouves le capitalisme formidable.

Elspeth vit le sang monter aux joues de Luke. Son père avait eu récemment les honneurs d'un article de *Time* le présentant comme un des dix hommes devenus milliardaires depuis la crise. Il ne rougissait pas parce qu'il était un gosse de riche, mais parce qu'il adorait sa famille et qu'il n'aimait

32

pas que l'on critique son père. Furieuse, elle s'écria d'un ton indigné :

— Bern, on ne juge pas les gens sur leurs parents !

— D'ailleurs, reprit Luke, c'est une profession honorable. Les banquiers aident les gens à lancer des affaires et ils créent des emplois.

— Comme en 1929.

— Ils font tous des erreurs. Parfois, ils choisissent mal les gens qu'ils aident. Les soldats aussi font des erreurs — ils tirent sur les mauvaises cibles —, je ne t'accuse pas pour autant d'être un meurtrier.

Ce fut au tour de Bern de se vexer. Il avait fait la guerre d'Espagne — il était de trois ou quatre ans leur aîné — et Elspeth soupçonna qu'il se remémorait à cet instant quelque tragique méprise.

— D'ailleurs, ajouta Luke, je n'ai pas l'intention de devenir banquier.

Peg, la petite amie de Bern, une fille un peu tarte, se pencha en avant, captivée. Elle partageait avec Bern des convictions bien établies, mais pas son esprit mordant.

— Quoi donc, alors ?

— Je veux faire de la recherche.

— Quel genre ?

— Explorer l'espace, dit Luke en désignant le ciel.

Bern eut un rire méprisant.

— Les fusées spatiales ! Un rêve de collégien.

Elspeth vola une nouvelle fois au secours de Luke.

— Laisse tomber, Bern, tu dis n'importe quoi.

Bern étudiait la littérature française, et Luke semblait insensible à ses sarcasmes. Peut-être avait-il l'habitude de voir son rêve tourné en dérision.

— Je suis persuadé que ça arrivera, reprit-il. Et je vais te dire encore une chose. J'estime que, de notre vivant, la science en fera plus pour les gens que le communisme.

Elspeth se rembrunit. Elle aimait Luke, mais le jugeait politiquement naïf.

— Ce serait trop simple, déclara-t-elle. Les bienfaits de la science ne profitent qu'à une petite élite.

— Pas du tout. Les bateaux à vapeur ont amélioré la vie des marins et celle des passagers qui traversent l'Atlantique.

— As-tu jamais mis les pieds dans la chambre des machines d'un paquebot ?

— Oui, et personne n'y mourait de scorbut.

L'ombre d'une haute silhouette se dessina sur la table.

— Dites-moi, les enfants, avez-vous l'âge de consommer des boissons alcoolisées en public ?

C'était Anthony Carroll, habillé d'un costume de serge bleue dans lequel il semblait avoir dormi. Il était accompagné d'une personne à l'allure si remarquable qu'Elspeth ne put retenir un murmure d'étonnement. C'était une jeune fille menue, élégamment vêtue d'une courte veste rouge et d'une ample jupe noire ; des boucles de cheveux bruns jaillissaient sous un petit chapeau rouge agrémenté d'une visière.

— Je vous présente Billie Josephson.

— Vous êtes juive ? lui demanda Bern Rothsten.

— Oui, répondit-elle, étonnée d'être l'objet d'une question aussi directe.

— Alors vous pourrez épouser Anthony, mais

vous ne pourrez pas être membre de son club de tennis.

— Je ne suis membre d'aucun club, protesta Anthony.

— Ça viendra, Anthony, ça viendra, lança Bern.

En se levant pour leur serrer la main, Luke heurta la table avec ses cuisses et renversa un verre. Ce n'était pas dans ses habitudes d'être maladroit, et Elspeth remarqua avec un certain agacement qu'il semblait fasciné par Mlle Josephson.

— Quelle surprise, dit-il en la gratifiant de son plus joli sourire. Quand Anthony m'a dit qu'il sortait avec une certaine Billie, j'imaginais quelqu'un d'un mètre quatre-vingts avec une carrure de lutteur.

Billie éclata de rire et vint se glisser dans la niche auprès de lui.

— Je m'appelle Bilhah. Un prénom biblique. C'était la servante de Rachel et la mère de Dan. Mais j'ai passé mon enfance à Dallas et on me surnommait Billie-Jo.

Anthony vint s'asseoir auprès d'Elspeth en murmurant :

— N'est-ce pas qu'elle est jolie ?

Billie, se dit Elspeth, n'était pas à proprement parler jolie. Elle avait un visage étroit, un nez assez fort et des yeux bruns au regard intense. C'était l'ensemble qui frappait le regard : le rouge à lèvres très vif, l'angle du chapeau, l'accent texan et surtout sa physionomie particulièrement expressive. Tout en parlant à Luke, à qui elle racontait une anecdote sur les Texans, elle souriait, fronçait les sourcils, manifestant toute une gamme d'émotions.

— Très mignonne, dit Elspeth à Anthony. Je me demande pourquoi je ne l'avais pas remarquée.

— Elle ne sort pas beaucoup, elle travaille tout le temps.

— Comment l'as-tu rencontrée ?

— Je l'ai aperçue au musée Fogg. Elle portait un manteau vert avec des boutons de cuivre et un béret. J'ai trouvé qu'elle avait l'air d'un petit soldat de plomb tout juste sorti de sa boîte.

Billie n'avait pourtant rien d'un jouet, songea Elspeth. Elle paraissait plus dangereuse que cela. Un commentaire de Luke la fit rire. Elle lui donna une petite tape sur le bras comme pour le réprimander. Manifestement, elle lui faisait du gringue. Irritée, Elspeth intervint :

— Tu comptes ignorer le couvre-feu ce soir ?

Les étudiantes de Radcliffe étaient tenues de regagner leur dortoir à dix heures. Toutefois, ces jeunes personnes ne manquaient pas de ressources, et le règlement ne servait qu'à leur inspirer d'habiles subterfuges.

— Je suis censée passer la nuit chez une tante de passage qui a pris une suite au Ritz. Et toi, qu'as-tu raconté ?

— Rien du tout, j'ai seulement une fenêtre au rez-de-chaussée qui sera ouverte toute la nuit.

— En fait, reprit Billie en baissant la voix, je suis descendue chez des amis d'Anthony à Fenway.

Ce dernier prit un air penaud.

— Des amis de ma mère qui ont un grand appartement, précisa-t-il à Elspeth. Ne monte pas sur tes grands chevaux, ce sont des gens extrêmement respectables.

— J'espère bien, dit Elspeth d'un ton guindé.

Billie rougit.

Se tournant alors vers Luke, Elspeth ajouta :

— Chéri, à quelle heure est le film ?

Il jeta un coup d'œil à sa montre.

— Il est temps de s'y rendre.

Luke avait emprunté une voiture pour le week-end. Un coupé Ford vieux de dix ans, dont la haute silhouette détonnait auprès des carrosseries aérodynamiques des années 1940.

Luke pilotait avec brio la vieille guimbarde, y prenant un plaisir évident. Ils se dirigèrent vers le centre de Boston. Elspeth se demandait si elle ne s'était pas montrée trop garce avec Billie. Un petit peu, admit-elle, mais elle n'allait pas pleurer pour cela.

Ils se rendirent au cinéma Loew où l'on projetait *Soupçons*, le dernier film d'Alfred Hitchcock. A la faveur de l'obscurité, Luke passa son bras derrière la nuque d'Elspeth, et elle posa sa tête contre son épaule. Dommage, songea-t-elle, qu'ils eussent choisi un film évoquant un mariage aussi catastrophique.

A minuit, ils retournèrent à Cambridge et se garèrent devant le Memorial Drive, au bord de la rivière Charles, tout près du hangar à bateaux. Il n'y avait pas de chauffage dans la voiture. Elspeth remonta le col de fourrure de son manteau et se blottit contre Luke.

Ils discutèrent du film. Elspeth estimait que, dans la vie, le personnage incarné par Joan Fontaine, une jeune fille frustrée, élevée par des parents collet monté, ne serait jamais attiré par le bon à rien joué par Cary Grant.

— C'est bien ce qui l'a séduite. Parce qu'il était dangereux.

— Tu trouves les gens dangereux séduisants ?

— Terriblement.

Elspeth tourna la tête pour regarder le reflet de

la lune sur les eaux de la rivière. Billie Josephson entrait dans cette catégorie.

La sentant contrariée, Luke changea de sujet.

— Cet après-midi, le professeur Davies m'a annoncé que, si je voulais, je pourrais passer mon doctorat ici même, à Harvard.

— Qu'est-ce qui lui a fait dire cela ?

— Je lui ai confié que j'espérais entrer à Columbia. Il m'a répondu : « Pour quoi faire ? Restez donc ici ! » Je lui ai expliqué que ma famille était de New York, et il a lancé : « La famille ! Bah ! » Comme ça. A l'entendre, je ne pourrai jamais devenir un mathématicien sérieux si je me préoccupe à ce point de ma petite sœur.

Luke était l'aîné de quatre enfants. Sa mère était française. Son père l'avait rencontrée à Paris à la fin de la Première Guerre mondiale. Elspeth savait que Luke était très attaché à ses deux frères âgés d'une quinzaine d'années et qu'il adorait sa petite sœur de onze ans.

— Le professeur Davies est célibataire et ne vit que pour son travail, déclara-t-elle.

— As-tu jamais songé à obtenir ton doctorat ?

Elspeth sentit son cœur battre plus fort.

— Pourquoi donc ? (Lui suggérait-il de partir à Columbia avec lui ?)

— Tu es meilleure mathématicienne que la plupart des étudiants de Harvard.

— J'ai toujours souhaité travailler au Département d'Etat.

— Ça veut dire habiter Washington.

Elspeth était convaincue que Luke n'avait pas prémédité cette conversation. Simplement, il pensait tout haut. C'était bien d'un homme d'aborder tout à trac des questions qui risquaient d'affecter leur vie entière.

— As-tu déjà été amoureuse ?

Craignant de s'être montré trop direct, il s'empressa d'ajouter :

— Excuse-moi, c'est une question très personnelle et je n'ai aucun droit de te la poser.

— Bien sûr que oui. J'ai déjà été amoureuse. (Observant son visage éclairé par la lune, elle eut la satisfaction de voir une ombre de contrariété voiler ses traits.) J'avais dix-sept ans et, à cette époque-là, j'étais très politisée. Au cours d'une grève aux aciéries de Chicago, je me suis proposée pour porter des messages et préparer du café. Je travaillais pour Jack Largo, un jeune syndicaliste. J'en suis tombée amoureuse.

— Lui aussi ?

— Seigneur, non ! Il avait vingt-cinq ans et me traitait comme une gamine. Enfin... Il m'a quand même embrassée une fois. Nous étions seuls dans un bureau, occupés à ranger des tracts dans des cartons ; j'ai dit alors quelque chose qui l'a fait rire, je ne me souviens plus quoi. « Tu es formidable, Ellie », m'a-t-il dit — il faisait partie de ces hommes qui vous donnent toujours un diminutif. Là-dessus, il m'a embrassée sur la bouche. J'ai failli mourir de joie. Puis il a continué son rangement comme si de rien n'était.

— Je pense qu'il était effectivement amoureux de toi.

— C'est possible.

— Tu es restée en contact avec lui ?

— Non. Il est mort.

— Si jeune !

— On l'a assassiné. (Elle refoula ses larmes. Elle

ne voulait surtout pas que Luke s'imagine qu'elle était encore amoureuse du souvenir de Jack.) Deux policiers engagés par les aciéries l'ont entraîné dans une ruelle et l'ont battu à mort à coups de barre de fer.

— Seigneur !

— Tout le monde, en ville, connaissait les coupables, mais personne n'a été arrêté.

Il lui prit la main.

— J'ai lu ce genre d'histoires dans les journaux, mais cela ne m'a jamais paru réel.

— Ça l'est. Les aciéries doivent continuer à produire et les gêneurs se font éliminer.

— A t'entendre, on croirait que l'industrie ne vaut pas mieux que la mafia.

— Je n'y vois pas une grande différence. Mais ça n'est plus mon problème. J'ai déjà donné.

Au moment où Luke commençait à parler d'amour, voilà qu'elle avait stupidement détourné la conversation sur la politique. Elle s'empressa de faire machine arrière.

— Et toi ? As-tu jamais été amoureux ?

— Difficile à dire. Je ne sais pas exactement ce qu'est l'amour.

Une réponse typique de garçon.

Il l'embrassa à nouveau.

Elle aimait le caresser du bout des doigts pendant qu'ils s'embrassaient ; elle lui effleurait les oreilles, le contour de la mâchoire, les cheveux, la nuque. De temps en temps, il s'arrêtait pour la regarder, la dévisageant avec un petit sourire qui lui rappelait la réplique d'Ophélie disant de Hamlet : « Il aimait à scruter mon visage comme s'il voulait en faire le dessin. » Puis il recommençait à la couvrir de baisers, et elle s'émerveillait qu'il y prenne un tel plaisir.

Au bout d'un moment, il s'écarta d'elle en poussant un grand soupir.

— Je me demande comment les gens mariés font pour s'ennuyer. Ils peuvent ne jamais s'arrêter.

Elle était heureuse de l'entendre parler mariage.

— Ce sont peut-être leurs enfants qui les interrompent, fit-elle en riant.

— Tu voudrais avoir des enfants un jour ?

— Bien sûr.

— J'aimerais en avoir quatre.

Luke avait trois frères et sœurs.

— Garçons ou filles ?

— Les deux.

Ils se turent. Elspeth n'osait plus bouger. Le silence se prolongea. Puis il finit par se tourner vers elle, l'air grave.

— Que dirais-tu d'avoir quatre enfants ?

C'était la réplique qu'elle attendait. Elle eut un sourire ravi.

— S'ils étaient de toi, j'adorerais.

Il se remit à l'embrasser.

La fraîcheur tombait. Ils démarrèrent à regret en direction des dortoirs de Radcliffe.

Ils traversaient Harvard Square quand, au bord de la route, une silhouette leur fit signe.

— Ne serait-ce pas Anthony ? fit Luke, incrédule.

C'était bien lui. En compagnie de Billie.

Luke stoppa la voiture, Anthony s'approcha de la vitre.

— Content d'être tombé sur toi. Peux-tu me rendre un service ?

Billie se tenait derrière lui, frissonnante, renfrognée.

— Qu'est-ce que tu fiches ici ? demanda Elspeth à Anthony.

— Il y a eu un pépin. Mes amis de Fenway ont dû se tromper de date. Ils sont partis pour le weekend, et Billie ne sait pas où dormir.

Elspeth se souvenait que Billie avait raconté un mensonge à propos de l'endroit où elle devait passer la nuit. Maintenant, elle ne pouvait plus regagner son dortoir sans révéler la supercherie.

— Je l'ai emmenée jusqu'au Pavillon. (Il parlait du Pavillon Cambridge où il logeait avec Luke. A Harvard, on appelait « Pavillon » les dortoirs des garçons.) Je pensais qu'elle pourrait dormir dans notre chambre et que Luke et moi irions passer la nuit dans la bibliothèque.

— Tu es fou, dit Elspeth.

Luke intervint :

— Ça s'est déjà fait. Mais qu'est-il arrivé ?

— On nous a vus.

— Oh non ! s'écria Elspeth. (Pour une étudiante, être surprise dans la chambre d'un garçon était un motif de renvoi.)

— Qui vous a vus ? demanda Luke.

— Geoff Pidgeon et toute une bande.

— Bah, Geoff est un type convenable. Qui encore ?

— Je ne sais pas trop. Il n'y avait pas d'éclairage et ils étaient ivres. Je leur parlerai demain matin.

Luke acquiesça.

— Que comptes-tu faire ?

— Billie a un cousin qui habite Newport, sur Rhode Island. Pourrais-tu l'y conduire ?

— Quoi ? s'exclama Elspeth. C'est à quatre-vingts kilomètres.

— Et alors, c'est l'affaire d'une heure ou deux, observa Anthony, désinvolte. Qu'en dis-tu, Luke ?

— Pas de souci.

Elspeth savait qu'il accepterait. Dépanner un ami était pour lui une question d'honneur. Elle n'enrageait pas moins.

— Le seul problème, dit Luke, c'est... qu'il n'y a que deux places dans la voiture.

Elspeth ouvrit la portière et descendit.

— Je vous en prie, fit-elle d'un ton maussade.

Elle s'en voulait de réagir d'aussi mauvaise grâce. Mais elle ne supportait pas que Luke passe deux heures dans cette petite voiture en compagnie de la séduisante Billie Josephson.

Luke sentit son agacement.

— Elspeth, remonte, je vais te raccompagner d'abord.

— Pas la peine. Anthony s'en chargera. Billie a l'air gelé.

— Je ne sais pas comment te remercier, dit Billie en posant un baiser sur la joue d'Elspeth.

Elle grimpa dans la voiture et claqua la portière sans accorder le moindre salut à Anthony.

Luke fit un geste d'adieu et démarra.

Anthony et Elspeth restèrent plantés sur le talus à regarder la voiture disparaître dans l'obscurité.

— Merde ! cria Elspeth.

Sur le flanc de la fusée, de couleur blanche, on peut lire la mention « UE » inscrite au pochoir en lettres noires. C'est un code fort simple :

H	U	N	T	S	V	I	L	E	X
1	2	3	4	5	6	7	8	9	0

ainsi la fusée UE est-elle immatriculée « 29 ». Ce code a pour but d'éviter de fournir des indices sur le nombre d'engins produits.

Le jour se levait peu à peu sur la ville engourdie par le froid. Des gens sortaient de chez eux, plissant les yeux et serrant les lèvres pour se protéger des morsures du vent. Ils traversaient à grands pas les rues grises pour regagner la chaleur et les lumières vives des bureaux, des magasins, des hôtels ou des restaurants dans lesquels ils travaillaient.

Luke se mit à scruter le visage des passants. Peut-être croiserait-il son père, sa sœur, voire son fils. Il espérait sans cesse que l'un d'eux s'arrête, le serre dans ses bras et dise : « Luke, que t'est-il donc arrivé ? » A moins qu'un parent, l'ayant aperçu, ne fasse mine de l'ignorer. Peut-être faisait-il honte à sa famille ? A moins qu'ils n'habitent tous une autre ville ?

Déambuler en comptant sur sa bonne étoile ne servirait à rien. Il lui fallait procéder avec méthode.

La police devait bien posséder une liste des « Personnes disparues » avec leur signalement.

Il se souvenait d'être passé quelques instants plus tôt devant un commissariat. Retournant brusquement sur ses pas, il faillit heurter un jeune homme vêtu d'un imperméable olive avec une casquette assortie. Il eut le sentiment de l'avoir déjà vu. Ils échangèrent un regard, et Luke crut un instant qu'on l'avait peut-être reconnu, mais, gêné, l'homme détourna les yeux et poursuivit son chemin.

Ravalant sa déception, Luke tenta de retrouver sa route. Une tâche difficile car il avait cheminé au hasard. Mais il finirait bien par tomber sur un poste de police.

Tout en marchant, il essaya de recueillir des informations sur sa personnalité. Il avisa un homme de haute taille, coiffé d'un feutre gris qui allumait une cigarette avant d'en tirer une longue bouffée. Comme il n'éprouvait aucune envie de tabac, il en conclut qu'il ne fumait pas. En regardant les voitures, il comprit que les modèles bas et élancés qui lui paraissaient attirants étaient les plus récents. Il décida qu'il savait conduire et aimait les voitures rapides. Il reconnaissait aussi presque toutes les marques et les modèles. Enfin, il parlait l'anglais.

Son reflet entrevu dans une vitrine lui renvoya l'image d'un clochard d'âge indéterminé. En revanche, il pouvait donner un âge aux passants, les classant automatiquement en plus vieux ou plus jeunes que lui. En affinant sa réflexion, il se rendit compte qu'il considérait comme jeunes ceux d'une vingtaine d'années et comme âgés les quadragénaires : il devait donc se situer quelque part entre les deux.

Quoique modestes, ces victoires sur son amnésie lui procurèrent une grande fierté.

Il était maintenant complètement égaré. Il arpentait une rue aux boutiques clinquantes dont les devantures regorgeaient de soldes et de meubles d'occasion, entre des échoppes de prêteurs sur gages et des superettes minables. Il s'arrêta soudain et se retourna, ne sachant que faire. A trente mètres derrière lui, il aperçut l'homme à la casquette et à l'imperméable vert olive qui semblait absorbé par la vue d'un poste de télévision exposé dans une vitrine.

Luke fronça les sourcils. Serait-il suivi ?

Un homme chargé d'une filature était invariablement seul et s'encombrait rarement d'une serviette ou d'un sac ; il avait toujours l'air de flâner. L'homme à la casquette vert olive correspondait à ce signalement.

Il était facile de s'en assurer.

Luke avança jusqu'à l'extrémité du pâté de maisons, franchit la chaussée, puis, sur le trottoir d'en face, revint sur ses pas. En bout de course, il s'arrêta pour jeter un regard de droite à gauche. L'imperméable olive se tenait à trente pas derrière lui. Luke traversa une nouvelle fois la rue. Pour dissiper tout soupçon, il inspecta les portes comme s'il cherchait un numéro. Il revint sur ses pas jusqu'à l'endroit d'où il était parti.

L'imperméable ne le lâchait toujours pas.

Luke entrevit une lueur d'espoir. Cet homme qui le filait devait connaître des choses à son sujet : peut-être même son identité.

Pour en avoir le cœur net, il lui fallait emprunter un véhicule de transport et contraindre ce type à se déplacer par le même moyen.

Comment savait-il cela ? Avait-il travaillé dans la clandestinité avant de devenir clochard ? Il y réfléchirait plus tard. Pour l'instant, il devait trouver de quoi payer son ticket de bus. Il n'avait rien sur lui : il avait dû dépenser jusqu'à son dernier sou pour picoler. Mais de l'argent, il y en avait partout : dans les poches des gens, dans les magasins, dans les taxis, dans les maisons.

Il se mit à considérer d'un œil différent son environnement. Il vit des kiosques à journaux qu'il pouvait dévaliser, des sacs à main qu'il pouvait arracher, des poches où il pourrait glaner un peu de monnaie. Il repéra un café dans lequel un homme se tenait debout derrière le comptoir, tandis qu'une serveuse s'occupait des clients. L'endroit n'était pas pire qu'un autre. Il entra.

Son regard balaya les tables, en quête de pourboires abandonnés dans des soucoupes. Rien en vue. Un poste de radio diffusait des informations. « Selon les experts, l'Amérique a une dernière chance de rattraper les Russes dans la conquête de l'espace. » Le barman préparait un espresso, un panache de vapeur jaillissait du percolateur aux chromes rutilants et un délicieux arôme de café vint chatouiller les narines de Luke.

Comment un clochard s'y prendrait-il ?

— Vous n'auriez pas des beignets un peu rances ? s'enquit-il.

— Fous le camp, lança brutalement le serveur. Tire-toi.

Luke envisagea un instant de sauter par-dessus le comptoir pour ouvrir le tiroir-caisse, mais cela lui parut excessif. Après tout, il n'avait besoin que d'une petite somme pour prendre le bus. Il aperçut alors, à côté de la caisse, à portée de main, une tirelire dont l'étiquette représentait un enfant avec la légende : « N'oubliez pas ceux qui ne voient pas ». Luke s'avança de façon à masquer avec son corps la boîte aux yeux des clients et de la serveuse. Ne restait plus maintenant qu'à distraire l'attention du barman.

— Vous n'auriez pas une pièce ?

— Cette fois-ci, rouspéta l'homme, tu vas y avoir droit !

Il reposa bruyamment la cafetière et s'essuya les mains sur tablier, mais, pour quitter le comptoir, il dut se pencher, perdant le clochard de vue pendant une seconde.

Luke en profita pour s'emparer de la boîte et la faire disparaître dans les plis de son manteau. Il fut déçu de la sentir aussi légère, mais il entendit quand même tinter des pièces.

L'homme empoigna Luke par le col et le repoussa sans ménagement à travers le café. Luke n'opposa aucune résistance jusqu'au moment où, sur le pas de la porte, il reçut un violent coup de pied dans le derrière. Oubliant soudain son numéro de mendiant, Luke se retourna d'un bond, prêt à riposter. Le barman battit en retraite.

Luke s'interrogea sur les motifs de sa colère. Il était entré dans cet établissement pour faire la manche et n'avait pas déguerpi quand on l'avait prié de quitter les lieux. D'accord, le coup de pied ne s'imposait pas, mais il le méritait — et puis il avait volé l'argent des petits aveugles !

Ravaler son orgueil et filer sans demander son reste lui coûtèrent beaucoup.

Il s'engouffra dans une ruelle et, ramassant un caillou pointu, il se vengea sur la tirelire. Le couvercle sauta. Il fourra dans sa poche deux ou trois dollars en pièces de monnaie, remercia la Providence et fit le vœu de restituer ces trois dollars — « Non, trente dollars » — aux petits aveugles si jamais les choses s'arrangeaient pour lui.

Debout près d'un kiosque, l'homme à l'imperméable olive feuilletait un journal.

Un autobus stoppa quelques mètres plus loin. Luke ignorait sa destination. Le conducteur lui lança un regard mauvais mais accepta de le prendre.

— Je descends dans trois stations.

— Peu importe, ça fera dix-sept cents, à moins que vous n'ayez un jeton.

Il se sépara d'une partie de son butin.

Tout en se dirigeant vers la banquette arrière, il vit l'homme à l'imperméable s'éloigner, son journal sous le bras. Peut-être ne le suivait-il pas ? Dans le cas contraire, il aurait dû sauter dans un taxi.

Luke s'interrogea une nouvelle fois sur l'expérience qu'il semblait avoir de ce genre de choses. Appartenait-il à la police ? Ou cela avait-il un rapport avec la guerre ? Il savait qu'il y avait eu un conflit mondial. L'Amérique s'était battue contre les Allemands en Europe et contre les Japonais dans le Pacifique. Mais il n'arrivait pas à se souvenir s'il avait pris part aux combats.

Il descendit au troisième arrêt. Pas de taxi à l'horizon ni d'homme à l'imperméable vert olive. Mais il observa qu'un des voyageurs sortis en même temps que lui s'attardait sur le seuil d'une boutique pour allumer une cigarette.

Un homme de grande taille coiffé d'un feutre gris.

Luke était certain de l'avoir déjà vu.

7 heures

> Un simple plateau d'acier constitue le pas de tir. Il repose sur quatre pieds et comporte un orifice central par lequel passe le jet du moteur de la fusée. Placé sous la plate-forme, un déflecteur conique disperse les gaz de combustion.

Anthony Carroll roulait sur Constitution Avenue au volant de la vieille Cadillac Eldorado de sa mère. Il l'avait empruntée un an plus tôt pour rentrer à Washington depuis la propriété de ses parents, en Virginie, et ne l'avait jamais rendue. Entre-temps, sa mère avait sans doute acheté une autre voiture.

Il se gara sur le parking du bâtiment B. Cette rangée d'édifices, semblables aux casernements préfabriqués construits pendant la guerre, occupait l'espace vert entourant le Lincoln Memorial. L'ensemble était hideux, mais Anthony aimait cet endroit car il y avait travaillé durant la plus grande partie du conflit pour l'Office des Services Stratégiques, institution qui avait préfiguré la CIA. C'était le bon vieux temps : un organisme clandestin pouvait alors agir à sa guise, sans en référer à quiconque, exception faite du président.

La CIA était, à Washington, l'établissement fédéral qui connaissait l'essor le plus rapide. Sur l'autre rive du Potomac, à Langley, en Virginie, de gigantesques bureaux sortaient de terre. Un projet de plusieurs millions de dollars. A la fin des travaux, les anciens bâtiments seraient démolis.

Anthony était farouchement opposé à ce chantier, et pas seulement à cause des bons souvenirs qu'il gardait du bâtiment Q. La CIA occupait actuellement des bureaux dans trente et un immeubles du quartier administratif regroupé autour du Département d'Etat, ce qui lui avait valu le surnom de « Parc du brouillard ». C'était très bien ainsi, avait plaidé Anthony. Les agents étrangers avaient le plus grand mal à estimer l'ampleur et la puissance de l'Agence, tant que ses locaux se trouvaient ainsi éparpillés, sans rien pour les distinguer d'autres bâtiments officiels. Mais, quand le chantier de Langley serait terminé, il suffirait de passer devant en voiture pour en évaluer les ressources, les effectifs et même le budget.

Il n'avait pas obtenu gain de cause, le gouvernement étant résolu à mieux contrôler la CIA. Anthony estimait, quant à lui, que les activités d'espionnage restaient l'apanage des casse-cou et des aventuriers, comme pendant la guerre. Or, aujourd'hui, ronds-de-cuir et comptables avaient pris le pouvoir.

Il délaissa la place qui lui était réservée sous le panneau « Directeur des Services techniques », pour venir se garer devant l'entrée principale. Levant les yeux vers l'affreux bâtiment, il se demanda si sa démolition imminente marquait la fin d'une époque. Désormais, il sortait le plus souvent vaincu de ces empoignades avec les bureaucrates. Pourtant, il avait encore du poids au sein de l'Agence. Les

« Services techniques » désignaient par euphémisme la cellule « action », chargée des cambriolages, des écoutes téléphoniques, des expérimentations sur diverses drogues et autres activités illégales. On l'avait surnommée « le Service des coups bas ». Anthony devait sa position à la réputation qu'il avait acquise durant le conflit mondial et à plusieurs coups d'éclat opérés au cours de la guerre froide. Malheureusement, certaines personnes voulaient faire de la CIA ce qu'en imaginait le public, à savoir une simple agence de collecte d'informations.

« Plutôt mourir. »

Il comptait cependant des ennemis : des supérieurs froissés par son insolence, des agents incompétents dont il avait écarté les demandes de promotion, des scribouillards qui s'insurgeaient à la seule pensée que le gouvernement puisse mener des opérations clandestines. Au moindre faux pas, ceux-ci ne le rateraient pas.

Cette fois-ci, en tout cas, il avait pris de sérieux risques.

Il pénétra dans les locaux et porta son attention sur le problème de la journée : le Dr Claude Lucas, surnommé Luke, était l'homme le plus dangereux d'Amérique.

Anthony avait passé la plus grande partie de la nuit au bureau et n'était rentré chez lui que pour se raser et changer de chemise. Le gardien qui surveillait le hall parut surpris :

— Bonjour, monsieur Carroll... Déjà de retour ?

— Un ange m'est apparu dans un rêve et m'a dit : « Retourne au travail, paresseux. » Alors, bonjour !

Le gardien éclata de rire.

— Monsieur, M. Maxell est dans votre bureau.

Anthony se rembrunit. Pete Maxell était censé être avec Luke. Avait-il eu un problème ?

Il grimpa les marches quatre à quatre.

Pete était installé dans le fauteuil en face du bureau d'Anthony, encore déguisé en clochard, du cambouis dissimulant en partie la tache de naissance rougeâtre qu'il portait sur le visage. A l'entrée de son patron, il se leva d'un bond, visiblement paniqué.

— Que s'est-il passé ? demanda Anthony.

— Luke a décidé qu'il voulait être seul.

Anthony l'avait prévu.

— Qui a pris le relais ?

— Steve Simons, avec Betts en renfort.

— A-t-il recouvré la mémoire ?

— Non.

Anthony ôta sa veste et s'assit à son bureau.

L'homme assis en face de lui était un bon agent, compétent et prudent, même s'il manquait d'expérience. Sa loyauté était inébranlable. Tous les jeunes agents savaient qu'Anthony avait organisé personnellement un assassinat (ce genre d'exécution n'était pas fréquent) — celui de l'amiral Darlan à Alger, la veille de Noël 1942 — et le considéraient avec respect. Pete avait une raison supplémentaire de lui être dévoué : en remplissant sa demande de candidature, il avait menti, déclarant qu'il n'avait jamais eu affaire à la loi ; or Anthony avait découvert par la suite qu'à l'époque où il était étudiant à San Francisco, il s'était vu infliger une amende pour avoir eu recours aux services d'une prostituée. Pete aurait dû être viré pour ce délit, mais Anthony ne l'avait pas trahi et Pete lui en témoignait une reconnaissance éternelle.

Ce dernier se montrait consterné.

— Détendez-vous, dit Anthony d'un ton paternel, et racontez-moi ce qui s'est passé.

Soulagé, Pete se rassit.

— Il s'est réveillé comme un fou en criant : « Qui suis-je ? » Je l'ai calmé... mais j'ai fait une bourde. Je l'ai appelé Luke.

Anthony avait recommandé à Pete d'avoir Luke à l'œil et surtout de ne lui donner aucun renseignement.

— Peu importe... Ce n'est pas son vrai nom.

— Il m'a demandé alors qui j'étais, j'ai dit : « Je suis Pete. » C'est sorti naturellement : je voulais d'abord qu'il cesse de hurler.

Pete était vexé d'avoir à admettre ses bévues, mais tout cela n'était pas bien grave. Anthony écarta d'un geste ses excuses.

— Ensuite ?

— Je l'ai emmené à la mission évangélique, comme prévu. Il s'est mis à poser des questions. Il voulait savoir si le pasteur l'avait déjà vu.

— Ce n'est pas surprenant, observa Anthony. Pendant la guerre, c'était le meilleur d'entre nous. Il a perdu la mémoire, pas ses réflexes.

La fatigue commençant à le gagner, Anthony se frictionna le visage de la main.

— J'ai tout le temps essayé de le guider dans l'examen de son passé. Mais je crois qu'il a deviné. C'est là qu'il m'a dit qu'il avait envie d'être seul.

— A-t-il trouvé des indices ? Est-il tombé sur quelque chose qui pourrait le conduire à la vérité ?

— Non. Il a lu un article dans le journal à propos du programme spatial et il n'a eu aucune réaction.

— Personne n'a rien remarqué de bizarre chez lui ?

— Si. Le pasteur. Il a été surpris que Luke ait pu remplir une grille de mots croisés. La plupart de ces clochards ne savent même pas lire.

Tout cela allait poser des problèmes, mais pas insurmontables. Anthony reprit :

— Où est Luke maintenant ?

— Je ne sais pas, monsieur. Steve appellera dès que possible.

— Partez le rejoindre aussitôt. Quoi qu'il arrive, Luke ne doit pas nous échapper.

— Entendu.

Le téléphone blanc, sa ligne directe, se mit à sonner. Très peu de gens connaissaient ce numéro.

Anthony décrocha.

— C'est moi, fit la voix d'Elspeth. Que s'est-il passé ?

— Calme-toi. Tout va bien.

Haute de 22 mètres, la fusée pèse 28 tonnes sur l'aire de lancement. Le carburant constitue l'essentiel de son poids. Le satellite, lui, n'a que 65 centimètres de longueur et ne pèse que 8 kilos.

L'homme suivit Luke sur près de cinq cents mètres le long de la 8e Rue.

Désormais, il faisait grand jour et, malgré la foule de plus en plus dense, Luke n'eut aucune peine à repérer le feutre gris qui oscillait au-dessus de la tête des passants. Au-delà de Pennsylvania Avenue, le couvre-chef disparut. Son imagination lui jouait-elle à nouveau des tours ? Il s'était réveillé dans un monde déroutant. Cette prétendue filature pouvait n'être qu'un fantasme. Une minute plus tard, il aperçut l'imperméable olive qui sortait d'une boulangerie.

— *Encore toi*, murmura-t-il en français.

Pourquoi s'exprimait-il dans cette langue ? Il n'eut pas le loisir de s'interroger davantage. Deux personnes le suivaient en se relayant régulièrement. Des professionnels, à coup sûr.

Il essaya d'en saisir la signification. « Le Feutre »

et « l'Imperméable » pouvaient être des policiers : aurait-il commis un crime sous l'emprise de la boisson ? Assassiné quelqu'un ? A moins qu'il ne s'agisse d'espions, agents du KGB ou de la CIA, mais il voyait mal un pauvre type comme lui impliqué dans une affaire d'espionnage. Hypothèse plus vraisemblable : une épouse abandonnée depuis des années qui voulait obtenir le divorce et avait engagé des détectives privés pour trouver des preuves. Une Française ?

L'euphorie commençait à le gagner. Quels que soient leurs motifs, ces gens devaient en savoir long à son sujet.

Il décida de séparer les deux hommes pour s'attaquer au plus jeune.

Il pénétra dans un bureau de tabac et acheta un paquet de Pall Mall. Lorsqu'il sortit, l'Imperméable s'était éclipsé, remplacé par le Feutre. Il se dirigea à l'extrémité du pâté de maisons et tourna au carrefour.

Un camion de Coca-Cola était garé le long du trottoir, devant un petit bistrot ; son chauffeur déchargeait des caisses. Luke s'avança sur la chaussée et longea le véhicule pour se poster à un endroit d'où il pourrait surveiller la rue sans être vu des passants. Une minute plus tard, le Feutre apparut. Il marchait d'un pas décidé, inspectant les fenêtres et les portes cochères. Il le cherchait manifestement.

Luke s'accroupit et, roulant sous le camion, aperçut le pantalon bleu marine et les richelieus marron. L'homme pressa l'allure, persuadé que Luke s'était engouffré dans la rue voisine. Puis il revint sur ses pas, entra dans le bistrot pour en ressortir presque aussitôt, contourna le camion, remonta sur le trottoir et reprit sa marche. Quelques instants plus tard, il se mit à courir.

Luke était enchanté. Il ne savait pas d'où lui venait ce savoir-faire, mais il avait l'air de s'y entendre. Il rampa jusqu'à l'avant du camion et se redressa. Le Feutre s'éloignait à toutes jambes.

Luke se remit en route et tourna dans une rue proche. Il se campa devant une vitrine d'appareils électroménagers, prit une cigarette dans son paquet et fit le guet.

L'Imperméable apparut.

Il était grand — à peu près de la taille de Luke — et costaud, mais il paraissait dix ans de moins ; il se tenait sur ses gardes. Luke comprit qu'il avait affaire à un professionnel chevronné.

Il sursauta quand Luke vint planter son regard dans le sien. L'homme détourna la tête et reprit sa marche, en suivant le bord du trottoir comme pour l'éviter.

Luke lui emboîta le pas. Sa cigarette au bec, il demanda :

— Vous n'auriez pas du feu, mon vieux ?

L'Imperméable se ravisa.

— Bien sûr.

Il sortit une boîte d'allumettes et en craqua une.

Luke jeta sa cigarette et lui lança :

— Vous savez qui je suis, n'est-ce pas ?

Le jeune homme se montra désemparé. Tout entraîné qu'il fût, on ne lui avait sans doute pas appris à parer cette attaque. Il dévisagea Luke d'un air ébahi jusqu'au moment où l'allumette lui brûla les doigts.

— Je ne vois pas de quoi vous parlez.

— Vous me filez. Vous devez donc savoir qui je suis.

L'Imperméable joua les innocents.

— Vous vendez quelque chose ?

— J'ai l'air d'un vendeur ? Allons, pas de salade.

— Je ne vous file pas.

— Ça fait une heure que vous ne me quittez pas d'une semelle, alors que j'ignore où je vais !

L'homme changea d'attitude.

— Vous êtes cinglé, dit-il en essayant de partir.

Luke n'était pas disposé à lui céder le passage. Il l'empoigna par le revers de son imperméable et le plaqua violemment contre la vitrine. Il bouillait de rage.

— *Putain de merde !* s'écria-t-il en français.

L'Imperméable n'opposa aucune résistance.

— Lâchez-moi, dit-il sans élever le ton.

— Qui suis-je ?... Dites-moi, qui suis-je ?

— Comment voulez-vous que je le sache ? fit-il en attrapant Luke par les poignets pour se libérer.

Ce dernier saisit l'homme à la gorge.

— Assez de conneries. Tu vas me dire ce que tu me veux.

Ouvrant de grands yeux affolés, l'Imperméable se mit à frapper Luke au thorax. Ses coups faisaient mal. Luke encaissa et se colla à son adversaire pour amortir les chocs suivants. Puis il entreprit de l'étrangler. Le souffle coupé, l'homme paniqua. Derrière lui, Luke entendit la voix effarée d'un passant.

— Hé, que se passe-t-il ?

Soudain, Luke se fit horreur. Il était en train de tuer ce type. Il relâcha son étreinte.

L'Imperméable en profita pour se dégager. Luke était atterré. Ses mains retombèrent le long de son corps.

L'homme fit un pas en arrière.

— Espèce de dingue ! Vous avez tenté de me tuer !

— Tout ce que je veux, c'est la vérité.

L'Imperméable se frotta la gorge.

— Pauvre connard ! Vous avez perdu la boule.

Luke sentit la colère le reprendre.

— Vous mentez !

L'Imperméable s'enfuit.

Luke renonça à le poursuivre. A quoi bon ? Que ferait-il s'il coinçait ce type ? Il n'allait pas le torturer...

Trois passants s'étaient arrêtés pour observer la scène à distance. On le dévisageait. Il finit par s'éloigner dans une direction opposée.

« Beau travail, Luke. »

Il se retrouvait plus seul que jamais.

8 heures

La fusée *Jupiter C* possède quatre étages. Le premier, le plus volumineux, dérive du missile balistique *Redstone*. C'est un propulseur à haute performance, un moteur d'une poussée colossale, capable d'arracher la fusée à la formidable attraction de la pesanteur terrestre.

Le Dr Billie Josephson était en retard.

Elle avait aidé sa mère à se lever, à revêtir son peignoir d'intérieur et à installer son audiophone avant de l'asseoir dans la cuisine devant une tasse de café. Elle avait réveillé Larry, son fils de sept ans, en le félicitant de ne pas avoir mouillé son lit, et lui avait malgré tout conseillé de prendre une douche. Puis elle était retournée dans la cuisine.

Sa mère, une petite femme boulotte de soixante-dix ans surnommée Becky-Ma, écoutait la radio. Perry Como chantait *Catch a Falling Star*. Billie retira à son intention une tartine du grille-pain et la disposa sur une assiette avec du beurre et de la confiture de raisin. Pour Larry, elle remplit un bol de flocons d'avoine et de tranches de banane et l'arrosa de lait.

Elle fourra un sandwich au beurre de cacahuète dans le panier repas de Larry avec une pomme, une tablette de chocolat et une petite bouteille de jus d'orange. Elle mit le panier dans sa sacoche et y ajouta son livre de lecture et son gant de base-ball, un cadeau de son père.

A la radio, un journaliste tendait le micro à des touristes venus sur la plage voisine de Cap Canaveral. Tous espéraient assister au lancement de la fusée.

Larry entra dans la cuisine, ses chaussures délacées et sa chemise boutonnée de travers. Elle rectifia sa tenue, le plaça devant son bol de céréales et se mit à préparer des œufs brouillés.

Il était huit heures et quart et elle avait presque rattrapé son retard.

Le reporter interrogeait maintenant un porte-parole de l'armée.

« — Ces promeneurs ne courent-ils vraiment aucun danger ? La fusée pourrait dévier de sa course et venir s'écraser sur la plage.

— Impossible, affirma le fonctionnaire. Chaque fusée possède un mécanisme d'autodestruction. Dès qu'elle dévie de sa trajectoire, elle explose en l'air.

— Comment peut-on la faire exploser après son lancement ?

— Un signal radio, émis par l'officier responsable de la sécurité du tir, déclenche le mécanisme d'autodestruction.

— Ça n'écarte pas tout danger. En tripotant ses appareils, un radioamateur pourrait accidentellement actionner le dispositif.

— Ce dernier ne réagit qu'à un signal complexe, une sorte de code. Ces fusées coûtent trop cher pour que nous prenions le moindre risque. »

— Aujourd'hui, annonça Larry, j'aimerais fabriquer une fusée spatiale. Est-ce que je peux emporter mon pot de yaourt à l'école ?

— Pas s'il en reste la moitié, lui répondit sa mère.

— Il faut bien que je trouve des récipients ! Mlle Page sera furieuse si je n'en apporte pas.

Et, avec la brusquerie d'un enfant de sept ans, il étouffa un sanglot.

— Pourquoi as-tu besoin de récipients ?

— Pour fabriquer une fusée spatiale.

— Larry, soupira Billie, combien de fois faudra-t-il te demander de ne pas attendre la dernière minute ?

— Qu'est-ce que je vais faire ?

— Je vais te trouver quelque chose. Nous mettrons le reste du yaourt dans un bol et... De quoi as-tu besoin exactement ?

— De quelque chose en forme de fusée.

Billie se demanda si les enseignants songeaient parfois au travail dont ils accablaient les mères déjà débordées. Après avoir fouillé partout, elle finit par dénicher un paquet de détergent, un flacon de savon liquide en plastique, un carton de glace à la vanille et une boîte de chocolat en forme de cœur.

La plupart des emballages proposaient de charmants décors : le plus souvent, une gracieuse mère de famille, deux gosses resplendissants de santé et un père qui fumait sa pipe à l'arrière-plan. Ces stéréotypes l'horripilaient. Elle n'avait jamais vécu dans une telle famille. Son père, un modeste tailleur de Dallas, était mort quand elle était bébé, et sa mère avait peiné pour élever ses cinq enfants. Billie, elle, avait divorcé quand Larry n'avait que deux ans. Il existait des tas de foyers sans homme, avec une mère veuve, divorcée ou célibataire. Mais ces familles-là n'illustraient jamais les boîtes de corn flakes.

Elle fourra tous les emballages dans un sac à provisions que Larry emporterait à l'école.

Son petit déjeuner avait refroidi, mais le gamin était aux anges.

On klaxonna devant la porte, et Billie jeta un rapide coup d'œil sur la porte vitrée du buffet pour vérifier son apparence : un bref coup de peigne à ses cheveux noirs et bouclés, le Rimmel qu'elle avait oublié d'ôter la veille au soir pour tout maquillage, un chandail rose trop grand... L'ensemble n'en était pas moins séduisant.

La porte de derrière s'ouvrit pour livrer passage à Roy Brodsky. Roy était le meilleur copain de Larry, et ils se saluèrent avec de grandes démonstrations de joie. On aurait pu croire qu'ils s'étaient perdus de vue depuis une éternité.

Roy était suivi de son père, Harold, un bel homme aux yeux marron emplis de douceur. Harold Brodsky était veuf : sa femme était morte lors d'un accident d'auto. Harold enseignait la chimie à l'université George Washington. Billie et Harold sortaient souvent ensemble. Il lui jeta un regard éperdu d'adoration et dit :

— Tu es superbe !

Elle sourit et lui posa un baiser sur la joue.

Comme Larry, Roy avait un sac à provisions bourré d'emballages.

— Toi aussi, dit Billie à Harold, tu as dû vider la moitié des cartons de ta cuisine ?

— Eh oui... J'ai une petite boîte de savon en paillettes, une de chocolat et une autre de fromage à tartiner. Sans oublier les six rouleaux de papier toilette dont j'ai gardé les cylindres en carton.

66

— Bon sang, je n'y aurais jamais pensé !

Il éclata de rire.

— Je me demandais si tu accepterais de dîner chez moi ce soir.

— Tu ferais la cuisine ?

— Pas exactement. Je comptais demander à Mme Riley de préparer un ragoût ; je pourrais le réchauffer.

C'était la première fois qu'il l'invitait à dîner chez lui. La plupart du temps, ils allaient au cinéma ou se rendaient à des concerts de musique classique ou à des cocktails entre universitaires.

— Roy va ce soir au dîner d'anniversaire d'un cousin. Il y restera la nuit. Cela nous permettra de bavarder sans être interrompus.

— Entendu, fit Billie, songeuse.

Ils pouvaient discuter à leur aise dans un restaurant. Harold avait une autre raison pour l'inviter chez lui en l'absence de son fils. Elle le regarda. Il avait un air franc : il savait très bien ce qu'elle avait en tête.

— Excellente idée, ajouta-t-elle.

— Je passerai te prendre vers huit heures. Venez, les garçons !

Il entraîna les enfants par la porte de derrière. Larry partit sans dire au revoir. C'était bon signe. Chaque fois qu'il était soucieux ou qu'il couvait Dieu sait quoi, il lambinait et s'agrippait à ses jupes.

— Harold est un homme bien, dit Becky-Ma. Tu devrais l'épouser avant qu'il change d'avis.

— Rien ne t'échappe, n'est-ce pas, maman ?

— Je suis vieille, mais pas idiote.

Billie débarrassa la table et jeta son petit déjeuner à la poubelle. Puis, pressant le mouvement, elle défit les lits, le sien et ceux de Larry et de sa mère, et mit les draps dans un sac de linge sale. Elle le montra à Becky-Ma.

— N'oublie pas, tu as juste à remettre ça au blanchisseur quand il viendra, d'accord, maman ?

— Je n'ai plus de comprimés pour mon cœur, annonça sa mère.

— Bon Dieu !

Elle jurait rarement devant sa mère mais, là, elle n'en pouvait plus.

— Maman, j'ai une journée chargée aujourd'hui au bureau et je n'ai pas le temps de courir à la pharmacie !

— S'il n'y en a plus, ce n'est pas ma faute.

Le plus exaspérant chez Becky-Ma, c'était la façon dont elle passait du rôle de mère perspicace à celui d'enfant désemparé.

— Tu aurais pu me le dire hier ! J'ai fait des courses ! Je ne peux pas aller dans les magasins tous les jours, je travaille, figure-toi.

Becky-Ma éclata en sanglots.

— Pardonne-moi, maman.

Le téléphone sonna. Billie tapota affectueusement l'épaule de sa mère et décrocha. C'était Bern Rothsten, son ex-mari. Malgré leur divorce, ils entretenaient de bonnes relations. Il venait deux ou trois fois par semaine voir Larry et contribuait sans rechigner à son éducation. Billie lui en avait voulu jadis, mais c'était une affaire classée.

— Oh, Bern... Tu t'es levé tôt.

— As-tu des nouvelles de Luke ?

— Luke Lucas ? fit-elle, prise au dépourvu. Non... Pas récemment. Il est arrivé quelque chose ?

— Ça se pourrait.

Etudiants, Bern et Luke se lançaient dans d'interminables et âpres discussions. Mais, tout au long de la guerre, ils étaient demeurés proches.

— Qu'est-il arrivé ?

— Il m'a appelé lundi. J'ai été un peu étonné, car il ne donne pas souvent de ses nouvelles.

— Ça fait bien deux ans qu'on ne s'est vus.

Pourquoi avait-elle laissé leur amitié dépérir ainsi ? Elle ne se rendait jamais disponible.

— J'ai reçu un mot de lui l'été dernier, reprit Bern. Il lisait mes livres au gosse de sa sœur. (Bern était l'auteur des *Jumeaux terribles*, une série d'ouvrages destinée aux enfants.) C'était une lettre charmante.

— Pourquoi t'a-t-il appelé lundi ?

— Pour me prévenir qu'il venait à Washington et qu'il voulait me voir. Qu'il s'était passé quelque chose.

— Quoi, au juste ?

— Je l'ignore. Il m'a simplement dit : « C'est comme pendant la guerre. »

Luke et Bern appartenaient alors à l'OSS. Ils faisaient du renseignement derrière les lignes ennemies et conseillaient la Résistance française. Mais ils avaient cessé ce genre d'activité depuis 1946 — enfin, c'est ce qu'on racontait.

— Que voulait-il te signifier ?

— Je n'en ai pas la moindre idée. Il a ajouté qu'il me contacterait une fois à Washington. Il est descendu lundi soir au Carlton Hotel. On est mercredi, et il ne s'est toujours pas manifesté. Il n'a pas couché dans son lit hier soir.

— Comment le sais-tu ?

— Billie, tu as été aussi à l'OSS. A ma place, qu'aurais-tu fait ?

— J'aurais donné deux billets à la femme de chambre.

— Voilà ! Eh bien, il s'est absenté toute la nuit et il n'est toujours pas rentré.

— Et s'il était allé faire la noce ?

— J'en doute.

Luke avait une forte libido, mais ce qu'il recherchait c'était l'intensité, non la diversité, Billie était bien placée pour le savoir.

— Rappelle-moi si tu as de ses nouvelles, reprit Bern. D'accord ?

— Je n'y manquerai pas.

— A bientôt.

— Au revoir.

Billie raccrocha et s'assit à la table de la cuisine. Elle avait oublié ses corvées, elle ne pensait plus qu'à Luke.

La nationale 138 serpentait à travers le Massachusetts jusqu'à Rhode Island. La vieille Ford n'avait pas de chauffage. Emmitouflée dans son manteau, son écharpe et ses gants, Billie s'en moquait. Elle aurait enduré bien pire pour rouler durant deux heures à côté de Luke Lucas, même s'il était le petit ami d'une autre. Elle jugeait les beaux garçons vaniteux, mais celui-là semblait faire exception.

Certains étudiants de Harvard se révélaient nerveux au contact des jolies filles ; ils fumaient trop, buvaient trop, et n'arrêtaient pas de se lisser les cheveux ou de rajuster leur nœud de cravate. Lui se montrait détendu et capable de tenir une conversation tout en conduisant.

Ils évoquèrent le conflit qui faisait rage en Europe. Le matin même, dans la cour de Radcliffe, des groupes d'étudiants rivaux avaient distribué des tracts. Les interventionnistes plaidaient en faveur de l'entrée en guerre de leur pays, tandis que les partisans de « l'Amérique d'abord » soutenaient avec une égale ferveur la thèse opposée. Un petit attroupement s'était formé : étudiants et professeurs des deux sexes. La certitude que les garçons de Harvard seraient parmi les premières victimes du conflit avait enflammé les débats.

— J'ai des cousins à Paris, déclara Luke. J'aimerais aller là-bas pour les sauver. Mes raisons sont personnelles.

— Les miennes aussi, parce que je suis juive. Mais, plutôt que d'envoyer des Américains en Europe, je préférerais ouvrir nos frontières aux réfugiés. Sauver des vies au lieu de tuer des gens.

— Anthony est du même avis que toi.

— Tu ne peux pas savoir combien je lui en veux. Il aurait dû s'assurer que nous pourrions rester dans l'appartement de ses amis.

Elle espérait entendre un mot de réconfort.

— Je trouve que vous vous êtes montrés aussi désinvoltes l'un que l'autre.

Il la désapprouvait.

— Tu défends ton copain, c'est normal. Mais c'était à lui de protéger ma réputation.

— A toi aussi.

— Tu penses que c'est ma faute ?

— Disons que tu as joué de malchance. Et qu'Anthony y a contribué.

— Sans doute.

— Tu l'as laissé faire.

Très sévère, décidément.

— En tout cas, on ne m'y reprendra plus.

— Anthony est un chic type, intelligent, un peu excentrique.

— Il attend surtout des filles qu'elles s'occupent

de lui, lui brossent les cheveux, repassent ses affaires et lui préparent un bouillon de poule.

Luke s'esclaffa.

— Puis-je te poser une question personnelle ?

— Essaie toujours.

Leurs regards se croisèrent un bref instant.

— Es-tu amoureuse de lui ?

C'était direct. La réponse fut sincère.

— Non. Je l'aime bien. J'apprécie sa compagnie, mais je ne suis pas amoureuse de lui.

Elle songea à la petite amie de Luke, Elspeth, l'étudiante la plus belle du campus, une grande fille avec de longs cheveux cuivrés, à la peau très claire, au visage volontaire. Une princesse scandinave.

— Et toi ? Amoureux d'Elspeth ?

Son regard revint vers la route.

— Je ne sais pas ce qu'est l'amour... Même si, pour être franc, je n'en ai jamais été aussi près.

Elle eut un petit pincement de regret.

— Je me demande ce que diraient Anthony et Elspeth d'une telle conversation.

Il toussota d'un air gêné.

— Dommage que tu sois tombée sur ces types au dortoir.

— J'espère pour Anthony qu'on ne s'en apercevra pas. Il risque le renvoi.

— Toi aussi.

Elle s'était efforcée de ne pas y penser.

— Je ne crois pas qu'on m'ait reconnue. « Une pétasse », a dit l'un d'eux.

Il lui lança un coup d'œil éberlué. Ce mot ne devait pas faire partie du vocabulaire d'Elspeth.

Agacée, Billie décida d'y aller carrément.

— Et toi ? dit-elle. Tu n'as pas mis Eslpeth dans le pétrin, ce soir ?

Elle fut surprise de l'entendre rire de bon cœur.

— C'est vrai, je me conduis comme un idiot. Nous avons tous pris des risques.

— Et moi, je ne sais pas quel sera mon avenir si je me fais exclure.

— Tu poursuivras tes études ailleurs, j'imagine.

— Non. J'ai obtenu une bourse d'études. Mon père est mort, ma mère est veuve et sans ressources. Si je suis renvoyée pour mauvaise conduite, je n'aurai aucune chance de décrocher un nouveau soutien financier. Ça t'étonne ?

— Eh bien... J'avoue que tu ne t'habilles pas comme une boursière.

Elle fut flattée qu'il ait remarqué sa toilette.

— D'un autre côté, poursuivit Luke, ça n'a rien de catastrophique. Il existe des tas de gens qui n'ont pas terminé leurs études, ça ne les a pas empêchés de devenir milliardaires.

— Pour moi, ce serait la fin du monde. Je n'ai pas envie d'être milliardaire ; soigner les malades est ma seule ambition.

— Tu veux être médecin ?

— Psychologue. Je veux comprendre comment fonctionne l'esprit humain.

— Tiens...

— C'est tellement mystérieux... La logique, le mécanisme de la pensée, l'aptitude à se représenter quelqu'un qui n'est pas là, devant nous... Les animaux en sont incapables. Et la mémoire ? Sais-tu que les poissons n'ont pas de mémoire ?

— Et pourquoi se fait-il qu'à peu près n'importe qui puisse discerner une octave musicale ?

— Toi aussi, tu trouves ça intéressant !

Elle était ravie qu'il partage sa curiosité.

— De quoi est mort ton père ?

La gorge de Billie se serra. Chaque fois, le chagrin la submergeait. Elle se défendait de pleurer, mais sa tristesse était si aiguë qu'elle la rendait muette.

— Désolé. Je ne voulais pas te peiner.

— Tu n'y es pour rien... Il a perdu la tête. Un dimanche matin, il est parti se baigner. Le problème, c'est qu'il détestait l'eau et qu'il ne savait pas nager. Je crois qu'il voulait mourir. C'est aussi ce qu'a déclaré le médecin légiste, mais le jury nous a prises en pitié et a conclu à un accident pour que nous touchions l'assurance. Cent dollars. Nous avons vécu là-dessus pendant un an. (Elle eut un profond soupir.) Parlons d'autre chose.... Tu as envie d'explorer l'espace ?

— C'est l'aventure la plus excitante de l'Histoire.

— Moi, je veux dresser la carte du cerveau. En fait, nous avons, l'un et l'autre, de grands projets.

Il appuya sur la pédale de frein.

— Attention, nous arrivons à un carrefour.

Elle alluma la torche électrique pour consulter la carte posée sur ses genoux.

— Tourne à droite.

Ils approchaient de Newport. Le voyage touchait à sa fin.

— Je n'ai pas la moindre idée de ce que je vais raconter à mon cousin.

— Comment est-il ?

— Bizarre.

— Comment ça ?

— C'est un homosexuel.

— Je vois...

Les hommes qui s'attendaient à ce que les femmes tournent autour du pot l'exaspéraient.

— Je t'ai encore choqué, non ?

— Ça se pourrait.

Elle se mit à rire.

— Un embranchement, annonça-t-il.

Elle consulta de nouveau la carte.

— Il faut que tu t'arrêtes, je ne parviens pas à le repérer.

Il stoppa la voiture et, dans le mouvement qu'il fit pour amener la carte sous le faisceau de la lampe, il sentit la chaleur de sa peau sur sa main froide.

— Nous devons être ici, fit-il en désignant un point.

Elle se surprit à le dévisager au lieu d'examiner le plan. Ses traits étaient à peine distincts, tout juste éclairés par la lueur de la lune et le reflet de la torche électrique. Une mèche pendait sur son œil. Il se sentit observé et releva la tête. Instinctivement, Billie tendit la main et de l'ongle du petit doigt lui caressa la joue. Son regard se posa sur elle. Elle y lut de l'étonnement et du désir.

— Par où va-t-on ? murmura-t-elle.

Il se redressa soudain et embraya.

— On prend... on prend à gauche.

Billie ne savait plus que penser.

Les sentiments qu'elle éprouvait pour Anthony n'avaient jamais été très vifs, même avant le fiasco de ce soir. Mais c'était son flirt, elle aurait dû s'interdire de séduire son meilleur ami.

— Pourquoi as-tu fait cela ? dit brusquement Luke, furieux.

— Je ne sais pas. Je n'en avais pas l'intention. C'est venu comme ça.

Il aborda un virage trop rapidement.

— Je ne veux pas d'histoire entre nous.

Elle en eut le souffle coupé.

— Pourquoi ?

— Peu importe.

L'odeur de l'océan envahit la voiture. Billie s'aperçut qu'ils étaient tout près de la maison de son cousin. Elle reconnaissait la route.

— La prochaine à gauche. Ralentis, sinon tu vas la rater.

Luke freina et s'engagea sur un chemin de terre.

— Nous y sommes.

Il se gara devant une villa en bois, de plain-pied, avec des avancées de toit tarabiscotées et une lanterne au-dessus de la porte. Un chat se trouva pris dans les phares de la Ford ; perché sur le rebord d'une fenêtre, immobile, l'animal les fixait d'un œil calme, affichant un parfait mépris devant le spectacle des passions humaines.

— Viens, proposa Billie, Denny va te faire du café pour te tenir éveillé.

— Non merci. Je vais juste attendre que tu sois entrée.

— Tu as été très gentil. Et je ne pense pas l'avoir mérité.

— Amis ?

Elle lui prit la main, la porta à son visage, ferma les yeux et y posa un baiser. Au bout d'un instant, elle l'entendit pousser un petit gémissement. Ouvrant les yeux, elle vit qu'il la dévisageait. Il l'attira vers lui et ils s'embrassèrent. Ce fut un court baiser entre des lèvres douces, dans une haleine tiède, ses doigts pressant délicatement sa nuque. Cramponnée au tweed rugueux de sa veste, elle se serra contre lui. S'il l'étreignait maintenant, elle savait qu'elle ne résisterait pas. Cette seule idée la fit frémir de désir. Déchaînée, elle lui mordit la lèvre.

La voix de Denny se fit entendre :

— Qui est là ?

Elle se dégagea. La maison venait de s'éclairer. Denny se tenait sur le seuil, drapé dans une robe de chambre de soie violette. Elle regarda Luke.

— Je serais capable de tomber amoureuse de toi en vingt minutes, mais je ne pense pas que nous puissions être amis.

Elle le dévisagea, croisant dans son regard les tourments qui l'agitaient elle-même. Puis elle descendit de voiture.

— Billie ? fit Denny. Au nom du ciel, qu'est-ce que tu fabriques ?

Elle traversa la cour, s'arrêta sous la véranda et se jeta dans ses bras.

— Oh, Denny, j'aime cet homme et il appartient à une autre !

Il lui tapota gentiment le dos.

— Mon chou, je comprends parfaitement ce que tu ressens.

Elle entendit la voiture démarrer et se retourna pour faire un geste d'adieu. Au moment où la Ford amorçait son virage, elle vit deux traces brillantes sur les joues de Luke.

Puis il disparut dans la nuit.

> Une sorte de grande cage à oiseau coiffée
> d'un toit conique et d'un mât constitue la par-
> tie supérieure de la fusée *Redstone*. Cette sec-
> tion, d'environ 4 mètres de longueur, contient
> les deuxième, troisième et quatrième étages de
> la fusée — de même que le satellite.

En Amérique, jamais les agents secrets n'avaient joui d'une puissance comparable à celle qu'ils déte- naient en janvier 1958.

Allen Dulles, le directeur de la CIA, était le propre frère de John Foster Dulles, le secrétaire d'Etat d'Eisenhower. Mais ce n'était pas l'unique raison.

Dulles chapeautait quatre directeurs adjoints dont un seul jouait un rôle important : le directeur adjoint des Plans. Ce département, également dénommé CS (*Clandestine Services*), avait à son actif le renver- sement, en Iran et au Guatemala, de gouvernements de gauche.

Sous la présidence d'Eisenhower, la Maison Blanche avait estimé que ces coups d'Etat l'avaient aidée à réaliser de substantielles économies, y com- pris en vies humaines. Un bénéfice net comparé aux pertes subies lors d'une vraie guerre, comme celle de Corée. Aussi le personnel des Plans disposait-il d'un prestige considérable dans les milieux gouvernementaux — bien plus qu'aux yeux de l'opinion publique. Les journaux avaient attribué ces deux révolutions aux forces anticommunistes locales.

La direction des Plans couvrait les Services techniques, dirigés par Anthony Carroll. Il avait été engagé en 1947, lors de la création de la CIA. Travailler à Washington avait toujours été son objectif. A Harvard, sa matière principale était les Affaires publiques et, pendant la guerre, il avait obtenu de brillants états de service au sein de l'OSS. En poste à Berlin dans les années 1950, c'était lui qui avait organisé le percement d'un tunnel depuis le secteur américain jusqu'à une canalisation abritant des câbles téléphoniques en zone soviétique. Un travail de sape qui avait permis d'écouter les communications du KGB. Les Russes avaient mis six mois avant de découvrir le pot aux roses. Entretemps, la CIA avait collecté une masse d'informations. Ç'avait été le coup de maître des services de renseignements durant la guerre froide. Et Anthony avait été promu à un poste clé.

Théoriquement, les Services techniques abritaient un centre d'entraînement. Au fin fond de la Virginie, d'immenses et vétustes bâtiments agricoles hébergeaient les recrues : ces dernières y apprenaient à pénétrer par effraction dans des locaux pour y dissimuler des micros. On leur enseignait aussi l'utilisation des codes et de l'encre sympathique, les moyens de faire chanter des diplomates et celui d'intimider des informateurs. Mais cet « entraînement » impliquait également un certain nombre d'actions clandestines menées sur le territoire américain. Que la loi interdise à la CIA ce type d'opérations à l'intérieur des frontières des Etats-Unis n'était pas un obstacle. Car presque tous les projets qu'Anthony mettait à exécution, de la mise sur écoute de syndicalistes à l'expérimentation des sérums de vérité sur des détenus, pouvaient être qualifiés d'exercices d'entraînement.

La surveillance exercée sur Luke n'y faisait pas exception.

Six agents expérimentés étaient réunis dans le bureau d'Anthony, une grande pièce équipée d'un mobilier rudimentaire : un petit bureau, un classeur métallique, une table à tréteaux et des chaises pliantes. Les bâtiments Langley auraient offert bien plus de confort, divans capitonnés et murs lambrissés d'acajou, mais Anthony avait des goûts spartiates.

Pete Maxell fit circuler une photo d'identité de Luke ainsi qu'un inventaire dactylographié de ses vêtements, tandis qu'Anthony parlait à ses agents :

— Notre cible actuelle est un cadre moyen du Département d'Etat qui a accès à de nombreux dossiers classés secret-défense. Il souffre actuellement d'une sorte de dépression nerveuse. Arrivé de Paris par avion, lundi, il a passé sa première nuit au Carlton et pris, le lendemain, une cuite carabinée. On ne l'a pas vu de la nuit à son hôtel, et, ce matin, il s'est réfugié dans un foyer pour clochards. Il ne fait aucun doute qu'il constitue une menace sérieuse sur le plan de la sécurité.

Un des agents, Rifenberg dit « le Rouquin », leva la main.

— Question.

— Allez-y.

— Pourquoi est-ce qu'on ne se contente pas de

lui mettre le grappin dessus pour lui demander ce qui se passe ?

— C'est une éventualité.

La porte du bureau d'Anthony s'ouvrit sur Carl Hobart. Chauve et grassouillet, chaussé de lunettes, il dirigeait les Services spécialisés, qui comprenaient les Archives et le Bureau du chiffre ainsi que les Services techniques. Il était, en théorie, le supérieur direct d'Anthony. Celui-ci étouffa un gémissement en priant le ciel que Hobart ne vînt pas se mêler de cette affaire.

Il poursuivit :

— Avant d'abattre notre jeu, nous voulons savoir ce que fait notre homme, où il va — quels sont ses contacts. Peut-être a-t-il des problèmes avec sa femme... Il se peut aussi qu'il transmette des renseignements à l'ennemi, soit pour des raisons idéologiques, soit parce qu'on le fait chanter. A cette heure, il est au bout du rouleau. S'il est impliqué dans un acte de trahison, il nous faut réunir, *avant* de l'arrêter, le maximum de renseignements...

— De quoi s'agit-il ? l'interrompit Hobart.

— Un petit exercice d'entraînement. Nous exerçons une surveillance sur un diplomate suspect.

— Donnez ça au FBI.

Hobart avait fait la guerre dans le Renseignement de la marine. Pour lui, l'espionnage consistait à découvrir où se trouvait l'ennemi et quels étaient ses mouvements. Ce bureaucrate détestait les anciens de l'OSS et leurs coups fourrés. A ses yeux, des flibustiers qui avaient appris leur métier en temps de guerre, sans se soucier du budget et des voies hiérarchiques. Anthony en était le modèle achevé, intrépide, arrogant. On lui passait tout.

Anthony regarda Hobart sans se démonter.

82

— Et pourquoi donc ?

— Sur le sol américain, c'est au FBI, pas à nous, d'arrêter les espions communistes — vous le savez très bien.

— Il nous faut remonter à la source. Cette affaire peut nous apporter une foule de renseignements. Alors que tout ce qui intéresse les fédéraux, c'est de se faire de la publicité en envoyant des cocos sur la chaise électrique.

— Mais c'est la loi !

— Foutaise.

Quoique rivaux au sein de la CIA, tous partageaient la même hostilité envers le FBI et son directeur mégalomane, J. Edgar Hoover. Anthony reprit :

— Au fait, quand le FBI nous a-t-il donné quelque chose ?

— Jamais, dut reconnaître Hobart. Mais, aujourd'hui, j'ai une mission plus urgente à vous confier.

Anthony commençait à s'énerver. Où cet enfoiré voulait-il en venir ? Il n'était pas là pour attribuer des missions.

— Qu'est-ce que vous racontez ?

— La Maison Blanche a réclamé un rapport sur les moyens de s'occuper d'un groupe de rebelles à Cuba. Dans le courant de la matinée se tiendra une réunion au plus haut niveau. J'ai besoin de vous et de tous vos collaborateurs qui connaissent le sujet pour me fournir des informations.

— Vous me demandez de vous filer des renseignements sur Fidel Castro ?

— Bien sûr que non. J'ai tout ce qu'il faut sur Castro. Je vous demande des solutions pour contrer les insurgés.

Anthony avait horreur de ces euphémismes.

— Si vous disiez le fond de votre pensée ? Vous voulez savoir comment les éliminer ?

— Peut-être.

— Que faire d'autre ? Leur enseigner le caté-chisme ?

— C'est à la Maison Blanche de décider. A nous de proposer des options. Et à vous de m'offrir des suggestions.

Anthony affectait le détachement, mais au fond, il était soucieux. Il n'avait pas le temps de se laisser distraire de son objectif, et il lui fallait ses meilleurs hommes pour surveiller Luke.

— Je vais voir ce que je peux faire.

Hobart ne fut pas dupe.

— A dix heures dans ma salle de réunion avec vos meilleurs agents — je n'accepterai pas d'excuses.

— Non, déclara Anthony.

— Il ne s'agit pas d'un conseil mais d'un ordre.

— Regardez-moi bien.

A contrecœur, Hobart le fixa des yeux.

— Allez vous faire foutre ! dit Anthony en s'appliquant à bien articuler chaque syllabe.

Un des agents ricana.

Le crâne chauve de Hobart devint écarlate.

— Nous n'en resterons pas là. Ça non !

Il sortit en claquant la porte. Fou rire général.

— Au travail, dit Anthony. Simons et Betts s'occupent de notre client, mais on va les relever dans quelques minutes. Dès qu'ils appelleront, je veux que Red Rifenberg et Ackie Horwitz le prennent en chasse. Nous aurons six équipes par roulement de six heures et une autre en réserve. C'est tout pour aujourd'hui.

Les hommes sortirent, à l'exception de Pete Maxell. Rasé de frais, cravaté, il avait retrouvé son allure de fonctionnaire. On remarquait davantage ses dents gâtées et sa tache de vin. C'était un garçon farouche, sans doute complexé. Il avait peu d'amis mais leur était entièrement dévoué. Il paraissait préoccupé et dit à Anthony :

— Vous ne croyez pas que vous courez des risques avec Hobart ?

— C'est un connard.

— C'est votre patron.

— Je ne peux pas le laisser interrompre une opération de surveillance aussi importante.

— Mais vous lui avez menti. Il lui serait facile de découvrir que Luke n'est pas un diplomate arrivé de Paris.

— S'il le faut, je lui raconterai une autre histoire.

Pete ne semblait pas convaincu.

— Tu as raison. Je risque gros. Si quelque chose tourne mal, Hobart me tombera dessus.

— C'est ce que je pensais.

— Alors, faisons en sorte que ça tourne bien.

Pete quitta la pièce. Anthony regarda son téléphone en s'exhortant au calme et à la patience. Au bout de cinq minutes, le téléphone sonna. Il décrocha.

— Carroll.

— Tu as encore mis Carl Hobart dans tous ses états.

La voix, asthmatique, trahissait un homme qui avait passé sa vie à boire et à fumer sans modération.

— Bonjour, George.

George Cooperman était directeur adjoint des Opérations. Un vieux camarade de guerre d'Anthony, et le supérieur direct de Hobart.

— Hobart, reprit Anthony, n'a pas à nous casser les pieds.

— Rapplique ici, petite crapule.

— J'arrive.

Anthony ouvrit le tiroir de son bureau et se saisit d'une enveloppe contenant une épaisse liasse de photocopies. Puis il endossa son manteau et se dirigea vers le bureau de Cooperman.

C'était un grand gaillard d'une cinquantaine d'années, décharné, le visage prématurément marqué. Les pieds sur son bureau, la cigarette aux lèvres, une énorme tasse de café posée devant lui, il lisait la *Pravda*, le quotidien moscovite. A Princeton, il avait passé un diplôme de littérature russe.

Il jeta le journal sur son bureau.

— Tu ne peux donc pas être aimable avec cette vieille merde ? grommela-t-il, sans ôter la cigarette qui pendait au coin de ses lèvres. Je sais que c'est dur, mais tu pourrais quand même faire un effort.

— C'est de sa faute, répliqua Anthony en s'asseyant. Il devrait savoir que je ne peux que l'insulter quand il m'adresse la parole.

— Quelle excuse as-tu cette fois-ci ?

Anthony lança l'enveloppe sur le bureau. Cooperman s'en empara et examina les photocopies.

— Des plans. D'une fusée, j'imagine. Et alors ?

— Ce sont des documents top secret. Je les ai pris sur le type que nous surveillons. C'est un espion, George.

— Et tu as choisi de ne pas en souffler mot à Hobart.

— Je veux filer ce type jusqu'au moment où j'aurai découvert tout son réseau — afin de l'utiliser ensuite pour une opération de désinformation. Hobart, lui, confierait l'affaire au FBI qui ramasserait le type, le flanquerait en taule, et son réseau se volatiliserait.

— Je ne saurais te donner tort. N'empêche, j'ai besoin de toi à cette réunion. C'est moi qui la préside. Tu peux laisser tes gars poursuivre leur travail. S'il arrive quoi que ce soit, qu'ils t'appellent, même pendant la réunion.

— Merci, George.

— Bien. Ecoute-moi maintenant. Ce matin, tu as vraiment insulté Hobart devant une ribambelle d'agents ?

— Je crois bien.

— La prochaine fois, baisse de ton, d'accord ?

Cooperman reprit la lecture de la *Pravda*. Anthony se leva, ramassant les plans.

— Et fais en sorte, reprit Cooperman, que cette surveillance se passe sans accrocs. Que tu insultes ton supérieur, soit, mais qu'en plus tu foires cette histoire, et je ne pourrai plus rien pour toi.

Anthony sortit.

Il ne regagna pas immédiatement son bureau. La rangée de bâtiments condamnés qui abritaient ce secteur de la CIA occupait une bande de terrain entre Constitution Avenue et le bassin du Mail. L'entrée des voitures s'opérait sur le côté, mais Anthony franchit une porte de service qui donnait sur le parc. Il flâna sous les ormes de l'avenue, aspirant l'air frais à pleins poumons, dans le décor apaisant des arbres centenaires et de l'eau dormante. Il s'en était fallu de peu, mais il avait réussi à faire diversion en servant à chacun un nouveau mensonge.

Au bout de l'avenue, à mi-chemin entre le Lincoln Memorial et le Washington Monument, il s'arrêta devant les statues des deux grands présidents, les pères fondateurs de l'Union.

Ceux-ci avaient convaincu les hommes qu'ils pouvaient être libres. Lui se battait pour défendre cet idéal. Il n'était plus certain d'y croire encore, mais il se savait trop têtu pour y renoncer.

Puis il regagna le bâtiment Q.

Pete l'attendait dans le bureau avec l'équipe qui avait assuré la filature de Luke : Simons, en pardessus bleu marine, et Betts, vêtu d'un imperméable vert olive. Rifenberg et Horwitz, qui auraient dû prendre la relève, étaient également présents.

Un feutre gris tremblait dans la main de Simons.

— Que s'est-il passé ? rugit Anthony. Qu'est-il arrivé, bande de crétins ?

Ce fut Pete qui répondit :

— Eh bien, nous... nous l'avons perdu.

— Vous voulez parler du père Heyden ?

— Euh... oui.

— Et vous êtes ?

— Hum... (Luke n'avait pas prévu qu'il aurait à se nommer.) Je ne pense pas qu'il me connaisse. Enfin... si, j'espère, mais mon nom ne lui dira rien.

— Vous avez quand même un nom ?

La femme commençait à se montrer méfiante.

— Luke. Professeur Luke.

— A quelle université travaillez-vous, professeur Luke ?

— Euh... New York.

— Et dans quel établissement ?

Luke se sentit piégé. « Quand on est dans un trou, mieux vaut cesser de creuser. » Il rengaina son sourire cordial et reprit d'un ton froid :

— Je ne suis pas venu ici pour être soumis à un interrogatoire. Veuillez simplement dire au père Heyden que le professeur Luke, le physicien spécialiste des fusées, aimerait lui dire un mot.

— Je crains que ce ne soit impossible.

Luke dut battre en retraite. Furieux contre lui. La secrétaire cherchait seulement à éviter à son patron d'être importuné par un cinglé. Il se rendit au premier étage et gravit une échelle pour accéder à l'observatoire. Les lieux étaient déserts. Il admirait le grand télescope pivotant et son installation complexe de rouages et d'engrenages, un chef-d'œuvre de mécanique, quand la secrétaire entra à son tour. Cette fois-ci, elle lui parla avec compassion.

— Vous avez un problème, n'est-ce pas ?

L'émotion le saisit.

— Je suis complètement désemparé. J'ai perdu la mémoire. Je sais seulement que je suis un spécialiste des fusées et je comptais rencontrer ici quelqu'un qui puisse me reconnaître.

— Il n'y a personne ici pour l'instant. Le professeur Larkley donne une conférence sur les carburants des missiles à la Smithsonian Institution. Tous ses confrères y assistent.

Luke éprouva un regain d'espoir. Au lieu d'un seul géophysicien, il trouverait tout un aréopage.

— Pouvez-vous m'indiquer la Smithsonian Institution ?

— Un peu plus bas sur le Mall, à la hauteur de la 10e Rue.

Il avait suffisamment traîné dans Washington aujourd'hui pour savoir que ce n'était pas loin.

— A quelle heure, la conférence ?

— A trois heures. Derrière les salles consacrées à l'aéronautique.

Luke consulta sa montre. Trois heures et demie. En se dépêchant, il y serait dans moins d'une demi-heure.

> La rotation du tube du deuxième étage sta-
> bilise la trajectoire en équilibrant la pression
> de chacun des onze petits propulseurs pour les
> maintenir dans l'axe de poussée.

Billie était hors d'elle : à l'évidence, Len Ross essayait de se faire bien voir des gens de la Fondation Sowerby. Le poste de directeur des recherches devrait revenir au scientifique le plus qualifié — pas au plus intrigant. Et, pour tout arranger, le directeur de l'hôpital venait de la convoquer dans son bureau.

Charles Silverton avait une formation de comptable, ce qui ne l'empêchait pas d'être informé des besoins des scientifiques. L'établissement appartenait à une fondation qui avait une double vocation : comprendre et soulager les affections mentales. Selon lui, les problèmes d'ordre administratif et financier ne devaient pas détourner les médecins de leur tâche. La sienne consistait à s'en assurer. Billie l'aimait bien.

Son bureau avait été jadis la salle à manger d'un ancien hôtel particulier de style victorien. Il en

subsistait une cheminée et des moulures au plafond.

Il désigna un fauteuil à Billie et lui demanda :

— Avez-vous parlé ce matin aux gens de la Fondation Sowerby ?

— Oui. Len leur faisait visiter les lieux et je me
suis jointe à eux. Pourquoi ?

— Pensez-vous que vous auriez pu dire quelque
chose qui les aurait vexés ?

— Je ne crois pas. Nous avons juste parlé de la
nouvelle annexe.

— Vous savez, je voulais vraiment vous faire
obtenir le poste de directeur des recherches.

— Je n'aime pas vous entendre parler au
passé !... La fondation soutient Len pour le poste ?

Il se montra embarrassé.

— Ils font dépendre leur subvention de cette
nomination.

Elle en fut abasourdie.

— Connaissez-vous quelqu'un qui ait des rapports avec la fondation ? poursuivit Silverston.

— Oui. Un de mes plus vieux amis, Anthony
Carroll, siège au conseil d'administration. C'est le
parrain de mon fils.

— Pourquoi est-il membre ? Que fait-il dans la
vie ?

— Il travaille au Département d'Etat ; mais sa
mère est extrêmement riche et il est administrateur
de plusieurs œuvres de charité.

— Aurait-il une raison de vous en vouloir ?

Billie fit appel à ses souvenirs. Après le départ
de Luke de Harvard, Billie n'était plus jamais sortie avec Anthony. Elle avait fini par lui pardonner
en raison de son attitude envers Elspeth. Celle-ci,
très abattue, avait cessé de s'intéresser à ses études.

166

Hébétée, ses longs cheveux roux faisant ressortir sa pâleur, elle maigrissait de jour en jour. C'était Anthony qui l'avait sauvée. Ils étaient devenus très proches, entretenant des rapports plus amicaux que sentimentaux. Ils étudiaient ensemble, et elle rattrapa suffisamment son retard pour passer son diplôme, Anthony avait gagné ainsi le respect de Billie et, depuis lors, leur amitié ne s'était jamais démentie.

— C'est vrai qu'en 1941 je lui en ai voulu, mais voilà longtemps que nous nous sommes réconciliés.

— Peut-être qu'un autre administrateur admire le travail de Len.

— Len a une approche différente de la mienne. C'est un freudien, il s'en tient à des explications psychanalytiques. Si un patient perd soudain la faculté de lire, Len supposera qu'il souffre d'une peur inconsciente et refoulée de la littérature. Pour ma part, je rechercherai toujours une cause organique.

— Peut-être un freudien s'acharne-t-il contre vous ?

— Sans doute. Pourquoi agir ainsi ? Ça me paraît vraiment injuste.

— C'est fréquent, hélas, bien que les fondations veillent en général à ne pas intervenir dans le recrutement.

— En tout cas, je ne vais pas me laisser faire. Quelle raison ont-ils avancée ?

— J'ai reçu un coup de fil personnel du président. Le conseil d'administration estimerait Len plus qualifié.

— Il doit y avoir une autre explication.

— Pourquoi ne pas le demander à votre ami ?

— C'est bien ce que j'ai l'intention de faire.

On a utilisé un stroboscope pour déterminer où devaient être placés les poids servant à équilibrer le tube en rotation ; sans quoi, la cage intérieure entrerait en résonance avec l'enveloppe externe, provoquant ainsi la destruction de la totalité de l'assemblage.

Avant de quitter le campus de l'université de Georgetown, Luke avait consulté son plan de Washington. L'université était située dans un espace vert appelé le Mall. Il vérifia l'heure à sa montre et s'engagea sur K Street. La Smithsonian était à une dizaine de minutes. En supposant qu'il lui en faudrait encore cinq pour trouver l'amphithéâtre, il devrait arriver avant la fin de la conférence. Et découvrir enfin son identité...

Voici près de onze heures qu'il nageait dans ce cauchemar. Cette journée lui avait paru durer une vie entière.

Rempli d'espoir, il se dirigea vers le Mall. Quelques instants plus tard, une sirène de police le fit sursauter.

Il regarda dans son rétroviseur. Une voiture de patrouille dont les phares clignotaient le suivait. Deux policiers étaient assis à l'avant. L'un d'eux désigna le trottoir de droite en articulant : « Arrêtez-vous. »

Luke était atterré. Il touchait presque au but.

Aurait-il commis une infraction au code de la route ? Dans ce cas, on lui demanderait son permis de conduire, et il n'avait pas un seul papier sur lui. D'ailleurs, il ne s'agissait pas d'une peccadille. Il était au volant d'une voiture dont le vol n'aurait dû être signalé qu'en fin de soirée, mais quelque chose avait dû clocher. Ces policiers avaient l'intention de l'appréhender.

Mais il leur faudrait d'abord l'attraper.

Dans la rue à sens unique, un gros camion le précédait. Sans réfléchir davantage, il accéléra pour le doubler.

Les policiers branchèrent leur sirène et le prirent en chasse.

Luke se rabattit sèchement devant le poids lourd, puis il agrippa le frein à main et donna un brutal coup de volant à droite.

La Ford amorça un long dérapage et opéra un demi-tour sur elle-même, obligeant le camion à faire une embardée pour l'éviter et le véhicule de police à virer sur la gauche.

Après s'être immobilisé, Luke réembraya et fonça à contresens de la circulation. Il faillit entrer en collision avec un bus, emboutit l'aile d'un break, et poursuivit sa course dans un concert de klaxons. Une vieille Lincoln monta carrément sur le trottoir et heurta un réverbère. Un motocycliste perdit le contrôle de sa machine et dégringola sur la chaussée. Luke pria pour qu'il ne soit pas grièvement blessé. Au carrefour suivant, il s'engagea dans une large avenue, brûlant les feux rouges. Plus de voiture de police dans son rétroviseur.

Il reprit la direction du Mall, toujours à vive allure. Tout en zigzaguant pour dépasser les véhicules, il essaya de déchiffrer les plaques des rues. Il était sur D Street et, une minute plus tard, déboucha sur la 7ᵉ Avenue. Le sort lui sourit. Tous les feux étaient au vert. Quand il déboucha sur le Mall, après avoir traversé Constitution Avenue, l'aiguille du compteur de vitesse frôlait les cent vingt kilomètres-heure.

Il aperçut enfin un grand bâtiment rouge sombre qui ressemblait à un château de conte de fées et qui, d'après le plan, devait abriter le musée. Il jeta un coup d'œil à sa montre. 16 h 05 : les auditeurs devaient être en train de partir. Il sauta de la voiture. La secrétaire lui avait parlé d'un musée de l'aéronautique. Où était-il ? Devant la façade ou sur l'arrière ? Il s'engouffra dans une allée et finit par atteindre une grille en fer forgé qui donnait accès à l'arrière du bâtiment. Sur sa droite, un vieux hangar d'aviation. Il y entra.

Toutes sortes d'aéronefs étaient suspendus au plafond : de vieux biplans, un chasseur de la dernière guerre et même une montgolfière. Autour de lui, des vitrines remplies d'insignes, de combinaisons de vol, de caméras aériennes et de photographies. Luke s'adressa à un gardien.

— Je viens pour la conférence sur les carburants de fusées.

— Vous arrivez trop tard. La conférence est terminée.

— Où se tenait-elle ? Je pourrais peut-être encore trouver le conférencier.

— Je crois bien qu'il est parti.

Luke le regarda droit dans les yeux.

— Contentez-vous de me répondre. Compris ?

171

— Tout au bout du hall, s'empressa de répondre l'homme après cette semonce.

On avait improvisé à cet endroit un auditorium, avec un pupitre, un tableau noir et des rangées de chaises. La plupart des spectateurs avaient quitté les lieux et les gardiens empilaient déjà les sièges. Mais, dans un coin, un petit groupe discutait autour d'un personnage aux cheveux blancs, certainement le conférencier.

Luke pesta. Voici quelques minutes, une centaine de scientifiques pratiquant sa spécialité étaient assemblés. Il n'en restait plus qu'une petite dizaine. Ses chances s'amenuisaient.

L'homme aux cheveux blancs lui jeta un bref regard avant de poursuivre sa conversation. Impossible de savoir s'il l'avait identifié.

— La manipulation du nitrométhane est quasiment impossible. Nous ne pouvons pas ignorer la question de la sécurité.

C'était un problème que Luke connaissait bien. On avait expérimenté une quantité extraordinaire de carburants pour les fusées. La plupart avaient un meilleur rendement que la combinaison classique d'alcool et d'oxygène liquide, mais tous présentaient des inconvénients.

— Et le diméthylhydrazine asymétrique ? lança un jeune homme en costume de tweed. Il paraît qu'on est en train de l'essayer à Pasadena, au Laboratoire de propulsion par réacteur.

— Ça marche, intervint soudain Luke, mais c'est terriblement toxique.

Tous les regards se tournèrent vers lui. L'homme aux cheveux blancs fronça les sourcils, un peu agacé d'être interrompu par un inconnu.

172

Là-dessus, le jeune homme en costume de tweed tressaillit et s'exclama :

— Mon Dieu, Luke, qu'est-ce que vous fichez à Washington ?

Luke en aurait pleuré de joie.

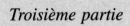

Troisième partie

A l'intérieur du tube central, un programmateur à bande permet de régler la vitesse de rotation des étages supérieurs entre 450 et 750 tours-minute afin d'éviter les vibrations susceptibles de causer la destruction de la fusée dans l'espace.

Luke crut que ses nerfs venaient de lâcher. Il restait muet.

Sans se préoccuper de son désarroi, les autres scientifiques reprirent leur débat, à l'exception du jeune homme en costume de tweed qui, l'air soucieux, lui demanda :

— Dites donc, ça va ?

Luke acquiesça de la tête. Au bout d'un moment, il parvint à murmurer :

— Y a-t-il un endroit où nous pourrions parler ?

— Bien sûr. Il y a un petit bureau derrière le présentoir des frères Wright. Le professeur Larkley l'a utilisé tout à l'heure. (Ils se dirigèrent vers une petite porte latérale.) Au fait, c'est moi qui ai organisé cette conférence.

Il fit entrer Luke dans une petite pièce meublée de façon spartiate, avec deux sièges, un bureau et un téléphone. Ils s'assirent.

— Que se passe-t-il ?

— J'ai perdu la mémoire.

— Mon Dieu !

— Amnésie autobiographique, c'est-à-dire que j'ai conservé mes connaissances scientifiques — ce qui m'a permis de vous retrouver ici —, mais que j'ai tout oublié de ce qui me concerne.

— Vous vous souvenez de moi ? demanda le jeune homme, atterré.

— Comment le pourrais-je ? Je ne suis même pas sûr de mon propre nom ! J'ai besoin que vous me disiez ce que vous savez sur moi.

— Je m'en doute. Voyons... par où commencer ?

— Vous m'avez appelé Luke.

— Tout le monde vous appelle Luke. Vous êtes le Dr Claude Lucas, mais, à mon avis, vous n'avez jamais aimé ce prénom. Je suis Will McDermot.

Luke ferma les yeux.

— Merci, Will.

Il avait enfin un nom.

— Mais j'ignore tout de votre famille, je ne vous ai rencontré que deux ou trois fois à des congrès scientifiques.

— Savez-vous dans quelle ville j'habite ?

— A Huntsville, en Alabama, du moins je le suppose. Vous travaillez en tant que civil à l'Agence des missiles balistiques de l'armée dont les services sont installés à l'arsenal de Redstone, à Huntsville. Vous n'êtes pas un militaire. Votre patron, c'est Wernher von Braun.

— Je ne peux vous dire à quel point c'est bon de savoir tout ça !

— Votre présence m'a surpris : votre équipe est sur le point de lancer une fusée qui, pour la première fois, va placer un satellite américain dans l'espace. Ils sont tous à Cap Canaveral et, à ce qu'on dit, le lancement pourrait intervenir ce soir.

— Effectivement, j'ai lu cela dans le journal ce matin... J'ai travaillé sur cette fusée ?

— Oui. L'*Explorer*. C'est le lancement le plus important de l'histoire du programme spatial américain...

Luke était fou de joie. Voilà quelques heures à peine, il se croyait un clochard alcoolique, alors qu'il était en réalité un scientifique au sommet de sa carrière.

— Mais... Je devrais être là-bas pour le lancement !

— Savez-vous pourquoi vous n'y êtes pas ?

Luke secoua la tête.

Il songea un instant à se confier à Will, mais son affaire était si bizarre qu'il le prendrait peut-être pour un fou.

— Je vais appeler Cap Canaveral, se contenta-t-il de dire.

— Excellente idée.

Will décrocha le combiné du téléphone posé sur le bureau et fit le zéro.

— Ici Will McDermot. Puis-je avoir un appel sur l'inter depuis ce poste ? Merci.

Il tendit l'appareil à Luke.

Ce dernier demanda le numéro aux renseignements et le composa.

— Ici le Dr Lucas. (Il était extraordinairement fier de pouvoir se présenter par son nom.) J'aimerais parler à l'un des membres de l'équipe de lancement de l'*Explorer*.

— Ils se trouvent dans les hangars D et R, répondit le standardiste. Ne quittez pas, je vous prie.

Quelques instants plus tard, une voix répondit :

— Sécurité militaire, ici le colonel Hide.

— Le Dr Lucas...

— Luke ! Enfin ! Où diable êtes-vous ?

— Je suis à Washington.

— Bon sang, qu'est-ce que vous fabriquez ? Nous sommes fous d'inquiétude ! Nous vous avons fait rechercher par la Sécurité militaire, le FBI et même la CIA !

Voilà, pensa Luke, ce qui expliquait la présence des deux agents fouinant dans les halls de Union Station.

— Ecoutez, il m'est arrivé quelque chose de très étrange. J'ai perdu la mémoire. J'ai passé mon temps à errer dans la ville en cherchant à deviner qui je suis. J'ai fini par tomber sur des physiciens qui me connaissent.

— C'est incroyable. Bon Dieu, comment cela s'est-il produit ?

— J'espérais que vous pourriez me l'expliquer, colonel.

— Pour vous, je m'appelle Bill.

— Oh, pardon... Bill.

— Voilà ce que je sais : lundi matin, vous avez pris l'avion en disant que vous deviez vous rendre à Washington. Vous avez décollé de Patrick.

— Patrick ?

— La base aérienne de Patrick, près de Cap Canaveral. Marigold a fait les réservations...

— Marigold ?

— Votre secrétaire à Huntsville. Elle a également retenu votre suite habituelle au Carlton de Washington.

On sentait dans la voix du colonel percer une note d'envie, et Luke s'interrogea brièvement sur cette « suite habituelle », mais il avait d'autres chats à fouetter.

— Ai-je dit à quelqu'un le but de ce voyage ?

— Marigold vous avait pris un rendez-vous au Pentagone avec le général Sherwood à dix heures, hier matin, mais vous n'y êtes pas allé.

— Ai-je donné un motif à cette rencontre ?

— Apparemment, non.

— De quel secteur est-il responsable ?

— Sécurité militaire... mais comme il est, par ailleurs, un ami de votre famille, ce rendez-vous aurait pu concerner tout autre chose.

Seule une raison de la plus haute importance avait pu le décider à quitter Cap Canaveral juste avant le départ de sa fusée.

— Le lancement est toujours prévu pour ce soir ?

— Non, nous avons des problèmes météo. Il a été repoussé à demain, vingt-deux heures trente.

— Ai-je des amis à Washington ?

— Bien sûr. L'un d'eux a appelé toutes les heures. Bern Rothsten, précisa Hide en lui lisant un numéro de téléphone.

Luke le nota précipitamment sur un bloc.

— Je vais l'appeler tout de suite.

— Vous devriez d'abord parler à votre femme.

Luke resta pétrifié, le souffle coupé. Une femme. Sa femme. Il se demanda de quoi elle avait l'air.

— Vous êtes toujours là ? fit Hide.

Luke retrouva son souffle.

— Euh... Comment s'appelle-t-elle ?

— Elspeth. Votre femme s'appelle Elspeth. Je vais vous la passer, ne quittez pas.

Luke éprouva une étrange crispation au creux de l'estomac.

— Ici Elspeth. Luke, c'est toi ?

A sa voix basse et chaleureuse, sa diction précise et sans accent particulier, il imaginait une grande femme pleine d'assurance.

— Oui, c'est Luke. J'ai perdu la mémoire.

— Je me suis fait un tel mauvais sang ! Ça va ?

Il débordait de reconnaissance envers cette femme qui s'inquiétait de sa personne.

— Maintenant, je crois que oui.

— Mais que s'est-il donc passé ?

— Je n'en sais vraiment rien. Je me suis réveillé ce matin dans les toilettes d'Union Station et, depuis, j'essaie de savoir qui je suis.

— Tout le monde t'a cherché. Où es-tu maintenant ?

— A la Smithsonian, au Pavillon de l'aviation.

— Quelqu'un s'occupe de toi ?

— Un collègue m'a aidé, expliqua Luke en souriant à Will McDermot, et de plus j'ai le numéro de Bern Rothsten. En fait, je n'ai pas absolument besoin qu'on s'occupe de moi : à part cette amnésie, je vais bien.

Un peu gêné, Will McDermot se leva en murmurant :

— Je vous laisse. J'attendrai dehors.

Luke le remercia d'un signe de tête.

— Alors, demandait Elspeth, tu ne te rappelles pas pourquoi tu es parti si vite pour Washington ?

— Non. Apparemment, je ne te l'ai pas dit.

— Tu as déclaré qu'il était préférable pour moi de ne pas savoir. J'étais dans tous mes états. J'ai appelé un de nos vieux amis à Washington, Anthony Carroll : il appartient à la CIA.

— A-t-il fait quelque chose ?

— Il t'a appelé au Carlton lundi soir. Vous deviez prendre un petit déjeuner ensemble de bonne heure mardi matin, mais tu n'es pas venu au rendez-vous. Il t'a cherché toute la journée. Je vais le prévenir que tout va bien.

— C'est donc entre lundi soir et mardi matin qu'il m'est arrivé quelque chose.

— Tu devrais voir un médecin, te faire examiner.

— C'est inutile, je me sens très bien. Mais il y a un tas de choses que je veux savoir. Avons-nous des enfants ?

— Non.

Luke sentit se rouvrir en lui une ancienne blessure.

— Dès notre mariage, voici quatre ans, expliqua Elspeth, nous avons essayé, mais sans succès.

— Mes parents sont-ils vivants ?

— Ta mère. Elle habite New York. Ton père est mort il y a cinq ans.

Luke éprouva soudain un chagrin qui semblait venir de nulle part. Il avait perdu tout souvenir de son père et il ne le reverrait jamais. Cela lui parut d'une tristesse insupportable.

— Tu as deux frères et une sœur, poursuivit Elspeth, tous plus jeunes. Emily, ta petite sœur, est ta préférée : elle a dix ans de moins que toi et elle vit à Baltimore.

— Tu as leurs numéros ?

— Bien sûr. Ne quitte pas, je vais te les donner.

— J'aimerais leur parler, je ne sais pas pourquoi. (Il entendit à l'autre bout du fil un sanglot étouffé.) Tu pleures ?

— Ça va, assura Elspeth en reniflant. (Il l'imagina prenant un mouchoir dans son sac.) Je viens de réaliser combien ça a dû être horrible, et ça m'a bouleversée.

— Il y a eu de mauvais moments, c'est vrai.

— Attends, je te donne ces numéros.

— Sommes-nous riches ? interrogea-t-il après les avoir notés.

— Ton père était un banquier très connu. Il t'a laissé beaucoup d'argent. Pourquoi ?

— D'après Bill Hide, je suis descendu à ma « suite habituelle » au Carlton.

— Avant-guerre, ton père était un conseiller de l'administration Roosevelt et il emmenait sa famille avec lui quand il allait à Washington. Vous occupiez toujours une suite d'angle au Carlton. Je présume que tu maintiens la tradition.

— Toi et moi, nous ne vivons donc pas sur mon salaire ?

— Non, même si à Huntsville nous nous efforçons d'avoir le même train de vie que tes collègues.

— Je pourrais continuer à te bombarder de questions toute la journée. Mais ce que j'ai vraiment envie de découvrir, c'est ce qui m'est arrivé précisément. Pourrais-tu prendre l'avion ce soir pour me rejoindre ?

Il y eut un silence.

— Mon Dieu, pourquoi ?

— Pour élucider ce mystère ensemble. Cela me ferait du bien d'avoir quelqu'un pour m'aider... et pour me tenir compagnie.

— Il vaudrait mieux que tu oublies tout ça et que tu viennes ici.

— C'est impensable. Il faut vraiment que je sache de quoi il retourne. C'est trop bizarre.

— Luke, il m'est impossible de quitter Cap Canaveral maintenant. Bonté divine, nous sommes sur le point de lancer le premier satellite américain ! Je ne peux pas lâcher l'équipe à un moment pareil.

— Sans doute. (Il comprenait mais, malgré tout, son refus le blessait.) Qui est Bern Rothsten ?

— Il était à Harvard avec toi et Anthony Carroll. C'est un écrivain.

— Apparemment, il a essayé de me joindre. Peut-être a-t-il une idée de ce que tout cela signifie.

— Appelle-moi plus tard, veux-tu ? Je serai au Starlite Motel ce soir.

— Entendu.

— Luke, insista-t-elle, fais attention à toi, je t'en supplie.

— Oui, promis.

Après avoir raccroché, il resta assis un moment, silencieux. Il se sentait vidé et éprouva le besoin d'aller jusqu'à son hôtel pour s'allonger. Mais sa curiosité fut la plus forte. Il décrocha une nouvelle fois le téléphone et composa le numéro qu'avait laissé Bern Rothsten.

— Ici Luke Lucas, annonça-t-il.

— Luke, Dieu soit loué ! Que t'est-il donc arrivé ? s'exclama une voix rocailleuse teintée d'accent new-yorkais.

— Tout le monde me demande ça. La réponse, c'est que je n'en sais rien, sinon que j'ai perdu la mémoire.

— Quoi ?

— J'espérais que tu pourrais peut-être me fournir un indice. Pourquoi as-tu cherché à me joindre ?

Bern prit un moment pour répondre.

— J'étais inquiet. Tu m'as téléphoné lundi. Tu m'as dit que tu venais ici, que tu voulais me voir et que tu m'appellerais du Carlton. Tu ne l'as jamais fait.

— Il s'est produit quelque chose lundi soir.

— Sûrement. Ecoute, tu devrais contacter le Dr Billie Josephson, c'est une spécialiste de la mémoire, mondialement reconnue... C'est également mon ex-femme et une vieille copine à toi. Je te donne son numéro.

— Entendu. Bern...

— Oui ?

— Je perds la mémoire et voilà qu'une de mes vieilles amies travaille sur ce sujet. Drôle de coïncidence, non ?

— En effet.

Le dernier étage où loge le satellite mesure 2 mètres de long sur seulement 15 centimètres de large ; son poids excède à peine 12 kilos. Il a la forme d'un tuyau de poêle.

Billie avait prévu un entretien d'une heure avec un patient, un joueur de football qui avait été « sonné » à la suite d'une collision avec un adversaire. Un sujet intéressant : il était capable de tout se remémorer jusqu'à l'heure précédant la rencontre, plus rien après ; il s'était retrouvé debout sur la touche, tournant le dos au terrain, sans comprendre ce qu'il faisait.

Durant cette séance, elle se laissa distraire à plusieurs reprises en repensant à la Fondation Sowerby et à Anthony Carroll. Lorsqu'elle en eut terminé avec le footballeur, la déception et l'irritation ne l'avaient pas quittée et elle résolut d'appeler Anthony. Par chance, sa première tentative aboutit.

— Anthony, si tu me racontais ce qui se passe ?

— Un tas de choses. L'Egypte et la Syrie se sont mises d'accord pour établir l'union des deux pays, les jupes raccourcissent et Roy Campanella s'est brisé le cou dans un accident de voiture. Il risque de ne plus jamais bourlinguer dans le Dodger.

Elle se retint de hurler.

— Le poste de directeur des recherches ici, à l'hôpital, m'est passé sous le nez. C'est Len Ross qui a décroché la place. Tu le savais ?

— Ma foi, oui.

— Je ne saisis pas. Se voir devancé par un candidat extérieur hautement qualifié — Sol Weinberg de Princeton, ou quelqu'un de ce calibre-là —, d'accord, mais par Len, non ! Tout le monde sait que je suis meilleure que lui.

— Tu crois ?

— Anthony, je t'en prie ! Toi-même, tu en es persuadé. Bon sang, c'est toi qui m'as poussée dans la recherche il y a des années, à la fin de la guerre, quand nous...

— D'accord, d'accord, je me souviens, l'interrompit-il. Cette histoire est encore classée secret-défense, tu sais.

Faux. Leurs activités pendant la guerre n'étaient plus un secret, mais peu importait.

— Pourquoi n'ai-je pas eu ce poste ?

— Je suis censé être au courant ?

C'était humiliant, mais elle avait tellement besoin de comprendre qu'elle n'en tint pas compte.

— La fondation insiste pour que ce soit Len.

— J'imagine qu'ils en ont le droit.

— Anthony, réponds-moi !

— Je te réponds.

— Tu fais partie de la fondation. Il est exceptionnel qu'une institution intervienne dans ce genre de décision. On laisse généralement ce soin aux experts. Tu ne peux pas ignorer pourquoi ils ont agi autrement.

— Figure-toi que si. A mon avis, la décision n'a pas encore été prise.

— Charles a été catégorique.

— Alors, c'est qu'ils ont fait leur cuisine en petit comité, autour d'un verre au Cosmos Club. Après, l'un d'eux a appelé Charles pour le mettre au courant. Et lui ne peut pas se permettre de les contrarier. Ça se passe toujours comme ça. Je suis simplement surpris qu'il se soit montré aussi franc avec toi.

— Ça l'a choqué.

— Len Ross a de la famille ?

— Marié, avec quatre enfants.

— C'est idiot, mais le directeur a des principes. Il n'aime pas que les femmes touchent de gros salaires quand certains hommes ont une famille sur les bras.

— Bonté divine ! J'ai un enfant et une vieille mère à ma charge !

— Je n'ai pas dit que c'était logique. Ecoute, Billie, il faut que j'y aille. Je te rappellerai plus tard.

Cette conversation sonnait faux. Qu'Anthony ait été tenu à l'écart de ces manœuvres restait plausible, mais elle n'y croyait pas.

Anthony mentait.

Le quatrième étage de la fusée est en titane, un matériau plus léger que l'acier inoxydable. Ce gain de poids permet à la fusée d'emporter près d'un kilo d'équipement scientifique supplémentaire.

Anthony venait à peine de raccrocher que le téléphone sonna de nouveau. C'était Elspeth, affolée.

— Ça fait un quart d'heure que le standard me laisse en attente.

— Je discutais avec Billie, elle...

— Je viens de parler avec Luke.

— Quoi ?

— Il était à la Smithsonian, au Pavillon de l'aviation, avec une bande de physiciens.

— J'arrive.

Anthony lâcha le combiné et se précipita vers la porte. Pete sur ses talons. Ils descendirent jusqu'au parking et sautèrent dans la voiture d'Anthony.

Celui-ci était consterné. Il fallait à tout prix, pour limiter les dégâts, qu'il contacte Luke avant tout le monde. Ils parvinrent au coin d'Independence Avenue et de la 10e Rue en quatre minutes.

A l'intérieur du hangar abritant le Pavillon de l'aviation, pas de Luke.

— Séparons-nous, dit Anthony. Je vais à droite, vous à gauche.

Il traversa l'exposition au pas de course en scrutant le visage des visiteurs. A l'extrémité du bâtiment, il retrouva Pete, pareillement bredouille.

Pete inspecta les toilettes sans succès, tandis qu'Anthony jetait un coup d'œil aux bureaux. Luke avait dû appeler de l'un de ces téléphones, mais il était parti.

Anthony aperçut contre le mur du fond des chaises entassées et un pupitre mobile. Un jeune homme en costume de tweed était en train de bavarder avec deux manutentionnaires. Elspeth avait mentionné un groupe de physiciens.

Il s'approcha de l'homme en costume de tweed.

— Excusez-moi, y a-t-il eu une réunion ici ?

— C'est exact, le professeur Larkley a donné une conférence sur les carburants de fusée. Je m'appelle Will McDermot et c'est moi qui l'ai organisée dans le cadre de l'Année internationale de géophysique.

— Le Dr Claude Lucas était-il parmi vous ?

— Vous êtes un de ses amis ?

— Oui.

— Vous saviez qu'il avait perdu la mémoire ?... Il ignorait jusqu'à son propre nom avant que je le lui dise.

Anthony étouffa un juron. Depuis l'instant où Elspeth l'avait mis au courant, c'était sa hantise que Luke ait recouvré son identité.

— J'ai un besoin urgent de retrouver le Dr Lucas, expliqua Anthony.

— C'est dommage, vous venez de le manquer.

— A-t-il dit où il allait ?

— Non. Je l'ai incité à se faire examiner par un médecin, mais il a répondu que c'était inutile. Il m'a pourtant paru secoué...

— Sûrement. Merci de votre aide.

En revenant sur Independence Avenue, Anthony vit deux policiers inspecter une voiture garée sur le trottoir : une Ford bleue et blanche.

— Regardez-moi ça, dit-il à Pete. (Il examinait la plaque minéralogique.) C'est la voiture que Rosy la Fouineuse avait remarquée de sa fenêtre, à Georgetown.

Il montra au policier sa carte de la CIA.

— Vous venez juste de repérer cette voiture ?

— Non, répondit le plus âgé des deux, nous avons poursuivi son conducteur dans la 9e Rue.

— Vous l'avez laissé filer ?

— Il a fait demi-tour et remonté la rue en sens interdit expliqua son collègue. Je ne sais pas de qui il s'agit, mais c'est un as du volant.

Anthony aurait voulu leur fracasser le crâne.

— Ce type a peut-être volé une autre voiture pour s'enfuir, dit-il en sortant une carte de visite de son portefeuille. Si on vous signale un vol dans les parages, voudriez-vous, je vous prie, m'appeler à ce numéro ?

Le plus âgé lut la carte et dit :

— Je n'y manquerai pas, monsieur Carroll.

Anthony et Pete regagnèrent la Cadillac jaune et s'éloignèrent.

— A votre avis, dit Pete, que croyez-vous qu'il va faire ?

— Je n'en ai aucune idée. Il peut se rendre directement à l'aéroport et prendre un avion pour la Floride ou alors au Pentagone, voire retourner à son hôtel. Est-ce que je sais ? Il a peut-être rendu visite à sa mère, à New York. Les pistes ne manquent pas.

Il s'abîma dans ses pensées jusqu'au bâtiment Q. Une fois dans son bureau, il reprit :

— Je veux deux hommes à l'aéroport, deux à Union Station, deux à la gare routière. Et deux hommes au bureau qui joindront tous les membres connus de la famille de Luke, ses amis et ses relations, pour leur demander s'ils s'attendent à le voir ou s'ils ont eu de ses nouvelles. Je veux que vous alliez avec deux autres hommes au Carlton. Prenez une chambre et surveillez le hall, je vous y rejoindrai plus tard.

Pete sortit et Anthony ferma la porte.

Pour la première fois de la journée, Anthony avait peur. Luke avait retrouvé son identité, et Dieu sait ce qu'il allait découvrir d'autre. Ce projet devait être l'apothéose de sa carrière. Il risquait maintenant de la ruiner.

Pis, de lui coûter la vie.

S'il parvenait à mettre la main sur Luke, rien n'était encore perdu. Mais il ne s'agissait plus de le surveiller... Son cas devait être réglé une fois pour toutes.

Le cœur lourd, il s'approcha de la photographie du président Eisenhower accrochée au mur. En tirant sur un côté du cadre, il fit pivoter le portrait, révélant un coffre. Il composa la combinaison, ouvrit la porte et se saisit de son pistolet : un Walther P.38 automatique, l'arme de poing utilisée par l'armée allemande pendant la Seconde Guerre mondiale. On l'avait remise à Anthony avant son départ pour l'Afrique du Nord. L'arme était munie d'un silencieux spécialement conçu par l'OSS pour s'adapter au canon.

Il s'en était servi pour tuer son premier homme.

Un traître qui avait livré à la police des membres de la Résistance. Albin Moulier méritait la mort : les cinq membres du groupe en étaient tombés d'accord. Dans une étable abandonnée, éclairée par une petite lampe qui projetait des ombres dansantes sur les murs de pierre, ils avaient tiré au sort, peu avant l'aube. Anthony, en tant qu'étranger, aurait pu se tenir à l'écart, mais il aurait perdu la face ; aussi avait-il insisté pour participer. Et c'était tombé sur lui. Ligoté à l'essieu d'une charrette, sans bandeau sur les yeux, Albin avait écouté leur discussion et les avait regardés tirer à la courte paille. Il avait fait dans son pantalon en les entendant prononcer la sentence et hurlé en voyant Anthony dégainer le Walther. Il l'avait abattu presque aussitôt, à bout portant, d'une balle entre les yeux. Après, les autres lui avaient dit qu'il avait agi en homme.

Albin le visitait encore dans ses rêves.

Il prit le silencieux dans le coffre et le vissa solidement sur le canon du pistolet. Il enfila son pardessus, un long manteau d'hiver en poil de chameau muni de grandes poches intérieures, et plaça le pistolet, la crosse en bas, dans celle de droite.

Puis il boutonna son manteau et sortit.

Le satellite n'est pas sphérique mais de forme oblongue. En théorie, une sphère serait plus stable mais inadaptée dans le cas présent. Une antenne de télécommunication doit surmonter l'engin.

Luke prit un taxi pour se rendre au Centre des maladies mentales de Georgetown ; il donna son nom à la réception en précisant qu'il avait rendez-vous avec le Dr Josephson.

Elle s'était montrée charmante au téléphone : pleine de sollicitude, heureuse d'entendre sa voix, intriguée d'apprendre qu'il avait perdu la mémoire, impatiente de le rencontrer. Elle parlait avec un accent du Sud, toujours prête à éclater de rire.

En la regardant dévaler l'escalier, Luke ne put s'empêcher de sourire. C'était une petite femme pétulante, en blouse blanche de laborantine, aux grands yeux marron.

— C'est formidable de te voir ! dit-elle en le serrant dans ses bras.

Il faillit répondre à son exubérance, mais, craignant de la choquer, il se figea, les mains en l'air comme devant un gangster au cours d'un hold-up.

— Tu ne te souviens plus de moi, fit-elle en riant. Détends-toi, je suis inoffensive.

Il laissa ses bras retomber autour d'elle. Sous la blouse blanche, son corps menu semblait doux et potelé.

— Viens, je vais te montrer mon bureau, ajouta-t-elle en l'entraînant dans l'escalier.

Une femme aux cheveux blancs vêtue d'un peignoir, croisée dans un corridor, lui lança :

— Docteur ! Il me plaît bien, votre petit ami.

— Marlene ! s'esclaffa Billie.

Son royaume était une pièce exiguë, meublée d'un bureau et d'un classeur métallique. Elle l'avait embelli avec des fleurs et une toile abstraite aux couleurs vives. Elle offrit à Luke une tasse de café, ouvrit un paquet de biscuits, puis l'interrogea sur son amnésie.

Tandis qu'il répondait à ses questions, elle prenait des notes. Luke n'avait rien mangé depuis douze heures et il dévora tout le contenu du paquet.

— Tu en veux encore ? J'en ai un autre.

Il déclina l'offre.

— Bon, ça me semble assez clair. Tu souffres d'une amnésie globale, mais par ailleurs, tu me parais dans un état mental satisfaisant. Je ne peux pas juger de ton état physique car ce n'est pas ma spécialité. Il serait bon que tu te fasses examiner le plus tôt possible. Cela dit, tu m'as l'air en forme, juste un peu secoué.

— Existe-t-il un traitement pour ce genre d'amnésie ?

— Aucun. En général, le phénomène est irréversible.

Le coup fut rude. Luke avait espéré que tous ses souvenirs allaient lui revenir brusquement.

— Bon Dieu, murmura-t-il.

— Ne te décourage pas. Les patients qui sont atteints d'un tel syndrome conservent toutes leurs facultés et parviennent à réapprendre ce qu'ils ont oublié. Ils peuvent renouer avec leur existence et mener une vie normale. Tu t'en sortiras.

Tout en l'écoutant, il se surprit à l'observer : des yeux rayonnants de compassion, une bouche au dessin précis, et de petites boucles brunes éclairées par la lampe de bureau.

— Première possibilité, un traumatisme cérébral. Mais il n'y a aucun signe de lésion, et tu m'as assuré que tu n'avais pas de migraines.

— Alors, quoi d'autre ?

— L'amnésie peut être provoquée par un stress prolongé, un choc soudain, ou par des produits chimiques. Ce peut être aussi un effet secondaire dû au traitement de la schizophrénie, drogue ou électrochocs.

— Et dans mon cas ?

— Difficile à dire. Ce matin, tu m'as rapporté que tu avais la gueule de bois : s'il ne s'agissait pas d'alcool, ce pourrait être le contrecoup d'une drogue. Mais ce n'est pas en t'adressant à des médecins que tu trouveras la solution. Il faut découvrir ce qui t'est arrivé entre lundi soir et ce matin.

— Eh bien, au moins je sais ce que je cherche : un choc, une drogue ou un traitement contre la schizophrénie.

— Tu n'es pas schizophrène, car tu as une solide emprise sur la réalité. Que comptes-tu faire maintenant ?

Luke se leva. Il regrettait de ne pas rester plus longtemps en compagnie de cette ravissante jeune femme, mais elle lui avait appris tout ce qu'elle pouvait.

— Je m'en vais voir Bern Rothsten. Il a peut-être des idées.

— Tu es en voiture ?

— J'ai demandé au taxi d'attendre.

— Je vais te raccompagner.

En descendant l'escalier, Billie le prit affectueusement par le bras.

— Depuis combien de temps es-tu divorcée de Bern ?

— Cinq ans. Assez longtemps pour redevenir des amis.

— C'est une question bizarre, mais il faut que je te la pose. Avons-nous eu une histoire tous les deux ?

— Oh, ça alors, on peut dire que oui !

1943

Le jour où l'Italie capitula, Billie tomba sur Luke dans le hall du bâtiment Q.

Elle ne reconnut pas l'homme décharné d'une trentaine d'années, flottant dans son costume, qui venait de l'accoster, mais elle se souvint de la voix ; son cœur bondit dans sa poitrine. Posant à nouveau les yeux sur cet homme émacié, elle ne put réprimer un petit cri horrifié : sa tête était réduite à une boîte crânienne, avec des cheveux ternes — jadis, ils étaient épais et brillants ; son col de chemise était trop large, sa veste comme pendue à un cintre, et il avait le regard d'un vieillard.

— Luke ! Tu as l'air d'un déterré !

— Merci bien, répondit-il avec un sourire las.

— Je te demande pardon.

— Ne t'en fais pas. J'ai perdu du poids, je sais. On n'avait pas beaucoup à manger là où j'étais.

Elle réprima son envie de le serrer dans ses bras, car elle n'était pas sûre que cela lui plairait.

— Que fais-tu ici ? demanda-t-il.

— Un stage d'entraînement : lecture de cartes, radio, armes à feu, combat à mains nues.

— Pourtant, tu n'es pas en tenue de jiu-jitsu !

Malgré la guerre, Billie continuait de suivre la mode. Ce jour-là, elle portait un tailleur jaune pâle avec un petit boléro, une jupe qui lui effleurait le genou et une large assiette renversée en guise de chapeau. Naturellement, avec sa solde de l'armée, elle n'avait pas les moyens de s'acheter les derniers modèles. Elle les confectionnait elle-même sur une machine à coudre.

— Merci du compliment. Où étais-tu passé ?

— Tu as une minute ?

— Bien sûr. Sortons.

Elle était censée se rendre à un cours de cryptographie. Le chiffre attendrait. Le temps était doux en cet après-midi de septembre, et, tout en marchant, Luke ôta sa veste, qu'il jeta sur son épaule.

— Comment as-tu atterri à l'OSS ?

— C'est Anthony Carroll qui a tout arrangé. (L'Office of Strategic Services était considéré comme une affectation prestigieuse dont les postes étaient très convoités.) Anthony s'est fait engager grâce aux relations de sa famille. Il est aujourd'hui l'assistant de Bill Donovan. (Le général Donovan, surnommé « Bill le Fou », dirigeait l'OSS.) Pendant un an j'ai été le chauffeur d'un général à Washington ; mon affectation ici m'a vraiment comblée. Anthony s'est servi de sa position pour faire venir tous ses anciens copains de Harvard. Elspeth est à Londres, Peg au Caire, et je présume que Bern et toi avez vécu quelque temps derrière les lignes ennemies.

— En France.

— Comment était-ce ?

Il alluma une cigarette. C'était une nouvelle habitude — à Harvard, il ne fumait pas.

— Le premier homme que j'ai tué était un Français.

De toute évidence, il éprouvait le besoin d'en parler.

— Raconte-moi.

— C'était un policier, un gendarme. Pas un mauvais bougre — antisémite, mais pas plus que le Français moyen ou que bien des Américains. Il a déboulé dans une ferme où était réuni mon groupe. Il n'y avait pas à s'interroger longtemps sur nos activités : des cartes sur la table, des fusils entassés dans un coin, et Bern en train de montrer aux Français comment armer une bombe à retardement. Ce crétin voulait nous arrêter. De toute façon, il fallait le liquider.

— Qu'as-tu fait ? murmura Billie.

— Je l'ai conduit dehors et je lui ai tiré une balle dans la nuque. Il n'est pas mort tout de suite. Il a fallu environ une minute.

Elle lui prit la main et l'étreignit. Il la garda dans la sienne et ils continuèrent à marcher le long des trois bassins. Malgré la fraîcheur qui tombait, il poursuivait ses descriptions macabres : voitures qui sautaient, officiers assassinés, camarades de la Résistance abattus, familles juives emmenées vers des destinations inconnues, leurs enfants à la main.

Cela faisait déjà deux heures qu'ils étaient sortis, et, quand il trébucha, elle le retint par le bras.

— Je suis crevé. J'ai mal dormi.

Elle héla un taxi pour le raccompagner à son hôtel.

Il était descendu au Carlton. Il occupait une suite

d'angle, avec un piano à queue dans le salon et — ce qu'elle n'avait encore jamais vu — un téléphone dans la salle de bains.

Elle appela le service d'étage pour commander un bouillon de poulet, des œufs brouillés, des toasts et un pot de lait froid. Assis sur le canapé, il se mit à lui raconter une autre histoire, drôle celle-là, concernant le sabotage d'une fabrique de casseroles pour l'armée allemande.

— Je suis entré dans cet immense atelier de métallurgie où une cinquantaine de femmes très musclées entretenaient le haut-fourneau et martelaient des moules. Je me suis mis à crier : « Evacuez l'atelier ! Nous allons tout faire sauter ! » Mais les femmes ne me croyaient pas et me riaient au nez, sans quitter leur poste !

La collation arriva avant qu'il ait pu terminer son histoire.

Billie signa la note, donna un pourboire au serveur et disposa les assiettes sur la table. Quand elle se retourna, il s'était endormi.

Elle le tira de son sommeil pour le pousser dans la chambre et l'allonger sur le lit.

— Ne t'en va pas, marmonna-t-il, puis ses yeux se refermèrent.

Elle lui ôta ses chaussures et desserra doucement sa cravate. Une légère brise soufflait par la fenêtre entrebâillée, il n'avait pas besoin de couverture.

Elle resta un moment au bord du lit à l'observer, se remémorant ce long trajet de Cambridge à Newport, deux ans auparavant. Elle lui caressa la joue, comme elle l'avait fait ce soir-là. Il ne bougea pas.

Elle ôta son chapeau et ses chaussures, puis, après un temps d'hésitation, elle retira sa veste et sa jupe, et s'allongea sur le lit, gardant ses bas et ses dessous. Elle l'entoura de ses bras, posa la tête sur sa poitrine et le garda dans cette position.

— Tout va bien maintenant, chuchota-t-elle. Dors aussi longtemps que tu veux. Quand tu te réveilleras, je serai toujours là.

La nuit tomba. Elle referma la fenêtre. Après minuit, elle s'endormit, le serrant toujours dans ses bras. Son corps était tiède.

Au lever du jour, après douze heures de sommeil, il se leva brusquement et passa dans la salle de bains. Il revint deux minutes plus tard et se recoucha. Il avait ôté son costume et sa chemise pour ne garder que son caleçon. Il l'étreignit.

— Il y a une chose que j'ai oublié de te dire, quelque chose de très important, déclara-t-il.

— Quoi donc ?

— En France, je pensais à toi tous les jours.

— C'est vrai ?

Il ne répondit pas : il s'était rendormi.

Blottie dans ses bras, elle songeait à ce qu'il avait pu faire en France, risquant sa vie et se souvenant d'elle.

A huit heures du matin, elle gagna le salon, appela le bâtiment Q et annonça qu'elle était souffrante. C'était son premier congé de maladie depuis qu'elle était entrée dans l'armée, un an auparavant. Elle prit un bain, se lava les cheveux, puis s'habilla. Elle commanda du café et des flocons d'avoine. Le serveur l'appela « Madame Lucas ». Elle se félicita que ce ne fût pas une femme de chambre, car celle-ci aurait tout de suite remarqué qu'elle ne portait pas d'alliance.

Même l'odeur du café ne réveilla pas Luke. Elle

lut le *Washington Post* de la première à la dernière page. Elle était en train d'écrire une lettre à sa mère sur le papier de l'hôtel lorsqu'il sortit de la chambre, toujours en caleçon, ses cheveux bruns en désordre, et pas rasé. Elle lui sourit, heureuse de le voir levé. Il avait l'air un peu perdu.

— Combien de temps ai-je dormi ?

Elle regarda sa montre. Presque midi.

— Environ dix-huit heures.

Elle ne réussissait pas à deviner ce qu'il pensait : était-il content de la voir ? Gêné ? Souhaitait-il qu'elle s'en aille ?

— Mon Dieu, dit-il en se frottant les yeux, voilà un an que je n'ai pas dormi comme ça. Tu n'as pas bougé d'ici ? Tu as l'air fraîche comme une rose.

— J'ai fait un petit somme.

— Tu es restée ici toute la nuit ?

— Tu me l'avais demandé.

— Bon sang, j'ai eu de ces rêves ! (Il se dirigea vers le téléphone.) Service d'étage ? Pourrais-je avoir une côte de bœuf très saignante avec trois œufs au plat ? Un jus d'orange, des toasts et du café.

Billie se rembrunit. N'ayant encore jamais passé la nuit avec un homme, elle ne savait pas à quoi s'attendre au petit matin, mais cette réaction, si peu romanesque, la déçut terriblement. Au réveil, ses frères, eux aussi, émergeaient mal rasés, grognons et affamés, mais de meilleure humeur après avoir mangé.

— Attendez, ajouta-t-il. Tu veux quelque chose ?

— Oui, du thé glacé.

Il transmit sa commande et raccrocha.

— Je suis si heureux que nous nous soyons retrouvés, dit-il en lui prenant les mains.

206

— Moi aussi.

— J'aimerais bien t'embrasser, mais cela fait vingt-quatre heures que je ne me suis pas changé.

Elle redoutait de ne pas pouvoir lui résister s'il s'approchait trop d'elle. Avec la guerre, les mœurs, à Washington s'étaient relâchées, mais ce libertinage ne l'avait pas gagné.

— Je n'ai pas l'intention de t'embrasser avant que tu ne sois habillé.

— Tu as peur de te compromettre ?

— Que veux-tu dire par là ?

— Nous avons passé la nuit ensemble, répondit-il en haussant les épaules.

— Je suis restée parce que tu insistais !

— Oh, ne t'emballe pas.

D'un seul coup, le désir qu'il lui inspirait s'était transformé en une colère tout aussi intense.

— Tu tombais d'épuisement et je t'ai mis au lit. Et puis tu m'as demandé de ne pas m'en aller, donc je suis restée.

— Je t'en remercie.

— Alors, ne parle pas comme si j'avais eu un comportement de... de putain !

— Ce n'est pas ce que je voulais dire.

On frappa à la porte.

— File dans la chambre. Je ne veux pas qu'un serveur me voie avec un homme déshabillé. Mais, avant, passe-moi ta bague.

Il regarda la chevalière en or qu'il portait au petit doigt.

— Pourquoi ?

— Pour que le garçon d'étage me croie mariée.

— Mais je ne l'enlève jamais.

— Fiche le camp d'ici, siffla-t-elle.

Il s'éclipsa ; Billie ouvrit la porte à une femme

de chambre qui poussait le plateau qu'ils avaient commandé.

— Voilà, mademoiselle, annonça-t-elle.

Billie devint toute rouge. Ce « mademoiselle » sonnait comme une insulte. Elle signa la note et congédia l'employée sans même lui glisser un pourboire.

Puis elle entendit la douche couler. Elle se sentait épuisée. Elle avait passé des heures en proie à une passion vibrante et romantique et voilà qu'en quelques minutes tout cela avait mal tourné. Luke en général était courtois et puis il s'était soudain transformé en ours. Comment ces choses-là pouvaient-elles arriver ?

Quelle qu'en fût la raison, il l'avait humiliée. D'un instant à l'autre, il allait sortir de la salle de bains tout prêt à s'asseoir pour prendre le petit déjeuner avec elle comme un couple marié. Ce n'était pourtant pas le cas et elle se sentait de plus en plus mal à l'aise.

Allons, se dit-elle, si cela ne me plaît pas, pourquoi suis-je toujours ici ? Bonne question.

Elle songea à lui laisser un mot, mais le bruit de la douche avait cessé. Il allait réapparaître, vêtu d'un peignoir de bain, les cheveux encore humides et les pieds nus, bref, mignon à croquer. Elle n'avait plus le temps : silencieusement, elle referma la porte derrière elle.

Durant le mois qui suivit, elle le rejoignit presque chaque jour au bâtiment Q. Il passait la chercher à l'heure du déjeuner ; ils prenaient leur repas à la cafétéria ou pique-niquaient dans le parc. Il se comportait envers elle avec sa courtoisie habituelle, semblait apprécier sa compagnie et s'était départi de son attitude mordante du Carlton. Peut-être n'avait-il jamais passé la nuit avec une maîtresse, ignorant comme elle la manière de s'y prendre. En fait, il l'avait traitée comme sa sœur — la seule femme, sans doute, à l'avoir jamais vu en caleçon.

A la fin de la semaine, il lui avait proposé de sortir : ils avaient canoté sur le Potomac, puis, le soir, ils étaient allés voir *Jane Eyre*. Washington baignait dans une atmosphère d'insouciance : la ville regorgeait de jeunes hommes en permission ou en route pour le front, pour lesquels une mort violente faisait partie de la routine quotidienne ; ils avaient envie de jouer aux cartes, de boire, de danser, de faire l'amour parce qu'ils n'en auraient peut-être plus jamais l'occasion.

Luke se rempluma ; il dormait mieux et ses yeux n'avaient plus ce regard hanté. Il acheta des vêtements à sa taille, des chemisettes, un pantalon blanc et un blazer qu'il portait quand il l'invitait. Il commençait à retrouver ses airs de collégien.

Ils se lançaient dans des conversations interminables. Elle lui expliquait comment l'étude de la psychologie humaine viendrait à bout des maladies mentales, et il lui démontrait comment les hommes pourraient aller sur la Lune. Ils revivaient ce fameux week-end, à Harvard, qui avait bouleversé leur existence. Ils discutaient de la guerre et de son terme : selon Billie, les Allemands ne pouvaient pas tenir longtemps maintenant que l'Italie était tombée. Luke estimait qu'il faudrait des années pour chasser les Japonais du Pacifique. Parfois, Anthony et Bern les accompagnaient : ils reprenaient alors leurs débats politiques, comme jadis au collège. Luke passa un week-end à New York auprès de sa famille : Billie souffrit beaucoup de son absence.

Elle ne s'ennuyait jamais en sa compagnie. Il était prévenant, intelligent et spirituel.

Environ deux fois par semaine, ils rééditaient leur première dispute. Il se révélait tyrannique, décidant seul de la soirée ou bien affirmant s'y connaître mieux en matière de radio, d'automobiles ou de tennis. Elle protestait vigoureusement et il l'accusait de dramatiser. Dans le feu de la discussion, elle allait trop loin, lançant une affirmation exagérée, ou se montrait de mauvaise foi. Il la plantait là, convaincu d'avoir raison, avant de s'en repentir quelques minutes plus tard. Elle allait le chercher en le suppliant d'oublier tout cela et de redevenir amis. Il commençait par se montrer inflexible ; puis elle le faisait rire et il fondait.

Pendant toute cette période, elle ne mit jamais les pieds à son hôtel, et, quand il l'embrassait, toujours dans un lieu public, il se contentait de lui effleurer chastement les lèvres.

Au mois d'octobre, Luke reçut sa nouvelle affectation. Il attendit Billie dans le hall du bâtiment Q : elle comprit tout de suite, à voir son visage, qu'il était préoccupé.

— Qu'est-ce qui ne va pas ?

— Je retourne en France.

— Quand ? fit-elle, atterrée.

— Je quitte Washington lundi à la première heure. Bern aussi.

— Vous n'en avez pas fait assez...

— Le danger, je m'en moque. Simplement, je ne veux pas te quitter.

Elle sentit les larmes lui monter aux yeux.

— Deux jours, murmura-t-elle.

— Il faut que je fasse ma valise.

— Je vais t'aider.

210

Ils gagnèrent son hôtel.

A peine la porte franchie, elle l'agrippa par son chandail, l'attira à elle, franchement. Elle chercha ses lèvres du bout de la langue, puis ouvrit la bouche pour l'accueillir à son tour.

Elle ôta son manteau : elle portait une robe à rayures bleues et blanches avec un col blanc.

— Touche mes seins... Je t'en prie, implora-t-elle.

Il enferma les seins menus dans ses mains.

Ils s'écartèrent l'un de l'autre, et elle le dévisagea avidement comme pour graver son visage dans sa mémoire, le bleu particulier de ses yeux, cette mèche brune qui pendait sur son front, la courbe de sa mâchoire, la douceur de ses lèvres.

— Je veux une photo de toi. Tu en as une ?

— Je n'ai pas de portrait sur moi, dit-il avec un sourire et, prenant un accent new-yorkais, il ajouta : Pour qui me prends-tu ? Pour Frank Sinatra ?

— Tu dois bien avoir une photo de toi quelque part.

— Peut-être une photo de famille. Attends.

Elle le suivit dans la chambre.

Sa valise en cuir fauve éraflé n'avait pas dû changer de place depuis son retour. Il en retira un cadre en argent qui s'ouvrait comme un petit livre, avec deux photographies en vis-à-vis. Il en fit glisser une et la lui tendit.

Prise voilà trois ou quatre ans, elle représentait un Luke, jeune et plus robuste, un couple âgé, sans doute ses parents, des jumeaux d'une quinzaine d'années et une petite fille, tous en costume de bain.

— Je ne peux pas l'accepter, c'est une photo de ta famille, protesta-t-elle.

— Je tiens à ce que tu l'aies. C'est moi, au milieu des miens.

C'était justement ce qui lui plaisait, à elle aussi, dans ce cliché.

— Tu l'avais emportée en France ?

— Oui.

Elle n'osait pas l'en priver.

— Montre-moi l'autre.

— Comment ça ?

— Il y en avait deux.

A contrecœur, il dégagea du cadre une coupure de l'annuaire de Radcliffe : c'était une photo de Billie.

— Tu l'avais aussi sur toi ?

— Oui.

Elle éclata en sanglots. Elle venait de comprendre qu'il avait découpé son portrait dans l'annuaire du collège et qu'il l'avait conservé à côté de la photo de sa famille, durant ces années d'épreuves. Elle ne se doutait pas à quel point elle comptait pour lui.

— Pourquoi pleures-tu ? s'inquiéta-t-il.

— Parce que tu m'aimes.

— C'est vrai... Je t'aime depuis ce week-end de Pearl Harbor.

La rage la prit soudain.

— Comment peux-tu dire ça, salopard ? Tu m'as abandonnée !

— En devenant amants, nous aurions détruit Anthony.

— Je me fiche d'Anthony ! lança-t-elle en lui martelant la poitrine de ses poings. Comment as-tu pu faire passer le bonheur d'Anthony avant le mien ?

— Ç'aurait été moche.

— Tu ne comprends donc pas, nous aurions pu être l'un à l'autre depuis deux ans ! (Les larmes ruisselaient sur ses joues.) Maintenant, il ne nous reste que deux jours... Deux minables petits jours !

— Alors, cesse de pleurer et embrasse-moi encore.

Elle jeta ses bras autour de son cou. Ses larmes coulaient entre leurs lèvres et dans leurs bouches. Il commença à dégrafer sa robe.

— Je t'en prie, déchire-la.

Il fit jaillir les boutons jusqu'à sa taille.

— Tu es sûre d'en avoir envie ?

— Il le faut, il le faut, je t'en prie, ne t'arrête pas !

Il la poussa avec douceur sur le lit. Il était allongé sur elle, s'appuyant sur ses coudes. Il la regarda dans les yeux.

— Je n'ai encore jamais fait ça.

— Moi non plus.

Ils firent l'amour pendant tout le week-end, éperdus de désir et de chagrin.

Après le départ de Luke, le lundi matin, Billie pleura deux jours durant.

Huit semaines plus tard, elle découvrit qu'elle était enceinte.

Les scientifiques ont du mal à estimer les variations extrêmes de température auxquelles le satellite sera soumis au moment où il sortira de l'ombre du globe terrestre pour entrer dans la pleine lumière du soleil. Afin d'amortir ce choc thermique, des bandes d'oxyde d'aluminium de 3 millimètres de large recouvrent en partie le cylindre. Ce revêtement est destiné à réfléchir les rayons solaires. De la fibre de verre protégeant le satellite du froid sidéral complète ce dispositif d'isolation.

— Oui, nous avons eu une aventure, reconnut-elle comme ils descendaient l'escalier.

Luke avait la bouche sèche. Il s'imaginait lui donnant la main, contemplant son visage au cours d'un dîner aux chandelles, l'embrassant, la regardant se défaire de ses vêtements. Il se sentait coupable puisqu'il était marié — on venait de le lui rappeler mais il n'arrivait pas à se souvenir de sa femme, alors que Billie, elle, se tenait là, tout près de lui.

Ils firent halte devant la porte d'entrée.

— Etions-nous amoureux ? demanda Luke.

— Oh, bien sûr, dit-elle en s'efforçant d'adopter un ton léger. Tu étais pour moi le seul homme au monde.

Comment avait-il pu la perdre ?

— Mais l'expérience, reprit-elle, m'a fait comprendre qu'il y en a d'autres. J'ai l'âge de savoir que le Prince charmant n'existe pas et que, simplement, se présentent des hommes dont l'armure, parfois étincelante, cache toujours des défauts.

Tout savoir, connaître tous les détails, impliquait une multitude de questions.

— Donc, tu as épousé Bern.

— Oui.

— Comment est-il ?

— Intelligent. Les hommes de ma vie doivent être futés, sinon, je m'ennuie, et assez solides pour me défier.

— Qu'est-ce qui a cloché ?

— Pas les mêmes valeurs. Ça paraît abstrait, mais Bern a risqué sa vie pour la cause de la liberté dans deux conflits, la guerre d'Espagne, puis la Seconde Guerre mondiale. Il faisait passer la politique avant tout.

Une question brûlait les lèvres de Luke.

— As-tu quelqu'un maintenant ?

— Bien sûr. Il s'appelle Harold Brodsky.

Il se sentit stupide. Bien sûr qu'elle avait quelqu'un. Une belle divorcée d'une trentaine d'années : les hommes devaient se bousculer pour l'inviter à sortir. Il eut un sourire désabusé.

— Est-ce le Prince charmant ?

— Non, mais il est intelligent, il me fait rire et il m'adore.

Luke éprouva une douleur cuisante. Il était jaloux.

— Et j'imagine que vous partagez les mêmes valeurs.

— Oui. Ce qui compte le plus dans sa vie, c'est son enfant — il est veuf. Ensuite, ses travaux.

— Qui sont ?

— La chimie de l'iode. Je connais des senti-

216

ments analogues à l'égard de mon travail. J'ai peut-être perdu ma naïveté en ce qui concerne les hommes, mais pas mon rêve de découvrir les mystères de l'esprit humain.

— Je regrette que tu ne puisses pas décrypter le mien.

Elle réfléchit un instant.

— C'est bizarre. Si tu avais été victime d'un traumatisme crânien, sans séquelle visible, tu devrais au moins souffrir de migraine... Tu n'es pas alcoolique ou drogué, et, si tu avais subi un choc terrible ou un stress prolongé, j'en aurais entendu parler, soit par toi, soit par des amis communs.

— Ce qui nous laisse comme hypothèse... ?

Elle secoua la tête.

— Tu n'es certainement pas schizophrène, ce qui exclut qu'on ait pu te faire suivre un traitement associant drogues et électrochocs, qui aurait provoqué...

Elle n'acheva pas sa phrase, écarquillant les yeux.

— Quoi ? fit Luke.

— Je viens de me souvenir de Joe Blow !

— Qui est-ce ?

— Joseph Bellow. Ce nom m'a frappé parce qu'il me semblait inventé. Il a été admis tard dans la soirée d'hier, j'étais déjà rentrée chez moi. Et puis il est sorti de l'hôpital dans la nuit... ce qui était vraiment étrange.

— De quoi était-il atteint ?

— Il était schizophrène... Oh, merde !

Luke commençait à deviner sa pensée.

— Allons consulter son dossier.

Elle remonta l'escalier quatre à quatre. Il n'y avait personne dans le bureau des Archives. Billie tourna le commutateur.

Elle ouvrit le tiroir marqué « A-D », feuilleta les dossiers et finit par en extraire une chemise. Elle lut à voix haute :

« Blanc, sexe masculin, un mètre quatre-vingt-trois, quatre-vingt-deux kilos, trente-sept ans. »

— Tu penses que c'était moi ?

— Le patient s'est vu administrer une substance entraînant une amnésie globale.

Bien qu'anéanti, Luke se montrait terriblement intrigué. Si Billie ne se trompait pas, on l'avait délibérément manipulé. Cela expliquait qu'on l'ait suivi — probablement sur l'ordre de quelqu'un qui tenait à s'assurer de l'efficacité du traitement. Qui pouvait bien avoir fait ça ?

— C'est mon collègue, le Dr Leonard Ross, qui a admis le patient. Len est psychiatre. J'aimerais connaître la raison pour laquelle il a couvert ces méthodes. D'habitude, on garde l'individu en observation durant plusieurs jours avant d'administrer un traitement. Et je ne vois pas de justification médicale au départ immédiat du malade, même avec le consentement de sa famille. C'est tout à fait irrégulier.

— Ross s'est mis dans un drôle de pétrin.

— Pas vraiment, soupira Billie. Si je proteste, on m'accusera d'agir par dépit : Len vient d'obtenir le poste de directeur des recherches physiques auquel je postulais aussi.

— Quand est-ce arrivé ?

— Aujourd'hui.

— Ross a été nommé *aujourd'hui* ? fit Luke, stupéfait.

— Oui. Et je pense que ce n'est pas une coïncidence.

— Tu parles ! s'écria-t-il. On l'a acheté. Sa promotion contre cette procédure inhabituelle.

— Je ne parviens pas à l'imaginer... Quoique... C'est un mou.

— On s'est servi de lui. Peut-être un de ses supérieurs hiérarchiques ?

— Non, fit Billie. C'est l'institution qui finance le poste, la Fondation Sowerby, qui a insisté pour que Ross soit nommé, mon patron me l'a dit. Nous nous demandions pourquoi. Maintenant, je le sais.

— Tout ça se tient, mais c'est presque aussi déconcertant qu'avant. Quelqu'un de la fondation voulait que je perde la mémoire ?

— Je crois savoir qui, répondit Billie. Anthony Carroll. Il fait partie du conseil d'administration.

Ce nom éveilla un écho. Anthony était l'homme de la CIA qu'avait mentionné Elspeth.

L'instant d'après, Billie décrochait le téléphone pour appeler Anthony.

Luke essaya de mettre de l'ordre dans ses pensées. La dernière journée lui avait asséné des chocs en série : mémoire irrécupérable, Billie aimée et perdue — comment avait-il pu être aussi stupide ? Et à présent la révélation qu'on l'avait délibérément rendu amnésique et que le responsable appartenait à la CIA. Et pas l'ombre d'une explication plausible.

— Ici le Dr Josephson, passez-moi Anthony Carroll.

Apparemment, le standardiste devait traîner les pieds, car elle reprit, sèchement :

— Faites-lui savoir que j'ai besoin de lui parler de toute urgence. Qu'il me rappelle chez moi dans une heure exactement... Ne faites pas le mariole avec moi, mon petit, je sais que vous pouvez lui

219

transmettre un message à n'importe quelle heure du jour ou de la nuit, où qu'il se trouve.

Elle raccrocha brutalement.

— Désolée. Ce type m'a dit : « Je vais voir ce que je peux faire », comme si je lui demandais un service !

Luke se souvint alors des paroles d'Elspeth : Anthony Carroll, Luke et Bern formaient, à Harvard, un trio d'inséparables.

— Cet Anthony, dit-il, je croyais que c'était un ami.

— Moi aussi.

Dans l'espace, le problème de la régulation thermique est une question cruciale. Pour tester l'efficacité de son revêtement isolant, l'*Explorer* transporte quatre thermomètres, trois sur la paroi externe destinés à mesurer la température de l'enveloppe et un dans le compartiment des instruments pour mesurer la température intérieure. L'objectif est de maintenir l'écart entre 4 et 21 °C, soit une marge confortable.

Bern habitait Massachusetts Avenue, au-dessus du pittoresque ravin de Rock Creek, dans un quartier résidentiel. L'appartement, de style hispanique, possédait un mobilier colonial, sculpté dans du bois sombre, et, accrochées aux murs blancs, des peintures de paysages arides et brûlés par le soleil. Luke se rappela ce que Billie lui avait dit au sujet de Bern : il avait combattu en Espagne, dans les Brigades internationales.

On avait du mal à imaginer Bern en soldat. La calvitie gagnait maintenant ses cheveux bruns, il avait pris du ventre, et malgré son air déterminé, ses yeux reflétaient une certaine tristesse. Quel crédit un homme aussi pragmatique accorderait-il à son aventure ? songea Luke.

Bern serra chaleureusement la main de Luke et lui offrit une petite tasse d'un café serré. Sur la console du gramophone, un cadre, placé en évidence, avec la photo d'un homme entre deux âges, vêtu d'une chemise en lambeaux et brandissant un fusil. Luke prit le cadre.

— Largo Benito, expliqua Bern. Le type le plus formidable que j'aie jamais connu. Je me suis battu à ses côtés en Espagne. Mon fils porte son prénom, Largo, même si Billie l'appelle Larry.

La guerre d'Espagne avait laissé une empreinte profonde dans la vie de Bern, et Luke se demanda quel événement l'avait pareillement marqué.

— Moi aussi, j'ai bien dû avoir des souvenirs.

— Enfin, mon vieux, que se passe-t-il ?

— Je ne sais pas si tu vas avaler ça, mais il faut tout de même que je te raconte. J'espère vraiment que tu pourras éclaircir ce mystère.

— Je ferai de mon mieux.

— Je suis arrivé à Washington lundi, juste avant le lancement de la fusée, dans le but de rencontrer un général pour des raisons mystérieuses que j'ai estimé ne devoir confier à personne. Inquiète à mon sujet, ma femme a appelé Anthony pour le prier d'avoir l'œil sur moi. Nous avions rendez-vous le mardi matin pour le petit déjeuner.

— Ça se tient. Anthony est ton plus vieil ami. Vous partagiez déjà une chambre quand je vous ai connus.

— Le reste relève de la seule hypothèse. J'aurais donc rencontré Anthony avant de me rendre au Pentagone. Celui-ci a versé un somnifère dans mon café avant de me conduire au Centre des maladies mentales de Georgetown. Il s'est arrangé, j'ignore comment, pour tenir Billie à l'écart et m'a fait hospitaliser sous un faux nom. Il a ensuite pris contact avec le Dr Len Ross qu'il savait vénal. En se servant de sa position de membre du conseil d'administration de la Fondation Sowerby, il a décidé celui-ci à me soumettre à un traitement capable de détruire ma mémoire.

Luke marqua un temps d'arrêt, attendant que Bern lui déclare que tout cela ne tenait pas debout. Or, à sa grande surprise, ce dernier se contenta de lâcher :

— Mais, au nom du ciel, pourquoi ?

Luke, réconforté, poursuivit son raisonnement.

— Pour brouiller les pistes, il m'a fait quitter l'hôpital, encore inconscient, m'a habillé de guenilles et déposé à Union Station avec un complice. Celui-ci était sans doute chargé de me persuader que je me trouvais dans mon état normal, tout en gardant un œil sur moi.

— Il devait quand même pressentir que, tôt ou tard, tu apprendrais la vérité.

— Pas nécessairement — en tout cas, pas en totalité. Bien sûr, il savait qu'au bout de quelques jours ou de quelques semaines je finirais par découvrir qui j'étais. Mais il croyait que je resterais convaincu que j'avais été victime d'une cuite carabinée. Il arrive, paraît-il, qu'on perde la mémoire après. Et, avant que je mette ça en doute et que j'interroge mon entourage, Billie aurait déjà tout oublié de ce mystérieux patient — sans compter que Len Ross aurait pu détruire son dossier.

— Le plan était risqué, mais avec de bonnes chances de réussir.

— Je suis étonné de ne pas te voir plus sceptique.

Bern haussa les épaules.

Luke insista :

— As-tu une raison d'accepter si volontiers cette version ?

— Nous avons tous connu l'action clandestine. Ces choses-là existent.

Luke avait le sentiment que Bern lui cachait quelque chose.

— Bern, si tu penses à quoi que ce soit, au nom du ciel, dis-le-moi, j'ai besoin de ton aide.

— Il y a bien... mais c'est secret et je ne veux attirer d'ennuis à personne.

— Je t'en prie... Je suis désespéré.

— Bon, voilà... Vers la fin de la guerre, Billie et Anthony travaillaient pour l'OSS sur un projet spécial, la Commission du sérum de vérité. A l'époque, toi et moi n'en avons rien su, mais je l'ai appris plus tard quand j'étais marié à Billie. Ils recherchaient des drogues capables de modifier l'état mental des prisonniers durant les interrogatoires. Ils ont essayé la mescaline, les barbituriques, la scopolamine et le cannabis. Ils ont fait des expériences sur des soldats soupçonnés de sympathies communistes. Billie et Anthony se sont rendus dans des camps militaires d'Atlanta, de Memphis et de La Nouvelle-Orléans. Ils gagnaient la confiance du soldat suspect, lui refilaient un joint et observaient s'il trahissait des secrets.

— Si bien qu'un tas de bidasses ont eu un coup de fumette gratis !

Bern acquiesça.

— A ce niveau, tout ça avait un côté un peu comique. Après la guerre, Billie est retournée au collège pour étudier les effets sur l'humeur de diverses drogues légales comme la nicotine. Une fois nommée professeur, elle a continué ses recherches dans le même domaine en se concentrant sur la façon dont la mémoire peut être affectée par les drogues et par d'autres facteurs.

— Mais pas pour la CIA.

— C'est ce que je m'imaginais. Mais j'avais tort.

— Mon Dieu !

— En 1950, quand Roscoe Hillenkoetter a été nommé directeur, l'Agence s'est lancée dans un projet qui avait pour nom de code « Oiseau bleu » ; Hillenkoetter a alors autorisé l'usage de fonds secrets, si bien qu'il n'y a pas eu de trace écrite. L'opération Oiseau bleu concernait le contrôle de l'esprit. L'Agence a financé toute une série de recherches dans les universités, légalement, en faisant passer les fonds par les fondations pour en dissimuler la véritable origine. C'est ainsi qu'on a soutenu les travaux de Billie.

— Quelle a été sa réaction ?

— Cela a été pour nous un sujet de discussions. Je disais que c'était mal, que la CIA envisageait de procéder à des lavages de cerveau. Elle prétendait qu'elle se livrait à des recherches essentielles et que peu lui importait la source des financements.

— C'est pour cela que vous avez divorcé ?

— En partie. A l'époque, je produisais une émission de radio intitulée « Roman policier », mais je voulais faire du cinéma. En 1952, j'ai écrit un scénario à propos d'un organisme gouvernemental secret qui procédait, à leur insu, à des lavages de cerveau sur de simples citoyens. Jack Warner l'a acheté. Mais je n'en ai pas parlé à Billie.

— Pourquoi ?

— Je savais que la CIA mettrait son veto.

— Ils peuvent faire ça ?

— Et comment !

— Qu'est-il arrivé ?

— Le film est sorti en 1953. Frank Sinatra incarnait un chanteur, témoin d'un meurtre politique, à qui un traitement secret avait fait perdre la mémoire. Joan Crawford jouait son agent. Ça a été un énorme succès. Ma carrière était lancée.

— Et Billie ?

— Je l'ai emmenée à la première.

— Je suppose qu'elle était furieuse.

— Elle était folle de rage. Elle m'accusait d'avoir utilisé des informations confidentielles que je lui avais soutirées. Elle était persuadée que la CIA allait suspendre l'octroi des crédits et arrêter ses travaux. Ça a été la fin de notre mariage.

— C'est pourquoi Billie m'a dit que vous ne partagiez pas les mêmes idées.

— Elle aurait dû t'épouser. Je n'ai jamais vraiment compris pourquoi elle ne l'a pas fait...

— Bref, coupa Luke que cette confidence gênait, pour en revenir à 1953, je présume que la CIA ne lui a pas retiré son soutien.

— Non, lança Bern d'un ton cinglant. L'Agence a préféré bousiller ma carrière.

— Comment ?

— Ils ont enquêté sur mon compte. J'avais été communiste jusqu'à la fin de la guerre ; cela faisait de moi une cible facile. On m'a mis sur la liste noire, à Hollywood. J'ai même perdu ma situation à la radio.

— Quel a été le rôle d'Anthony dans tout cela ?

— Selon Billie, il a fait de son mieux pour me protéger, mais on ne l'a pas écouté. Après ce que tu viens de me raconter, j'en doute.

— Qu'as-tu fait ?

— J'ai eu deux ou trois années assez dures, puis j'ai eu l'idée des *Jumeaux terribles*.

Luke lui lança un regard interrogateur.

— C'est une série de livres pour enfants. (Il désigna un rayonnage où s'alignaient des couvertures aux couleurs vives.) Tu les as sans doute lus aux enfants de ta sœur.

Luke était ravi d'avoir des neveux ou des nièces auxquels il faisait la lecture. Il avait encore tant de choses à découvrir sur son propre compte.

— Tu me sembles avoir réussi.

— C'est vrai, admit Bern. Le premier, je l'ai écrit sous un pseudonyme, en prenant un agent littéraire qui sympathisait avec les victimes du maccarthysme. Ç'a été un énorme best-seller ; depuis, j'en sors deux par an.

Luke se leva pour aller prendre un ouvrage sur l'étagère. Il lut : *Qu'est-ce qui est le plus poisseux, le miel ou le chocolat fondu ? Les jumeaux avaient besoin de le savoir. C'est pourquoi ils tentèrent l'expérience qui rendit maman si furieuse.*

Il sourit. Il imaginait volontiers que les enfants adoraient ce genre d'histoire. Puis il reprit, d'un ton navré :

— Elspeth et moi n'avons pas de gosse.

— Je ne me l'explique pas. Vous vouliez tant fonder une famille.

— Nous avons essayé, mais ça n'a pas marché, fit Luke en refermant le livre. Formions-nous un ménage heureux ?

— Puisque tu me poses la question, non.

— Continue.

— Quelque chose a mal tourné, mais tu ne savais pas quoi. Tu m'as appelé un jour pour me demander mon avis, mais je n'ai pas pu t'aider.

— Il y a quelques minutes, tu disais que Billie aurait dû m'épouser.

— Vous étiez dingues l'un de l'autre.

— Qu'est-il donc arrivé ?

— Je l'ignore. Après la guerre, vous avez eu une scène terrible, je n'en connais pas la cause.

— Il faudra que j'interroge Billie... Je comprends maintenant pourquoi tu as cru à mon histoire, dit Luke en reposant le livre dans la bibliothèque.

— Oui, fit Bern. Je suis persuadé que c'est Anthony qui a tout manigancé.

— Pour quelle raison ?

— Je n'en ai pas la moindre idée.

20 heures

> En cas de variations de température d'une amplitude supérieure aux prévisions, il se peut que les transistors en germanium soient en surchauffe, que les batteries au mercure gèlent et que le satellite s'avère incapable de transmettre des données à la Terre.

Assise à sa coiffeuse, Billie rectifiait son maquillage. Ses yeux étaient ce qu'elle avait de mieux, et elle les rehaussait toujours avec soin d'un trait noir d'eye-liner, d'un soupçon d'ombre à paupières grise et d'un peu de mascara. Elle avait laissé la porte de sa chambre entrouverte, ce qui lui permettait d'entendre la fusillade : au rez-de-chaussée, Larry et Becky-Ma regardaient un western à la télévision.

Ce soir-là, elle n'avait pas envie de sortir. Les événements de la journée l'avaient trop remuée : elle était furieuse de ne pas avoir obtenu le poste qu'elle visait, déconcertée par les agissements d'Anthony, troublée et inquiète de constater qu'entre elle et Luke le courant passait toujours aussi dangereusement bien. Elle se remémora ses relations avec Anthony, Luke, Bern et Harold, se demandant si elle avait toujours pris les bonnes décisions. Après tout ce qui venait d'arriver, la perspective de passer la soirée à regarder la télé avec Harold, malgré toute la tendresse qu'elle lui portait, semblait bien insipide.

Le téléphone sonna.

Elle bondit vers le poste posé auprès de son lit, mais Larry avait déjà décroché dans le vestibule. La voix d'Anthony annonçait :

— Ici la CIA. Invasion imminente de Washington par une armée de choux sauteurs.

— Oncle Anthony, fit Larry en riant, c'est toi !

— Si un chou t'approche, n'essaie pas, je répète, n'essaie surtout pas de raisonner avec lui.

— Un chou ne parle pas !

— La seule façon de s'y prendre avec eux, c'est de les attaquer à mort avec des tranches de pain.

— Tu te moques de moi ! s'esclaffa Larry.

— Anthony, intervint Billie, je suis sur l'autre poste.

— Larry, reprit Anthony, enfile ton pyjama, d'accord ?

— D'accord, répondit Larry avant de raccrocher.

— Billie ? demanda Anthony en changeant de ton.

— Je suis là.

— Tu voulais que je te rappelle... de toute urgence. Il paraît que tu as engueulé l'officier de garde.

— En effet. Anthony, qu'est-ce que tu trafiques ?

— Précise ta question.

— Mon Dieu, ne déconne pas ! Je sentais que tu mentais la dernière fois que nous nous sommes parlé, mais à ce moment-là j'ignorais ce qui se passait vraiment. Aujourd'hui, je suis au courant. J'ai appris ce que tu as fait subir à Luke hier soir à l'hôpital.

Un silence.

— J'exige une explication, déclara Billie.

— Je ne peux pas te parler de ça au téléphone. Rencontrons-nous dans les prochains jours...

— Pas question. Donne-moi ta version tout de suite.

— Tu sais bien que je ne peux pas...

— Tu peux absolument tout ce que tu veux, alors ne me raconte pas le contraire.

— Il faut te fier à moi, protesta Anthony. Voilà vingt ans que nous sommes amis.

— En effet, dès notre premier rendez-vous, tu m'as mise dans le pétrin !

Anthony dut en sourire.

— Tu m'en veux encore pour ça ?

— Bien sûr que non. Mais tu dois me faire confiance. Bon sang, tu es le parrain de mon fils !

— Voyons-nous demain, je t'expliquerai tout.

Elle était sur le point d'accepter, mais ses soupçons lui revinrent.

— Tu ne m'as pas fait confiance hier soir, n'est-ce pas ? Tu as agi derrière mon dos, à l'intérieur de mon propre hôpital.

— Je te l'ai dit, je peux t'expliquer...

— Tu aurais dû le faire *avant* de me trahir. Dis-moi la vérité, sinon j'appelle le FBI dès que j'aurai raccroché. Choisis.

Sa manœuvre présentait un danger, car les gens menacés s'obstinaient souvent. Mais elle misait sur le fait que la CIA détestait et redoutait toute intervention du FBI, surtout lorsque l'Agence opérait en marge de la légalité, autrement dit la plupart du temps. Les fédéraux sauteraient sur l'occasion d'enquêter sur les actions illicites perpétrées chez eux, sur le territoire des Etats-Unis, par la CIA. Si Anthony agissait dans le respect de la loi, les menaces de Billie seraient vaines. Mais, s'il la bafouait, il prendrait peur.

— Bon, allons-y, soupira-t-il, je t'appelle d'une cabine, et il est peu probable que ta ligne soit sur écoute... Mais, je te préviens, tu auras du mal à me croire.

— Essaie toujours.

— Soit. Luke est un espion.

Elle encaissa, puis reprit :

— Ne sois pas ridicule.

— C'est un communiste, un agent de Moscou.

— Tu t'imagines que je vais gober cela...

— Peu m'importe que tu le croies ou non, répliqua Anthony, soudain cassant. Voilà des années qu'il transmet aux Soviétiques des secrets concernant les fusées. Comment ont-ils réussi, d'après toi, à mettre leur *Spoutnik* en orbite alors que notre satellite était encore au banc d'essai ? Sur le plan scientifique, ils ne sont pas en avance sur nous ! Mais ils bénéficient de toutes nos recherches en plus des leurs. Et c'est Luke, le responsable.

— Anthony, ça fait vingt ans que nous connaissons Luke tous les deux. Il ne s'est jamais intéressé à la politique !

— Il n'y a pas de meilleure couverture.

Billie hésita. Et si c'était vrai ?

— Luke ne trahirait pas son pays.

— Ça arrive. Souviens-toi, en France, il travaillait avec les résistants communistes. Tu sais, à cette époque-là, ils étaient dans notre camp. Mais, après la guerre, de toute évidence, il a continué. Pour ma part, j'en suis venu à penser qu'il ne t'a

232

pas épousée parce que votre mariage l'aurait gêné dans son travail pour les rouges.

— Il a bien épousé Elspeth.

— Oui, mais ils n'ont jamais eu d'enfants.

Sonnée, Billie s'assit sur les marches de l'escalier.

— Tu as des indices ?

— J'ai des preuves... des plans ultra-secrets qu'il a remis à un officier du KGB.

Elle était stupéfaite, ne sachant plus que croire.

— Si tout cela est exact, pourquoi lui avoir fait perdre la mémoire ?

— Pour lui sauver la vie.

Elle était de plus en plus déconcertée.

— Je ne comprends pas.

— Billie, nous allions le tuer.

— Qui allait le tuer ?

— Nous, la CIA. Tu sais que l'armée est sur le point de lancer notre premier satellite. Si cette tentative échoue, les Russes domineront l'espace comme les Anglais ont dominé l'Amérique pendant deux cents ans. Il faut que tu comprennes que Luke représentait la menace la plus dangereuse pour l'Amérique depuis la guerre. La décision de l'éliminer a été prise moins d'une heure après que l'on a découvert la vérité sur lui.

— Pourquoi ne pas simplement le juger comme espion ?

— Et nous ridiculiser aux yeux du monde entier en avouant que les Soviétiques connaissent depuis des années tous les détails de notre programme spatial ? C'est une solution qui n'a même pas été envisagée.

— Alors que s'est-il passé ?

— J'ai persuadé nos chefs d'essayer cette solution. Je me suis adressé très haut. Personne n'est au courant, à l'exception du directeur de la CIA et du président. Ça aurait marché si Luke n'avait pas été un foutu salopard qui connaît toutes les ficelles du métier. J'aurais pu le sauver et étouffer l'affaire. Même lui n'aurait jamais su quels secrets il avait livrés.

Billie eut une brève réaction d'égoïsme.

— Tu n'as pas hésité à anéantir ma carrière.

— Pour sauver la vie de Luke ? Je pensais que tu n'aurais même pas admis que j'hésite.

— Ne prends pas tes grands airs, c'est ton plus grand défaut depuis toujours.

— La vérité, c'est que Luke a déjoué mes plans, grâce à ton aide. Est-il avec toi maintenant ?

— Non, fit Billie, qui sentit ses cheveux se dresser sur sa nuque.

— Il faut que je lui parle avant qu'il n'aggrave son cas. Où est-il ?

Par pur instinct, Billie mentit :

— Je ne sais pas.

— Tu ne me cacherais pas quelque chose ?

— Bien sûr que si. Tu m'as déjà dit que ton organisation voulait tuer Luke. Ce serait stupide de ma part de te dire où il est, si je le savais. Mais je l'ignore.

— Billie, écoute-moi. Je suis son seul espoir. Si tu veux lui sauver la vie, dis-lui de m'appeler.

— Je vais y réfléchir.

Anthony avait déjà raccroché.

Le compartiment des instruments ne possède ni porte ni trappe d'accès. Pour travailler sur le matériel qui se trouve à l'intérieur, les ingénieurs de Cap Canaveral doivent soulever la totalité de l'enveloppe. L'opération est incommode, mais cette structure représente un précieux gain de poids, atout majeur quand il s'agit d'échapper aux contraintes de la pesanteur terrestre.

Luke reposa le combiné d'une main tremblante.

— Bonté divine, fit Bern, que t'a dit Billie ? Tu as l'air d'un fantôme !

— Anthony affirme que je suis un agent soviétique, lui déclara Luke.

Bern plissa les yeux.

— Et ?

— Quand la CIA s'en est aperçue, ils voulaient me tuer, mais Anthony les a persuadés que ce serait tout aussi efficace de me rendre amnésique.

— C'est une histoire vaguement plausible, observa Bern calmement.

Luke en resta sonné.

— Mon Dieu, et si c'était vrai ?

— Ça ne l'est pas.

— Tu ne peux pas en être certain.

— Si.

— Comment ? implora Luke.

— Parce que, moi, j'ai été un agent soviétique.

Luke le dévisagea, abasourdi.

— Il n'est pas obligatoire que deux agents se connaissent, insista-t-il.

Bern secoua la tête.

— C'est toi, Luke, qui as mis fin à ma carrière.

— Comment ça ?

— Encore un peu de café ?

— Non merci, ça me donne le tournis.

— Tu as une sale tête. Quand as-tu mangé pour la dernière fois ?

— Billie m'a donné quelques biscuits, mais peu importe ! Dis-moi ce que tu sais.

Bern se leva.

— Avant que tu tombes dans les pommes, je vais te préparer un sandwich.

Luke se rendit compte qu'il mourait de faim.

Ils passèrent dans la cuisine, Bern prit dans le réfrigérateur du pain bis, un paquet de beurre, du corned-beef et un gros oignon. Luke en avait l'eau à la bouche.

— C'était pendant la guerre, expliqua Bern tout en beurrant quatre tranches de pain. La Résistance française était partagée entre gaullistes et communistes, et chacun manœuvrait pour assurer sa position après la guerre. Roosevelt et Churchill voulaient à tout prix empêcher les communistes de l'emporter aux élections. C'étaient donc les gaullistes qui tenaient toutes les armes et toutes les munitions.

— Quelle était ma position ?

Bern s'appliquait à tartiner les sandwiches.

— Tu ne t'intéressais pas tellement à la politique française. Tu voulais seulement vaincre les nazis et rentrer chez toi. Mais moi, j'avais d'autres projets :

je tenais à ce que les communistes aient aussi leur chance.

— Explique-toi.

— Je les ai avertis que nous attendions un parachutage. Ils étaient censés nous rencontrer accidentellement, alors que nous regagnions la base, pour réclamer un partage plus équitable. Au lieu de quoi, à peine les containers largués, ils nous ont attaqués au point de parachutage. Vous avez su ainsi que nous avions été trahis. Et j'étais le suspect numéro un.

— Comment ai-je réagi ?

— Tu m'as proposé un marché. Si je cessais immédiatement de travailler pour Moscou, tu garderais le silence.

— Et... ?

— Nous avons tous deux tenu notre promesse. Je ne crois pas que tu m'aies vraiment pardonné. En tout cas, notre amitié n'a plus jamais été la même ensuite.

Un chat siamois apparut en miaulant, et Bern lui lança un bout de viande sur le carrelage. Le chat le dévora délicatement, puis se lécha les pattes.

— Si j'avais été un communiste, dit Luke, je t'aurais couvert.

— Certainement.

Luke commençait à croire à son innocence.

— J'aurais pu devenir communiste après la guerre.

— Impossible. C'est quelque chose qui arrive quand tu es jeune ou pas du tout. Logique.

— Malgré tout, j'aurais pu espionner par intérêt.

— Tu n'as pas besoin d'argent. Ta famille est très riche.

Exact : Elspeth le lui avait dit.

— Donc, Anthony se trompe.

— Ou bien il ment, reprit Bern qui posa les sandwiches sur deux assiettes dépareillées. Tu veux boire ?

— Bien sûr.

Bern attrapa deux Coca dans le réfrigérateur. Ils emportèrent chacun une assiette et une bouteille, et retournèrent dans le salon.

Luke avait une faim de loup. En quelques bouchées, il engloutit le sandwich. Bern l'observait avec amusement.

— Tiens, prends le mien, proposa-t-il.

— Non, merci.

— Vas-y, prends-le. De toute façon, je suis au régime.

Luke saisit le sandwich de Bern et y mordit à belles dents.

— Si Anthony ment, reprit Bern, quelle véritable raison avait-il de te rendre amnésique ?

— Ça doit avoir un rapport avec mon départ précipité de Cap Canaveral, lundi.

Bern acquiesça.

— Sans cela, ça ferait trop de coïncidences.

— J'ai dû mettre le doigt sur quelque chose d'important, de si important qu'il a fallu que je me précipite au Pentagone pour en parler.

Bern fronça les sourcils.

— Pourquoi n'as-tu rien dit de ce que tu avais découvert aux gens de Cap Canaveral ?

Luke réfléchit un instant.

— Sans doute parce que je ne me fiais à personne là-bas.

— D'accord. Là-dessus, avant que tu arrives au Pentagone, Anthony t'a intercepté.

— Et j'ai dû lui faire confiance et lui raconter ce que j'avais appris.

— Ensuite ?

— Ça lui a paru d'une importance telle qu'il a été contraint de me faire perdre la mémoire pour s'assurer de mon silence. Quand je connaîtrai ce secret, je comprendrai ce qui m'est arrivé.

— Par où vas-tu commencer ?

— Par fouiller ma chambre d'hôtel. Peut-être vais-je y trouver un indice.

— Si Anthony a effacé tes souvenirs, il a dû aussi examiner tes affaires.

— Evidemment, mais un détail lui aura peut-être échappé. Je dois m'en assurer.

— Après ?

— Le seul autre endroit où enquêter, ce serait Cap Canaveral. Je vais reprendre un avion ce soir... (Il consulta sa montre.) Ou demain matin.

— Passe la nuit ici.

— Pourquoi ?

— Je ne sais pas. Je n'aime pas l'idée que tu sois tout seul cette nuit. Va au Carlton, prends tes affaires et reviens ici. Demain matin, je te conduirai à l'aéroport.

Luke acquiesça. Un peu embarrassé, il reprit :

— Tu m'as rendu sacrément service.

— On est copains depuis longtemps, fit Bern en haussant les épaules.

— Tu viens de me dire qu'après cet incident en France notre amitié n'a plus jamais été la même.

— C'est vrai, tu avais l'air d'estimer qu'un homme qui t'a trahi une fois pourrait recommencer.

— Sans doute, fit Luke d'un ton songeur. Je me trompais, n'est-ce pas ?

— Oui. Tu te trompais.

Juste avant le décollage, le compartiment des instruments a tendance à chauffer. La solution à ce problème est typique de la conception simple mais efficace du projet *Explorer* développé dans l'urgence. Un récipient empli de glace sèche est attaché par un contact électromagnétique à la paroi externe de la fusée. Si le compartiment devient trop chaud, un thermostat déclenche un système de ventilation. Juste avant la mise à feu, la fixation électromagnétique est débranchée et le système de refroidissement largué au sol.

La Cadillac jaune d'Anthony était garée sur K Street, derrière la file de taxis qui attendaient que le chasseur du Carlton les appelle. De sa voiture, Anthony distinguait parfaitement l'entrée de l'hôtel et la porte cochère brillamment éclairée. Pete occupait la chambre qu'il avait louée dans l'hôtel, dans l'attente d'un coup de téléphone d'un des agents postés dans la ville.

Anthony espérait que Luke parviendrait à s'échapper. Ce qui lui éviterait d'avoir à prendre la décision la plus difficile de sa vie. D'un autre côté, il tenait désespérément à retrouver Luke pour s'en débarrasser.

Luke était un vieil ami, honnête homme, mari fidèle, et scientifique remarquable. Mais cela n'avait pas d'importance. Durant la guerre, ils avaient tous tué de braves gens qui avaient eu le malheur d'appartenir au mauvais camp. Au cours de la guerre froide, Luke s'était trompé de camp. La situation était très pénible, parce qu'ils se connaissaient.

Pete sortit en courant de l'hôtel. Anthony baissa sa vitre.

— Ackie vient d'appeler, annonça Pete. Luke est dans l'appartement de Massachusetts Avenue, chez Bernard Rothsten.

— Enfin, soupira Anthony.

Il avait posté des agents devant l'immeuble de Bern et la maison de Billie, au cas où Luke s'adresserait à ses vieux amis. Il éprouvait une amère satisfaction à l'idée d'avoir vu juste.

— Quand il sortira, ajouta Pete, Ackie le filera à moto.

— Bon.

— Pensez-vous qu'il va venir ici ?

— C'est possible. Je vais attendre. (Deux autres agents postés dans le hall de l'hôtel alerteraient Anthony si Luke pénétrait par une autre entrée.) La seule autre possibilité, c'est l'aéroport.

— Nous avons quatre hommes là-bas.

— Bon. Je crois que nous gardons toutes les issues.

Pete s'en retourna.

Anthony songeait à ce qui allait se passer. Désemparé, Luke hésiterait, brûlant d'envie de le questionner tout en restant sur ses gardes. Anthony essaierait d'entraîner Luke dans un endroit tranquille. Dès l'instant où ils se sauraient seuls, quelques secondes lui suffiraient pour tirer de sa poche le pistolet muni d'un silencieux.

Luke tenterait un ultime effort pour se tirer de là. Ce n'était pas son genre d'accepter la défaite. Il sauterait sur Anthony ou se précipiterait vers la

fenêtre ou foncerait vers la porte. Anthony resterait calme : il avait déjà tué. Le pistolet ne trem-
blerait pas dans sa main, il appuierait sur la détente,
visant Luke à la poitrine et tirant plusieurs balles.
Luke s'écroulerait. Anthony s'approcherait, tâterait
son pouls et, s'il le fallait, lui administrerait le coup
de grâce. Et c'en serait fini de son plus vieil ami.

Il n'y aurait pas d'histoires. Anthony avait la
preuve irréfutable de la trahison de Luke, les plans
annotés de sa propre main. Il ne pourrait pas prouver qu'on les avait découverts chez un agent soviétique, mais la CIA se fierait à sa parole.

Il se débarrasserait du corps quelque part. Bien
sûr, on le retrouverait et il y aurait une enquête.
Tôt ou tard, la police découvrirait que la CIA s'était
intéressée à la victime et commencerait à poser des
questions, mais l'Agence en avait l'habitude. On
déclarerait à la police que la CIA s'intéressait à la
victime pour une affaire touchant à la sécurité nationale, donc protégée par le secret-défense, mais que
tout cela n'avait rien à voir avec le meurtre.

Quiconque — policier, journaliste, homme politique — émettrait là-dessus le moindre doute ferait
l'objet d'une enquête serrée. Des amis, des voisins
et des parents seraient interrogés par des agents faisant d'obscures allusions à des sympathies communistes. L'enquête n'aboutirait jamais, mais elle parviendrait quand même à entamer la crédibilité du
suspect.

Une agence de renseignements pouvait agir à sa
guise.

Un taxi s'arrêta devant l'entrée de l'hôtel, et
Luke en descendit. Il portait un pardessus bleu
marine et un feutre gris qu'il avait dû acheter ou
voler dans la journée. De l'autre côté de la rue,

Ackie Horwitz stoppa sa motocyclette. Anthony descendit de sa voiture et s'approcha sans hâte de la porte de l'hôtel. Luke semblait tendu mais déterminé. Il régla la course du taxi, jetant un coup d'œil à Anthony sans le reconnaître, dit au chauffeur de garder la monnaie et s'engouffra dans l'hôtel. Anthony lui emboîta le pas.

Ils avaient le même âge, trente-sept ans. Ils s'étaient rencontrés à Harvard quand ils en avaient dix-huit.

Dire qu'il fallait en arriver là, songea Anthony avec amertume.

Luke avait répéré, depuis l'appartement de Bern, l'homme à la motocyclette. Il était prévenu.

Le hall du Carlton ressemblait à un immense salon, décoré de meubles de style français. Le bureau de la réception et celui du concierge étaient aménagés dans des alcôves. A l'entrée du bar, deux femmes en manteau de fourrure bavardaient avec un petit groupe d'hommes en smoking. Des chasseurs en livrée et des membres du personnel en jaquette vaquaient calmement à leurs occupations. Mais Luke restait insensible à l'ambiance feutrée de ce grand hôtel. Scrutant le hall, il eut tôt fait d'identifier les deux agents. L'un, assis sur un élégant canapé, lisait un journal, tandis que l'autre, posté près de l'ascenseur, fumait une cigarette. Avec leur imperméable et leur costume sombre, ils ne passaient pas inaperçus.

Il s'approcha cependant de la réception, donna son nom et demanda la clé de sa chambre. C'est alors qu'un inconnu lui adressa la parole.

— Hé, Luke !

Il était entré dans l'hôtel derrière lui. Bien qu'il

n'ait pas l'air d'un agent, Luke l'avait vaguement remarqué : il était grand — à peu près de sa taille — et affichait une certaine distinction, malgré sa tenue négligée : un manteau en somptueux poil de chameau vieux et usé, des chaussures manifestement jamais cirées et des cheveux trop longs.

— Malheureusement, dit Luke, j'ignore qui vous êtes. J'ai perdu la mémoire.

— Anthony Carroll. Je suis si content de t'avoir retrouvé !

Luke ne savait toujours pas si Anthony était un ennemi ou un ami. Il accepta de lui serrer la main et dit :

— J'ai une foule de questions à te poser.

— Et je suis tout prêt à y répondre.

Luke le dévisagea, se demandant par où commencer. Anthony avait un visage franc et intelligent, qui le rendait sympathique.

— Comment as-tu pu me faire cela ?

Anthony ne se déroba pas.

— J'étais bien obligé... pour ton bien. Je cherchais à te sauver la vie.

— Je ne suis pas un espion.

— Ça n'est pas si simple.

Luke n'arrivait pas à décider s'il disait ou non la vérité. Anthony paraissait sincère. Rien de sournois chez lui. Pourtant, Luke était certain qu'il lui dissimulait quelque chose.

— Personne n'ajoute foi à ton histoire selon laquelle je travaillerais pour Moscou.

— Qui est-ce « personne » ?

— Ni Bern ni Billie.

— Ils ne sont pas au courant de tout.

— Ils me connaissent.

— Moi aussi.

— Que sais-tu donc qu'ils ignorent ?

— Nous ne pouvons pas parler ici. Ce que j'ai à t'apprendre est confidentiel. Veux-tu que nous en discutions dans mon bureau ? C'est à cinq minutes.

Luke n'avait aucune intention de suivre Anthony, pas avant d'avoir obtenu certaines réponses. Toutefois, le hall n'était pas l'endroit idéal pour un tel entretien.

— Allons dans ma suite, proposa-t-il.

Anthony finit par accepter.

Ils gagnèrent l'ascenseur. Luke vérifia le numéro de sa chambre sur sa clé : 530.

— Cinquième, dit-il au liftier.

L'homme referma la grille et actionna la manette.

Ils montèrent sans échanger un mot. Luke se mit à détailler les vêtements d'Anthony : un vieux pardessus, un costume froissé, une cravate banale. Il les portait avec une nonchalance distinguée.

Luke remarqua soudain que le tissu du manteau était un peu distendu sur le côté droit. Un objet pesant gonflait sa poche.

Il sentit tout à coup la peur l'envahir. Il avait commis une grave erreur — en négligeant le fait qu'Anthony pût être armé.

Sans rien laisser transparaître de ses pensées, Luke se mit à réfléchir le plus vite possible. Anthony était-il capable de l'abattre ici, dans l'hôtel ? Personne ne s'en apercevrait s'il attendait qu'ils se retrouvent dans la suite. Le bruit de la détonation ? Le pistolet était peut-être muni d'un silencieux.

Au moment où l'ascenseur s'arrêta au cinquième étage, Anthony déboutonna son manteau.

« Pour tirer plus vite », se dit Luke.

Ils sortirent. Luke ne savait pas de quel côté se diriger, mais Anthony tourna à droite d'un pas assuré. Ce ne devait pas être la première fois qu'il venait dans cette chambre.

Luke regrettait de ne pas avoir gardé le pistolet du policier dont il avait brisé le doigt. Mais, ce matin, il n'imaginait absolument pas ce qui l'attendait.

Il s'efforça de conserver son sang-froid. Il ne s'agissait après tout que d'un homme seul contre un autre. Anthony avait l'arme, mais Luke avait deviné ses intentions, ce qui rendait la partie presque égale.

Tout en suivant le couloir, Luke cherchait avec quoi frapper Anthony : un gros vase, un cendrier en verre, un tableau encadré. Rien de satisfaisant.

Il lui fallait pourtant trouver une solution avant d'entrer dans la chambre.

Devait-il tenter de lui arracher son arme ? Trop risqué. Dans la bagarre, un coup pouvait partir et toucher l'un d'eux.

Ils arrivèrent devant la porte, et Luke prit sa clé. Des gouttes de sueur coulaient dans son dos. S'il entrait, il était mort.

Il tourna le verrou et poussa la porte.

— Après toi, dit-il en s'écartant pour laisser passer son hôte.

Anthony hésita, puis franchit le seuil.

Luke avança le pied pour faire trébucher Anthony et le poussa en avant. Anthony s'effondra sur un petit guéridon Régence, renversant au passage un grand bouquet de jonquilles. Il tenta désespérément d'attraper un lampadaire de cuivre, qu'il entraîna dans sa chute.

Luke claqua la porte et détala dans le couloir. La cabine de l'ascenseur était repartie. Il dévala les marches de l'escalier de secours, bousculant une femme de chambre chargée d'une pile de serviettes.

Quelques secondes plus tard, il débouchait dans un étroit passage menant au hall de réception de l'hôtel.

Au moment où, à l'invitation de Luke, il pénétrait le premier dans la chambre, Anthony comprit qu'il venait de se faire piéger, mais l'autre ne lui avait pas laissé le choix. Par chance, il était indemne, tout juste étourdi. Il se rua dans le couloir et vit Luke s'enfuir à toutes jambes avant de disparaître dans la cage d'escalier. Anthony se lança à sa poursuite sans grand espoir de le rattraper. Curtis et Malone, restés dans le hall, auraient peut-être le réflexe de l'appréhender.

A l'étage du dessous, Anthony fut retardé par une femme de chambre qui, agenouillée sur la moquette, ramassait des serviettes de toilette éparses. Il poussa un juron et ralentit pour l'éviter. Au même instant, il entendit l'ascenseur arriver.

Un couple en tenue de soirée sortit sur le palier. Anthony s'engouffra dans la cabine et dit :

— Au rez-de-chaussée, vite.

Impuissant, Anthony regardait les numéros d'étage s'allumer l'un après l'autre avec une lenteur exaspérante.

Luke déboucha dans le hall à côté des portes de l'ascenseur. Les deux agents qu'il avait déjà repérés se tenaient devant l'entrée principale, lui barrant le chemin. Un instant plus tard, la cabine de l'ascenseur s'ouvrit, et Anthony s'avança.

Il lui fallait se décider sur-le-champ : se battre ou s'enfuir.

Il ne tenait pas à affronter trois adversaires. Il aurait le dessous. La sécurité de l'hôtel interviendrait. Anthony exhiberait sa carte de la CIA, et tout le monde lui obéirait. Luke finirait en prison.

Il pivota et, retournant dans le couloir, s'enfonça dans les profondeurs de l'hôtel. Il entendait derrière lui les pas d'Anthony qui le poursuivait. Il devait bien y avoir une entrée de service : on ne pouvait tout de même pas livrer les fournitures en passant par le hall.

Il écarta un rideau, dévoilant un patio aménagé comme une terrasse de café provençal. Quelques couples dansaient sur une piste. Il se glissa entre les tables pour s'engouffrer dans un corridor menant, croyait-il, à l'arrière de l'hôtel. Aucune issue n'était visible.

Il déboucha dans l'office où l'on mettait la dernière main aux plats préparés dans les cuisines. Une demi-douzaine de serveurs en livrée disposaient des assiettes sur des plateaux. Au milieu de la pièce, un escalier conduisait à l'étage inférieur. Luke bouscula les serveurs et s'y engagea, sans se soucier d'une voix qui lui cria : « Excusez-moi, monsieur ! Mais vous ne pouvez pas descendre là ! » Comme Anthony s'y engageait à son tour, la même voix répéta, indignée : « Où se croit-on, à Piccadilly Circus ? »

Au sous-sol se trouvait la cuisine principale : des douzaines de chefs s'y affairaient pour des centaines de clients, au milieu de l'éclat des brûleurs à gaz, des panaches de vapeur et du bouillonnement des casseroles. Les serveurs interpellaient les chefs, et les chefs invectivaient les marmitons. Tous étaient trop occupés pour remarquer Luke en train de se faufiler entre les réfrigérateurs et les fourneaux, les piles d'assiettes et les cageots de légumes.

Il découvrit au fond de la cuisine un escalier qui remontait à l'entresol, sans doute vers l'entrée de service. Il gravit les marches quatre à quatre. Arrivé en haut, il poussa une porte battante et déboucha dans une cour sombre. Au-dessus du linteau, une petite ampoule éclairait d'énormes poubelles et des cageots entassés. A cinquante mètres de là se dressait une clôture métallique fermée par une grille et, de l'autre côté, la rue.

Il courut jusqu'à la grille. Derrière lui, il entendit la porte s'ouvrir avec fracas : Anthony le suivait toujours.

Il atteignit la grille. Elle était fermée par un gros cadenas d'acier. Si seulement un piéton venait à passer, Anthony n'oserait pas tirer. Mais l'endroit était désert.

Luke escalada la clôture. Il s'apprêtait à la franchir quand il perçut la sourde détonation d'un pistolet muni d'un silencieux. Il ne sentit rien. C'était difficile de viser une cible évoluant à cinquante mètres dans l'obscurité, mais pas impossible. Il se jeta par-dessus la barrière, et un nouveau coup de feu retentit. Luke retomba lourdement sur le sol. Troisième détonation. Bondissant sur ses jambes, il s'enfuit vers l'est. Les coups de feu avaient cessé.

Arrivé au coin de la rue, il regarda derrière lui. Seul.

Les jambes d'Anthony se dérobèrent. Il posa une main contre le mur froid pour reprendre son équilibre. La cour empestait les légumes pourris.

Il n'avait jamais rien fait d'aussi dur. En comparaison, abattre Albin Moulier avait été facile. Quand il avait pointé son pistolet sur la silhouette de Luke en train d'enjamber la clôture, c'était tout juste s'il avait pu presser la détente.

Une véritable catastrophe. Non seulement Luke était toujours vivant, mais, maintenant qu'il s'était fait tirer dessus, il n'aurait de cesse de découvrir la vérité. La porte de la cuisine s'ouvrit brusquement, Malone et Curtis apparurent. Anthony, à bout de souffle, remit discrètement son arme dans la poche de son manteau.

— Il a escaladé la barrière, poursuivez-le.

Quand ils furent hors de vue, il se mit à chercher les douilles.

La fusée est conçue sur le modèle des missiles V2 lancés sur Londres durant la guerre. Le moteur est identique, les accéléromètres, les relais et les gyroscopes proviennent tous des V2. La pompe du carburant utilise du peroxyde d'hydrogène filtré par un catalyseur au cadmium qui libère l'énergie nécessaire au fonctionnement de la turbine. Un procédé également emprunté au V2.

Harold Brodsky avait concocté d'excellents martinis, et le gâteau de thon de Mme Riley était succulent. Au dessert, Harold servit une tarte aux cerises accompagnée de glace. Billie se sentait accablée par le remords : il s'évertuait à lui faire plaisir, tandis qu'elle ne songeait qu'aux événements de la journée.

Harry préparant le café, elle appela chez elle pour s'assurer que Larry et Becky-Ma allaient bien. Harold proposa ensuite de passer dans le salon pour regarder la télévision. Il sortit une bouteille d'un somptueux cognac et en remplit deux grands verres. Essayait-il, se demanda-t-elle, de se donner du courage ou d'entamer sa résistance ? Elle huma le parfum du cognac mais s'abstint d'en boire.

Ils regardèrent un polar mais Billie était incapable de s'intéresser aux dangers imaginaires que les acteurs affrontaient sur l'écran. Ses pensées revenaient sans cesse au mystère du comportement d'Anthony.

Harold lui aussi était moins gai que d'habitude.

Quand ils étaient dans l'OSS, Anthony et Luke agissaient souvent dans l'illégalité ; mais qu'Anthony soit allé aussi loin, en temps de paix, la choquait.

Quels étaient ses motifs ? Bern avait appelé Billie pour lui raconter sa conversation avec Luke ; de quoi la conforter dans ses intuitions : Luke n'était pas un espion. Mais quelle était l'opinion d'Anthony ? Etait-il à ce point convaincu de la traîtrise de son ancien camarade de collège pour avoir agi avec un tel cynisme ?

Harold avait éteint la télévision et s'était versé un autre cognac.

— J'ai beaucoup réfléchi à notre avenir, commença-t-il.

Il allait lui proposer de l'épouser. La veille, elle aurait accepté, mais, aujourd'hui, c'était à peine si elle pouvait l'envisager.

— Je t'aime, dit-il en lui prenant la main. Nous nous entendons bien, nous avons chacun un enfant, les mêmes intérêts, mais il n'y a pas que cela. Je t'épouserais même si tu étais fan d'Elvis Presley.

Billie éclata de rire.

— Je t'adore pour ce que tu es, reprit-il. Je t'aime et je veux que nous vivions ensemble... Qu'en penses-tu ?

— Je t'aime beaucoup, soupira-t-elle. Et je suis certaine que la vie serait plus facile si je pouvais la partager avec quelqu'un.

— C'est déjà ça.

— Hier, j'aurais dit : oui, marions-nous. Mais, à présent, j'ai rencontré quelqu'un qui appartient à mon passé et je me suis rappelé comment on est

amoureuse à vingt et un ans. Ce n'est pas ce que
j'éprouve pour toi, Harold.

Il ne se découragea pas.

— Comment veux-tu, à notre âge ?

— Tu as peut-être raison.

On sonna à la porte.

— Bon Dieu, qui est-ce ? J'espère que ce n'est
pas Sidney Bowman qui veut m'emprunter mon cric
à une heure pareille.

Il se rendit dans le vestibule.

Billie savait qui c'était. Elle reposa son verre,
intact, et se leva.

Elle entendit la voix de Luke sur le pas de la
porte.

— Il faut que je parle à Billie.

— Je ne suis pas sûr, répondit Harold, qu'elle
veuille qu'on la dérange en ce moment.

— C'est important.

— Comment avez-vous su qu'elle était ici ?

— Par sa mère. Pardonnez-moi, Harold, je n'ai
pas le temps de bavarder.

Billie entendit un choc sourd suivi d'un cri de
protestation de Harold : Luke avait dû entrer de
force. Elle s'avança pour jeter un coup d'œil dans
le couloir.

— Un peu de calme, Luke. Tu es chez Harold.

Luke, son manteau déchiré, se montrait très
énervé.

— Anthony m'a tiré dessus.

— Anthony ?... Il a tiré sur *toi* ?

— Qu'est-ce que c'est que cette histoire ? intervint Harold, affolé.

— Il est temps, dit Luke, de raconter tout cela
aux autorités. Je vais au Pentagone. Mais j'ai peur

qu'on ne me croie pas, il faut que tu viennes confirmer mes dires.

— Bien sûr.

— Billie ! protesta Harold.

— J'ai vraiment besoin de toi, insista Luke.

La jeune femme hésita. Ce devait être un coup dur pour Harold. Manifestement, il avait préparé ce moment. Mais la vie de Luke était en jeu.

— Je suis désolée, dit-elle à Harold. Il faut que je parte.

Elle leva son visage pour qu'il l'embrasse, mais il détourna la tête.

— Ne réagis pas comme ça. Je te verrai demain.

— Sortez de chez moi tous les deux ! lança-t-il, furieux.

Billie sortit avec Luke sur ses talons. Harold claqua la porte derrière eux.

Le coût du programme *Jupiter* s'élevait à 40 millions de dollars en 1956 et à 140 millions en 1957. En 1958, on prévoyait un budget supérieur à 300 millions de dollars.

Dans le bureau de la chambre que Pete avait louée, Anthony trouva un bloc de papier à lettres et des enveloppes à en-tête de l'hôtel. Dans l'une d'elles, il glissa trois douilles, celles des balles qu'il avait tirées sur Luke, et la cacheta avant de la fourrer dans sa poche. Il s'en débarrasserait à la première occasion.

Bien que pris par le temps, il devait se montrer prudent et méticuleux. Pas question de laisser des traces.

Un petit homme tiré à quatre épingles, au crâne chauve, le directeur adjoint du service de sécurité de l'hôtel, fit irruption dans la chambre, l'air furibond.

— Je vous en prie, monsieur Suchard, asseyez-vous, dit Anthony en lui montrant sa carte de la CIA.

— La CIA ! s'écria Suchard dont l'indignation commençait à se dissiper.

Anthony prit dans son portefeuille une carte de visite.

— Cette carte mentionne le Département d'Etat, mais, en cas de besoin, on peut toujours me joindre à ce numéro.

Suchard saisit la carte comme si c'était de la dynamite.

— Que puis-je faire pour vous, monsieur Carroll ?

Il s'exprimait avec un léger accent helvétique.

— Tout d'abord, je tiens à vous présenter mes excuses pour le petit incident que nous venons de provoquer.

Suchard pinça les lèvres. Cet événement n'avait rien d'anodin.

— Heureusement, très peu de clients s'en sont aperçus. Seuls le personnel de la cuisine et quelques serveurs vous ont vu poursuivre ce monsieur.

— Je suis heureux que nous n'ayons pas causé davantage de troubles dans votre magnifique hôtel, même pour une question de sécurité nationale.

— De sécurité nationale ?

— Naturellement, je ne peux pas vous donner de détails...

— Naturellement.

— Mais j'espère pouvoir compter sur votre discrétion.

Suchard acquiesça vigoureusement.

— Cela va de soi.

— Peut-être serait-il superflu de signaler l'incident à votre directeur.

— Peut-être...

Anthony sortit de sa poche une liasse de billets.

— En pareil cas, le Département d'Etat dispose d'une petite caisse pour les indemnisations. (Il fit glisser un billet de vingt dollars, que Suchard accepta.) Si certains membres du personnel semblent mécontents, peut-être...

Il compta quatre autres billets de vingt dollars et les lui tendit. C'était un joli pourboire.

— Je vous remercie, monsieur, dit Suchard. Je suis convaincu que nous pourrons arranger cette affaire.

— Si d'aventure on vous questionnait, le mieux serait de dire que vous n'avez rien vu.

— Certainement. S'il y a quoi que ce soit d'autre...

— Je vous contacterai.

D'un geste, Anthony le congédia.

Pete entra.

— Le chef de la sécurité militaire à Cap Canaveral est le colonel Bill Hide, annonça-t-il. Il est descendu au Starlite Motel.

Il remit à Anthony un bout de papier avec un téléphone et ressortit.

Anthony composa le numéro et demanda la chambre de Hide.

— Ici Anthony Carroll, CIA, division des Services techniques.

Hide ne s'exprimait pas comme un militaire.

— Eh bien, monsieur Carroll, que puis-je pour vous ?

— Je vous appelle à propos du Dr Lucas.

— Ah oui ?

Il paraissait vaguement hostile, si bien qu'Anthony décida de lui passer de la pommade.

— Colonel, si vous pouviez m'accorder un moment malgré l'heure tardive, j'aimerais avoir votre avis.

259

— Bien sûr, fit Hide, nettement plus aimable. A votre disposition.

— Vous savez sans doute que le Dr Lucas s'est conduit de façon étrange, ce qui est préoccupant chez un savant qui détient des renseignements ultra-secrets.

— Je partage ce point de vue.

Anthony voulait que Hide se sente impliqué.

— Comment qualifieriez-vous son état mental ?

— La dernière fois que je l'ai vu, il m'a paru normal, mais, voici quelques heures, il m'a dit qu'il avait perdu la mémoire.

— Il n'y a pas que cela. Il a volé une voiture, pénétré par effraction dans une maison et a eu une altercation avec un policier, vous voyez le genre.

— Fichtre ! Il est en plus mauvais état que je ne l'imaginais.

Hide marchait.

— Nous estimons qu'il n'a pas un comportement rationnel, mais vous le connaissez mieux que nous. A votre avis, que se passe-t-il ?

Anthony retint son souffle.

— Je pense qu'il souffre d'une sorte de dépression.

C'était précisément ce qu'Anthony voulait entendre.

— Ecoutez, monsieur Carroll, l'armée n'emploierait pas un cinglé pour un projet ultra-secret. En temps normal, Luke est aussi sain d'esprit que vous ou moi. De toute évidence, quelque chose l'a déstabilisé.

— Il se prétend victime d'un complot... Devons-nous le croire ?

— Pas un instant.

— Donc, nous n'avons pas à alerter le Pentagone.

— Mon Dieu, non, fit Hide d'un ton soucieux. Mais il serait peut-être bon de les prévenir que Luke semble avoir perdu la boule.

— Comme vous voudrez.

Pete entra, et Anthony lui fit signe de patienter. Puis, se rapprochant du combiné, il ajouta sur le ton de la confidence :

— Le hasard veut que je sois un vieil ami du Dr Lucas et de son épouse. Je vais essayer de persuader Luke de consulter un psychiatre.

— Excellente idée.

— Colonel, je vous remercie. Vous m'avez rassuré.

— Je vous en prie. N'hésitez pas à m'appeler s'il y a du nouveau.

— Je n'y manquerai pas, dit Anthony en raccrochant.

— Un psychiatre ? interrogea Pete.

— C'était pour lui faire plaisir.

Anthony fit le bilan. Aucune trace de Luke à l'hôtel. Le Pentagone accueillerait avec méfiance tout rapport émanant de lui. Ne restait plus que l'hôpital où travaillait Billie.

Il se leva.

— Je serai de retour dans une heure. Je veux que vous m'attendiez ici, mais pas dans le hall. Emmenez Malone et Curtis, et arrangez-vous pour qu'un garçon d'étage vous fasse entrer dans la suite de Luke. Je parie qu'il va revenir.

— Et si c'est le cas ?

— Ne le laissez pas repartir — sous aucun prétexte.

Minuit

Le missile *Jupiter C* utilise de l'hydryne, un carburant secret à haute teneur énergétique. Sa puissance est supérieure de 12 % au carburant à base d'alcool employé dans la version standard du missile *Redstone*. C'est une substance toxique et corrosive, un mélange de UDMH — *unsymetric diméthylhydrazine* — et de triamine de diéthylène.

Billie gara la Thunderbird rouge sur le parking du Centre des maladies mentales de Georgetown. A bord d'une Ford Fairlane vert olive, le colonel Lopez, du Pentagone, vint se ranger auprès d'elle.

— Il ne croit pas un mot de ce que je dis, déclara Luke, furieux.

— On ne peut pas lui en vouloir, expliqua Billie. Le directeur adjoint du Carlton affirme que personne n'a été poursuivi dans les cuisines et qu'il n'y a pas de douilles sur le sol devant l'entrée de service.

— Anthony a fait disparaître les indices matériels.

— Je le sais, mais pas le colonel Lopez.

— Heureusement que je t'ai pour témoin.

Ils descendirent de voiture et suivirent le colonel à l'intérieur de l'immeuble. C'était un homme affable, de type hispanique, au visage intelligent.

Billie salua de la tête le réceptionniste et entraîna les deux hommes jusqu'au bureau des Archives.

— Je vais vous montrer le dossier d'un nommé Joseph Bellow. Son signalement correspond à celui de Luke, précisa-t-elle.

Le colonel acquiesça.

— Vous verrez qu'il a été admis mardi, soigné, puis renvoyé de l'hôpital le mercredi à quatre heures du matin. Sachez qu'il est tout à fait inhabituel de traiter un patient atteint de schizophrénie sans période d'observation préalable. Inutile de vous dire qu'on n'a jamais vu non plus un patient quitter un hôpital psychiatrique à quatre heures du matin.

— Je comprends, dit Lopez sans s'engager davantage.

Billie ouvrit le tiroir, en sortit le dossier Bellow, le posa sur le bureau et l'ouvrit. Il était vide.

Luke posa sur la chemise un regard incrédule.

— J'ai moi-même vu ces papiers il y a moins de six heures !

Lopez se leva d'un air las.

— Eh bien, voilà qui règle la question.

Luke replongeait dans un cauchemar où des gens pouvaient le traiter comme bon leur semblait, tirer sur lui et lui bousiller le cerveau, sans qu'il puisse en fournir la moindre preuve.

— Je suis peut-être schizophrène, murmura-t-il.

— Eh bien, moi pas, lança Billie. Or, moi aussi, ce dossier, je l'ai vu.

— Mais il n'est plus là, observa Lopez.

— Attendez, fit-elle. Le registre montrera qu'il a été admis. On le conserve au bureau de la réception.

Ils redescendirent dans le hall, et Billie s'adressa au réceptionniste.

— Charlie, pouvez-vous me donner le registre ?

— Tout de suite, docteur Josephson. (Le jeune Noir installé derrière le comptoir chercha un moment autour de lui.) Ça alors, où peut-il être ?

— Nom de Dieu, marmonna Luke.

Le réceptionniste était horriblement embarrassé.

— Il était encore là il y a deux heures.

Billie fulminait.

— Charlie, dites-moi une chose. Le Dr Ross est-il venu ici ce soir ?

— Oui, madame. Il est reparti il y a quelques minutes.

— La prochaine fois que vous le verrez, demandez-lui où est passé le registre. Il est au courant.

— Je n'y manquerai pas.

Billie tourna les talons.

— Colonel, dit Luke, furieux, permettez-moi de vous poser une question. Avant notre rencontre de ce soir, quelqu'un vous avait-il parlé de moi ?

— Oui, répondit Lopez après un instant d'hésitation.

— Qui ?

Il marqua un temps, puis reprit :

— J'estime que vous avez le droit d'en être informé. Un certain colonel Hide, appelant de Cap Canaveral, a déclaré que la CIA vous avait placé sous surveillance et que, selon eux, vous aviez un comportement irrationnel.

— Encore Anthony, ricana Luke.

— Hélas, fit Billie en s'adressant à Lopez, je ne vois rien d'autre que nous puissions faire pour vous convaincre.

— Je n'ai pas dit que je ne vous croyais pas,

rectifia ce dernier. Je pourrais estimer que vous avez inventé cette histoire de poursuite par un agent de la CIA. Je pourrais même vous soupçonner d'être de mèche quand vous prétendez qu'il existait bien un dossier et qu'il a disparu. Mais je doute que Charlie, ici présent, fasse partie du complot. Il doit y avoir un registre, et il n'est plus là. Je ne pense pas que vous l'ayez subtilisé — pour quoi faire ? Mais alors qui ? Le responsable a quelque chose à cacher.

— Vous nous croyez donc ? fit Luke.

— Qu'y a-t-il à croire ? Vous ne vous expliquez pas ces événements et moi non plus. Mais quelque chose se trame, en rapport avec cette fusée que nous nous apprêtons à lancer. De ça, je suis persuadé.

— Qu'allez-vous faire ?

— Je vais ordonner une alerte de sécurité maximale à Cap Canaveral. Je suis allé là-bas, je sais qu'ils se sont un peu relâchés de ce côté-là. Demain matin, ils ne comprendront même pas ce qui s'est produit.

— Mais Anthony ?

— J'ai un ami à la CIA, à qui je vais raconter votre histoire, en précisant que j'ignore si elle est vraie ou non, mais en lui faisant part de mon inquiétude.

— Ça ne va pas nous mener loin ! protesta Luke. Nous avons besoin d'être au fait de ce qui se passe : pourquoi m'a-t-on rendu amnésique ?

— Désolé, mais je ne peux pas faire plus. Le reste dépend de vous.

— Bon sang, fit Luke. Alors, ça retombe sur moi.

— Non, dit Billie. Sur nous.

Quatrième partie

Le nouveau carburant est basé sur un gaz paralysant extrêmement dangereux. Il est acheminé jusqu'à Cap Canaveral à bord d'un train spécial et entouré d'azote pour parer aux fuites. La moindre goutte en contact avec l'épiderme serait aussitôt absorbée et diffusée dans le circuit sanguin avec des conséquences fatales. D'après les techniciens : « Si ça sent le poisson, mieux vaut partir en courant. »

Billie conduisait vite, pilotant avec assurance la Thunderbird. Luke l'observait avec admiration. Ils franchirent en trombe les rues calmes de Georgetown, gagnèrent le centre et se dirigèrent vers le Carlton.

Luke avait repris le dessus. Il avait débusqué son ennemi, possédait un allié et savait ce qui lui restait à faire : éclaircir cette énigme coûte que coûte.

Billie se gara juste après l'entrée.

— J'y vais la première, dit-elle. Si je repère quelqu'un de suspect dans le hall, je ressortirai tout de suite. En revanche, si tu me vois ôter mon manteau, tu sauras que la voie est libre.

Luke se méfiait de ce plan.

— Et si Anthony est là ?

— Il ne va pas me tirer dessus, dit-elle en descendant.

Luke songea un moment à discuter avec elle, puis

y renonça. Elle avait sans doute raison. Anthony avait fouillé à fond la chambre et détruit tout ce qui pouvait être un indice menant au secret qu'il tenait à préserver, mais, pour la vraisemblance du scénario qu'il avait monté — un homme victime d'amnésie après une beuverie —, il n'avait pu tout faire disparaître dans la chambre. Luke s'attendait donc à retrouver presque toutes ses affaires.

Ils s'approchèrent de l'hôtel séparément, Luke attendit sur le trottoir d'en face que Billie entre dans le Carlton. Par les portes vitrées, il vit un portier venir à sa rencontre, certainement intrigué par l'arrivée d'une femme élégante à une heure aussi tardive ; elle lui parla. Puis elle ôta son manteau.

Luke entra à son tour dans le hall.

Il y avait un téléphone sur le comptoir de la réception, mais il ne voulait pas que le réceptionniste entende sa conversation. Il se dirigea donc vers un petit salon où se trouvait une cabine téléphonique équipée d'un siège. Billie vint l'y rejoindre. Il introduisit une pièce de dix cents dans la fente et appela l'hôtel, inclinant le combiné pour permettre à Billie d'écouter la conversation.

— Sheraton-Carlton, bonjour.

Il réalisa que c'était le matin : le jeudi matin. Il n'avait pas dormi depuis vingt heures, mais il n'avait pas sommeil. Trop tendu.

— Chambre 530, s'il vous plaît.

— Monsieur, hésita la standardiste, il est une heure passée... Est-ce urgent ?

— Le Dr Lucas m'a demandé de l'appeler à n'importe quelle heure.

— Très bien.

Un silence, puis une sonnerie. Luke était tout près de Billie et sentit son corps tiède sous sa robe de soie rouge. Il dut faire un effort pour résister à la tentation de la serrer contre lui.

Après quatre sonneries, alors qu'il finissait par croire la chambre inoccupée, on décrocha. Anthony, ou l'un de ses hommes, était donc à l'affût. C'était embêtant, mais Luke préférait savoir où campait l'ennemi.

Une voix dit : « Allô ? », d'un ton mal assuré. Ce n'était pas Anthony, mais ça aurait pu être Pete.

— Dis donc, Ronnie, fit Luke en prenant une voix un peu éméchée, c'est Tim. On t'attend tous !

— Vous vous êtes trompé de chambre, mon vieux.

— Désolé, j'espère que je ne vous ai pas...

On avait raccroché.

— Il y a quelqu'un là-haut, dit Billie.

— Plus d'un.

— Je sais comment m'y prendre pour les obliger à sortir. Je l'ai fait à Lisbonne pendant la guerre. Viens.

Ils quittèrent la cabine. Luke vit Billie ramasser discrètement une pochette d'allumettes posée sur un cendrier près de l'ascenseur. Le liftier les emmena jusqu'au cinquième étage.

Ils passèrent sans bruit devant la chambre 530. Billie ouvrit une porte donnant sur une lingerie.

— Parfait, chuchota-t-elle. Y a-t-il une alarme incendie dans les parages ?

Luke regarda autour de lui et aperçut l'une de ces alarmes qu'on déclenche en brisant une vitre avec un petit marteau.

— Juste là.

— Bon.

Dans le placard, des draps et des couvertures étaient soigneusement empilés sur des étagères.

Billie en roula plusieurs en tas sur le sol, puis se saisit d'une commande de petit déjeuner pendue à un bouton de porte et craqua une allumette. Elle approcha alors la feuille enflammée des couvertures.

— Voilà pourquoi il ne faut jamais fumer au lit, annonça-t-elle.

Comme le feu prenait de l'ampleur, Billie y ajouta un drap de lit. De la fumée envahit le couloir.

— Il est temps de déclencher l'alarme, dit-elle. Nous ne voulons pas qu'il y ait des blessés.

— C'est vrai, dit Luke. Et une phrase lui vint aussitôt à l'esprit : « Ce ne sont pas des collabos. » Il comprenait maintenant : dans la Résistance, quand on faisait sauter des usines ou des entrepôts, il devait veiller constamment à ce que des Français innocents ne soient pas blessés.

Luke saisit le petit marteau retenu par une chaîne, brisa la vitre et pressa le bouton rouge. Une sonnerie assourdissante retentit presque aussitôt dans le couloir.

Luke et Billie battirent en retraite vers l'ascenseur tout en gardant un œil sur la porte 530.

Tout près d'eux apparut une femme en chemise de nuit. A la vue de la fumée, elle poussa un hurlement et se précipita vers l'escalier. Surgit ensuite un homme en bras de chemise, un crayon à la main, qui avait dû travailler tard ; puis un jeune couple enroulé dans des draps et un client en pyjama rose froissé. En quelques instants, le palier fut envahi de gens qui toussaient et s'efforçaient de gagner l'escalier au milieu de la fumée.

La porte de la chambre 530 s'ouvrit enfin sur un homme de grande taille. Il portait une tache de vin sur la joue. Pete ! Luke recula. L'homme hésita puis

rejoignit les fuyards, suivi par deux autres individus.

— La voie est libre, annonça Luke.

Luke et Billie entrèrent dans la chambre, refermant la porte pour empêcher la fumée de pénétrer.

— Oh, mon Dieu, murmura Billie. C'est la
même chambre.

Elle regardait autour d'elle avec de grands yeux.

— Je ne peux pas y croire, murmura-t-elle d'une
voix étouffée. C'est la même suite.

Il l'observait sans rien dire. Elle semblait bouleversée.

— Qu'est-il arrivé ici ? demanda Luke.

Elle secoua la tête d'un air étonné.

— J'ai du mal à imaginer que tu ne te le rappelles pas. Il y avait un piano à queue dans ce coin.
Tu te rends compte... un piano dans une chambre
d'hôtel ! (Elle examina la salle de bains.) Ici, un
téléphone. Je n'avais jamais vu de téléphone dans
une salle de bains.

Luke attendait toujours. Son visage était empreint
de tristesse.

— Je suis descendue ici pendant la guerre, dit-
elle enfin, puis elle ajouta précipitamment : C'est
ici que nous avons fait l'amour.

— Sur ce lit, je suppose.

— Pas seulement sur ce lit... Comme nous étions
jeunes !

— Je regrette de ne pas m'en souvenir.

Il fut surpris de la voir rougir.

Il se retourna pour décrocher le téléphone. Il
contacta le standard pour s'assurer que l'incendie
était bien circonscrit.

— Ici M. Davies, c'est moi qui ai déclenché

l'alarme, expliqua rapidement Luke. Le feu a pris dans une lingerie près de la chambre 540.

Il raccrocha sans attendre de réponse.

Le premier moment d'émotion passé, Billie inspectait les lieux.

— Tes vêtements sont ici.

Il passa dans la chambre. Sur le lit s'étalaient une veste de tweed gris pâle et un pantalon de flanelle anthracite qui avaient l'air de revenir de chez le teinturier. Il avait dû les porter dans l'avion et les envoyer au repassage. Au sol, une paire de richelieus marron. Une ceinture en crocodile était soigneusement roulée à l'intérieur d'une des chaussures.

Dans le tiroir de la table de chevet, il trouva un portefeuille, un chéquier et un stylo. Plus intéressant, un petit agenda avec une liste de numéros de téléphone. Il feuilleta rapidement les pages et trouva la semaine en cours.

Dimanche 26
Appeler Alice (1928)
Lundi 27
Acheter maillot de bain
8 h 30 RV-VS apex, Vanguard Mtl
Mardi 28
8 h Pt dej A. C., cafétéria Hay Adams

Billie s'était penchée au-dessus de son épaule pour voir ce qu'il lisait. Ce contact lui donna un frisson de plaisir.

— Tu ne saurais pas qui est Alice ? demanda-t-il.

— Ta petite sœur.

— Quel âge ?

— Sept ans de moins que toi, c'est-à-dire trente.

— Elle est donc née en 1928. Je l'ai sûrement appelée pour son anniversaire. Je devrais lui téléphoner maintenant et lui demander si j'ai dit quoi que ce soit d'inhabituel.

— Bonne idée.

Luke était aux anges : il était en train de reconstruire son existence.

— J'ai dû partir pour la Floride sans mon maillot de bain.

— Qui songe à se baigner en janvier ?

— J'ai donc noté d'en acheter un lundi. Ce matin-là, je me suis rendu à huit heures trente au Vanguard Motel.

— Qu'est-ce qu'un rendez-vous apex ? demanda Billie.

— Je crois que ça doit avoir un rapport avec la trajectoire suivie par un missile en vol. Je ne me souviens pas d'avoir travaillé là-dessus, bien sûr, mais je sais que cela implique de savants calculs. La mise à feu du second étage doit être déclenchée exactement à l'apex si l'on veut placer le satellite sur une orbite permanente.

— Tu pourrais te renseigner sur ceux qui participaient à la réunion et les interroger.

— C'est ce que je vais faire.

— Puis, le mardi, tu as pris ton petit déjeuner avec Anthony à la cafétéria de l'hôtel Hay Adams.

— Après cela, plus de rendez-vous.

Il revint à l'agenda. Il y avait les numéros de téléphone d'Anthony, de Billie, de Bern, de sa mère et d'Alice, ainsi que vingt ou trente autres qui ne lui disaient absolument rien.

— Tu ne vois rien qui te frappe ? demanda-t-il à Billie.

Elle secoua la tête.

Quelques pistes méritaient d'être suivies, mais aucun indice flagrant. Il mit l'agenda dans sa poche et reprit l'inspection de la pièce. Une valise de cuir noir fatiguée était ouverte sur un tréteau. Elle contenait des chemises et du linge propre, un cahier à moitié rempli de calculs mathématiques et un livre de poche intitulé *Le Vieil Homme et la mer*, corné à la page 143.

Billie passa au crible la salle de bains.

— Rasoir, eau de toilette, brosse à dents, rien d'autre.

Luke inspecta tous les placards, tous les tiroirs de la chambre, et Billie en fit autant dans le salon. Dans une penderie, Luke ne découvrit qu'un pardessus de lainage noir et un feutre de même couleur.

— Néant, lança-t-il. Et toi ?

— Tu as des messages téléphoniques sur le bureau. De Bern, d'un certain colonel Hide et d'une nommée Marigold.

Anthony avait lu les messages et jugé inutile de les détruire.

— Qui est Marigold ? demanda Billie.

Luke réfléchit. Dans le courant de la journée, il avait entendu ce nom.

— J'y suis ! C'est ma secrétaire à Huntsville. Le colonel Hide a dit qu'elle s'était occupée de mes réservations d'avion.

— Je me demande si tu lui as confié le but de ce voyage.

— J'en doute. Je n'en ai parlé à personne à Cap Canaveral.

— Elle n'est pas à Cap Canaveral. Tu as peut-

être plus confiance en ta propre secrétaire qu'en quiconque.

— Tout est possible. Je vais vérifier. Pour l'instant, c'est la piste la plus prometteuse.

Il tira l'agenda de sa poche et consulta une nouvelle fois les numéros de téléphone des dernières
pages.

Il s'assit au bureau et composa le numéro. De
combien de temps disposait-il avant de voir rappliquer Pete et les autres agents ?... Billie dut lire dans
ses pensées, car elle enfourna ses affaires dans la
valise de cuir noir.

Une femme ensommeillée répondit avec l'accent
de l'Alabama. A sa voix, Luke devina qu'elle était
noire.

— Pardon d'appeler si tard. Vous êtes bien Marigold ?

— Docteur Lucas ! Dieu soit loué. Comment
allez-vous ?

— Je vais bien, merci.

— Tout le monde vous cherchait... et voilà que
j'apprends que vous avez perdu la mémoire. C'est
vrai ?

— Oui.

— Comment est-ce arrivé ?

— Je n'en ai aucune idée, mais j'espère que vous
pourrez m'aider à le découvrir.

— Si je peux...

— J'aimerais savoir pourquoi j'ai soudain décidé
de partir pour Washington lundi. Vous ai-je donné
une explication ?

— Justement pas, et ça m'a intriguée.

La réponse était prévisible, mais elle le déçut.

— Je n'ai rien dit qui vous ait mis sur la piste ?

— Non.

— Qu'ai-je dit, en fait ?

— Vous avez déclaré qu'il fallait que vous alliez à Washington via Huntsville et vous souhaitiez que je fasse des réservations sur des vols du MATS.

Le MATS était le Military Air Transports Service que Luke devait avoir le droit d'utiliser quand il était en fonction. Mais il y avait un détail qu'il ne comprenait pas.

— Je suis passé par Huntsville ?

Personne d'autre n'avait encore évoqué ce détour.

— Vous vouliez vous arrêter là-bas deux heures.

— Je me demande bien pourquoi.

— Puis vous avez ajouté quelque chose de bizarre. Vous m'avez priée de ne raconter à personne que vous faisiez halte à Huntsville.

Il tenait enfin un indice important.

— Et vous n'en avez parlé à personne ?

— Non. J'ai été interrogée par la Sécurité militaire et par le FBI, mais j'ai gardé cela pour moi. Quand on m'a annoncé que vous aviez disparu, je me suis demandé si j'avais bien fait, mais j'ai songé qu'il valait mieux m'en tenir à ce que vous m'aviez raconté. Ai-je eu tort ?

— Ma foi, je n'en sais rien. Mais je vous remercie de votre loyauté.

L'alarme d'incendie avait cessé de sonner. Luke comprit qu'il ne lui restait plus beaucoup de temps.

— Il faut que j'y aille, expliqua-t-il à Marigold. Merci de votre aide.

Il raccrocha.

— J'ai remis tes affaires dans la valise, annonça Billie.

— Merci.

Il prit son manteau noir et son chapeau dans la penderie, puis ressortit dans le couloir avec Billie.

Ils se rendirent dans un petit restaurant ouvert toute la nuit, près de l'immeuble du FBI, à deux pas de Chinatown, et commandèrent du café.

— A quelle heure décolle le premier avion pour Huntsville ?

— Il nous faut l'annuaire des compagnies aériennes, suggéra Billie.

Luke jeta un coup d'œil autour de lui : deux policiers consommaient des beignets, quatre étudiants éméchés réclamaient leurs hamburgers, et il y avait encore deux femmes peu vêtues, des prostituées.

— Je ne pense pas qu'ils en aient un derrière le comptoir, répondit Luke.

— Je parie que Bern a ce genre d'annuaire. Les écrivains en raffolent. C'est une mine de renseignements.

— Il doit dormir à cette heure.

— Alors, je vais le réveiller. Tu as dix cents ?

— Bien sûr.

Sa poche contenait encore la monnaie qu'il avait volée la veille.

Billie se servit du téléphone public, près des toilettes. Luke l'observait tout en buvant son café. Elle souriait et agitait la tête tout en parlant dans le combiné, faisant résolument du charme à quelqu'un qu'elle venait de réveiller. Elle était ravissante, et il la désira.

Elle regagna la table en annonçant :

— Il vient nous rejoindre et il apporte l'annuaire.

Luke consulta sa montre. Deux heures du matin.

— D'ici, j'irai directement à l'aéroport. J'espère qu'il y a un vol de bonne heure... Je n'arrête pas de m'interroger sur ce qui a bien pu me faire tout lâcher pour me précipiter à Washington ? Ça doit avoir un rapport avec la fusée. Et quoi donc sinon une menace concernant le lancement ?

— Un sabotage ?

— Oui. Et si j'ai raison, je dois le prouver avant dix heures et demie ce soir.

— Veux-tu que je t'accompagne à Huntsville ?

— Il faut que tu t'occupes de Larry.

— Je peux le laisser à Bern.

— Merci... mais je ne pense pas que...

— Toujours aussi indépendant, à ce que je vois.

— Ce n'est pas cela. J'aimerais que tu viennes avec moi, mais... ça me plairait trop.

Elle lui prit la main.

— Je comprends.

— C'est déroutant, tu sais. Je suis marié, mais j'ignore quels sentiments j'éprouve pour ma femme. Comment est-elle ?

— Je ne peux pas te parler d'Elspeth, fit Billie en secouant la tête. Il faudra que tu la redécouvres toi-même.

— J'imagine.

Billie porta la main de Luke à ses lèvres et y déposa un baiser.

Luke se racla la gorge.

— Est-ce que tu m'as toujours autant plu, ou bien est-ce nouveau ?

— Ce n'est pas nouveau.

— Nous avons l'air de sacrément bien nous entendre.

— Pas du tout. Nous nous disputons comme des chiffonniers. Mais nous nous adorons.

— Tu m'as dit qu'autrefois nous avions été amants... dans cette suite d'hôtel.

— Tais-toi.

— C'était bon ?

Elle le regarda, les larmes aux yeux.

— Je n'ai pas connu mieux.

— Alors, comment se fait-il que je ne t'aie pas épousée ?

Elle se mit à pleurer, de petits sanglots qui secouaient son corps frêle.

— Parce que... un jour, tu t'es tellement mis en colère contre moi que tu ne m'as plus adressé la parole pendant cinq ans.

1945

Les parents d'Anthony possédaient un haras près de Charlottesville, en Virginie, à deux heures de Washington. Un grand bâtiment blanc à colombages, avec des ailes assez vastes pour renfermer une douzaine de chambres. Il y avait des écuries et un court de tennis, un lac et un ruisseau, des champs et des bois. La mère d'Anthony l'avait hérité de son père. Ce dernier lui avait également légué cinq millions de dollars.

Luke arriva là le vendredi suivant la capitulation du Japon. Mme Carroll l'accueillit à la porte. C'était une blonde un peu fébrile qui avait dû jadis être très belle. Elle le conduisit jusqu'à une petite chambre d'une propreté impeccable avec un parquet ciré et un vieux lit à baldaquin.

Il se débarrassa de son uniforme — il avait maintenant le grade de major — pour passer un pantalon de flanelle grise et une veste de sport en cachemire noir. Il était en train de nouer sa cravate quand Anthony passa la tête.

— Cocktails dans le salon quand tu seras prêt, annonça-t-il.

— J'arrive tout de suite. Quelle est la chambre de Billie ?

Anthony esquissa une petite grimace.

— Les filles, malheureusement, sont dans l'autre aile. Dans ce domaine, l'amiral est un peu vieux jeu. (Son père avait consacré sa vie à la marine.)

— Pas de problème.

Depuis trois ans, il parcourait, de nuit, l'Europe occupée. Il parviendrait bien à repérer dans le noir la chambre de sa maîtresse.

Lorsqu'il descendit à six heures, il retrouva tous ses amis. Outre Anthony et Billie, il y avait Elspeth, Bern et Peg, la petite amie de Bern. Luke avait passé la plus grande partie de la guerre avec Bern et Anthony, et toutes ses permissions avec Billie, mais il n'avait pas revu Elspeth depuis 1941.

L'amiral lui tendit un martini et il en but une gorgée avec délices. C'était le moment ou jamais de faire la fête. La mère d'Anthony arborait un air vaguement satisfait, tandis que son père descendait cocktail sur cocktail.

Pendant le dîner, Luke passa en revue ses anciens condisciples. Après avoir vécu trois ans de restrictions dans le Londres rationné de la guerre, Elspeth était d'une maigreur pitoyable, même ses seins magnifiques semblaient avoir rapetissé. Peg, autrefois mal fagotée mais si généreuse, affichait désormais une grande élégance, mais son visage avait pris une expression dure et cynique. A vingt-sept ans, Bern en paraissait dix de plus : lui avait traversé deux conflits ; blessé à trois reprises, il était marqué des stigmates d'un homme qui en a trop subi et trop vu.

C'était Anthony qui s'en était le mieux sorti. Il avait connu le feu mais avait passé l'essentiel de la guerre à Washington. Il n'avait perdu ni de son assurance ni de son humour.

Billie, elle non plus, ne semblait pas avoir beaucoup changé. Les épreuves et les deuils qui avaient marqué son enfance l'avaient mieux armée que d'autres. Elle avait vécu deux ans dans la clandestinité à Lisbonne, et Luke savait — même si les autres l'ignoraient — que, là-bas, elle avait égorgé un homme, sans bruit, dans l'arrière-cour d'un café où il était venu livrer des secrets à l'ennemi. Elle n'en restait pas moins pétillante. Luke ne se lassait jamais d'observer son visage mobile, tellement expressif.

Tous en avaient réchappé. C'était une chance. La plupart de ces bandes d'amis avaient perdu au moins un des leurs.

— Nous devrions porter un toast, dit Luke en levant son verre, à ceux qui ont survécu... et à ceux qui ne sont plus là.

Ils burent tous et Bern reprit :

— J'en ai un autre : aux hommes qui ont brisé les reins de la machine de guerre nazie... à l'Armée rouge.

Tout le monde leva son verre à nouveau, mais l'amiral se montra contrarié :

— Je crois que nous avons porté assez de toasts.

Bern éprouvait toujours des sentiments procommunistes, mais il ne travaillait plus pour Moscou. Ils avaient passé un marché que, Luke en était persuadé, Bern avait respecté. Jamais pourtant leurs relations n'avaient retrouvé leur chaleur d'antan. Se fier à quelqu'un, c'est comme tenir un peu d'eau dans le creux de ses mains : on renverse cette eau facilement, mais la récupérer est impossible.

On servit le café dans le salon. Luke fit la jeune fille de la maison. Comme il proposait à Billie de la crème et du sucre, elle chuchota à voix basse :

— Aile est, premier étage, dernière porte à gauche.

— Un peu de crème ?

A dix heures et demie, l'amiral insista pour entraîner les hommes dans la salle de billard. On avait disposé sur un buffet des alcools et des cigares cubains. Luke refusa de boire davantage : il ne voulait surtout pas s'endormir après avoir rejoint Billie dans son lit.

L'amiral se versa un verre de bourbon et entraîna Luke au fond de la salle pour lui faire admirer sa collection de fusils exposée dans une vitrine. Il n'y avait pas de chasseurs dans la famille de Luke, et les fusils, pour lui, servaient à tuer des gens, pas des animaux. Il n'y prit aucun plaisir, feignant toutefois un intérêt poli.

— Luke, déclara l'amiral tandis qu'ils examinaient un fusil Enfield, je connais et je respecte votre famille. Votre père est un homme remarquable.

— Je vous remercie, dit Luke.

Voilà qui sonnait comme le préambule d'un discours soigneusement préparé. Son père avait passé la guerre à la direction du Contrôle des prix, mais l'amiral pensait sans doute toujours à lui comme à un banquier.

— Quand vous choisirez une épouse, mon garçon, reprit l'amiral, il faudra songer à votre famille.

— Oui, monsieur, certainement, fit Luke en se

demandant ce que le vieil homme avait derrière la tête.

— Celle qui deviendra Mme Lucas aura une place en vue dans la société américaine. Il faudra que vous trouviez une jeune fille qui se montre à la hauteur.

Luke commençait à voir où son interlocuteur voulait en venir. Agacé, il reposa brusquement le fusil sur le râtelier.

— Je ne l'oublierai pas, amiral, dit-il en tournant les talons.

L'amiral le retint par le bras.

— Quoi que vous fassiez, ne gâchez pas votre vie.

Luke le foudroya du regard, bien décidé à ne pas demander à l'amiral ce qu'il entendait par là, car il croyait connaître la réponse et préférait ne pas l'entendre.

L'amiral était obstiné.

— Ne vous laissez pas coincer par cette petite juive... elle n'est pas digne de vous.

— Vous voudrez bien me pardonner, fit Luke en grinçant des dents, mais c'est un sujet que j'aborderai avec mon propre père.

— Il ne l'a jamais vue, n'est-ce pas ?

Luke s'empourpra. L'amiral avait marqué un point. Luke et Billie, en effet, n'avaient pas encore rencontré leurs beaux-parents respectifs.

Ils n'en avaient guère eu le temps. Mais ce n'était pas la seule raison : au fond de son cœur, une petite voix mal intentionnée lui soufflait qu'une fille issue d'une famille de juifs pauvres ne correspondait pas à l'image que se faisaient ses parents de la bru idéale. Ils l'accepteraient cependant : ils en viendraient même à l'aimer pour les mêmes raisons que lui. Mais au début, ils seraient un peu déçus. Il tenait donc à la leur présenter au moment opportun, quand tout le monde serait détendu et qu'ils auraient l'occasion de mieux la connaître.

Le soupçon de vérité contenu dans les insinuations de l'amiral hérissa Luke. Se maîtrisant à peine, il lança :

— Permettez-moi de vous dire que je trouve ces remarques injurieuses.

Le silence se fit dans la pièce, mais l'amiral, passablement ivre, ignora cette menace.

— Je comprends cela, mon garçon, mais j'ai vécu plus longtemps que vous et je sais de quoi je parle.

— Vous ne savez rien de notre histoire.

— Oh, mais je crois en savoir plus sur la jeune dame en question que vous.

L'amiral voulait le mettre en garde, mais Luke, de plus en plus irrité, n'en tint pas compte.

— Foutre non, répliqua-t-il avec une grossièreté délibérée.

Bern tenta d'intervenir.

— Hé, tous les deux, calmez-vous, voulez-vous ? Le billard vous attend.

Mais plus rien ne pouvait arrêter l'amiral. Il passa son bras autour des épaules de Luke.

— Ecoutez, fiston, je suis un homme, je comprends, dit-il en prétextant une intimité que Luke estima déplaisante. Dès lors que vous ne prenez pas les choses trop au sérieux, quel mal y a-t-il à sauter une petite traînée, nous avons tous...

Il ne termina pas sa phrase. Luke se tourna vers lui et le repoussa avec violence. L'amiral chuta lourdement sur le tapis.

— Maintenant, lui cria Luke, bouclez-la, sinon je vous écrase mon poing sur la gueule !

Blême, Anthony saisit le bras de Luke en disant :

— Luke, bon Dieu, qu'est-ce qui t'arrive ?

Bern s'interposa à son tour.

— Calmez-vous, tous les deux.

— Du calme, mon œil, dit Luke. Quel est cet homme qui m'invite chez lui pour insulter ensuite ma petite amie ? Il serait temps que quelqu'un donne une leçon à ce vieil imbécile !

— C'est une traînée, déclara l'amiral sur son séant. Je le sais, bon sang, fit-il en haussant le ton. C'est moi qui ai payé son avortement !

— Un avortement ? répéta Luke, stupéfait.

— Eh oui, fit-il en se relevant. Anthony l'a mise enceinte et j'ai payé mille dollars pour qu'elle se débarrasse de ce petit bâtard.

— Vous mentez.

— Demandez à Anthony.

Luke regarda son ami.

— Ce n'était pas mon bébé, dit Anthony en secouant la tête. J'ai raconté à mon père qu'il était de moi pour qu'il me donne les mille dollars. Mais il était de toi, Luke.

Luke rougit jusqu'à la racine des cheveux. Ce vieux pochard d'amiral l'avait complètement ridiculisé. C'était lui qui n'avait rien compris. Il croyait connaître Billie et pourtant elle lui avait caché ce secret. Il lui avait fait un enfant, elle avait avorté, eux le savaient, mais pas lui. Il se sentit atrocement humilié.

Il se rua hors de la pièce, traversa le hall et déboula dans le salon. Il n'y rencontra que la mère d'Anthony : les filles avaient dû monter se coucher. Voyant son visage, Mme Carroll dit :

— Luke, mon cher garçon, qu'est-ce qui ne va pas ?

Sans lui répondre, il partit en claquant la porte.

Il grimpa l'escalier qui menait aux chambres, trouva celle de Billie et entra sans frapper.

Elle était allongée nue sur le lit, en train de lire, une main sous la nuque, ses boucles brunes ondulant sur son front. Un instant, ce spectacle lui coupa le souffle. La lumière d'une lampe de chevet cernait son corps d'un halo doré. Mais sa beauté ne fit qu'accentuer la fureur de Luke.

Elle leva les yeux et lui sourit, radieuse.

— M'as-tu jamais trompé ? cria-t-il.

Effrayée, elle se redressa.

— Non, jamais !

— Ce putain d'amiral prétend qu'il a payé pour te faire avorter.

— Oh non, fit-elle en pâlissant.

— C'est vrai ? Réponds-moi.

Elle hocha la tête, se mit à pleurer et enfouit son visage entre ses mains.

— Tu m'as donc trompé.

— Pardonne-moi, sanglota-t-elle. Je voulais ton bébé — je le voulais de tout mon cœur. Mais je n'avais aucun moyen de te joindre : tu étais en France, j'ignorais même si tu reviendrais jamais. J'ai dû prendre la décision toute seule. Ça a été le pire moment de ma vie !

— J'ai eu un enfant...

En un instant, Billie changea d'humeur.

— Ne va pas pleurnicher ! s'exclama-t-elle. Tu ne faisais pas de sentiment à propos de ton sperme quand tu m'as sautée, alors ne commence pas maintenant... c'est trop tard.

Cette remarque le piqua au vif.

— Tu aurais dû me le dire. Même si tu ne pouvais pas me joindre, tu aurais dû m'en parler à la première occasion, à ma première permission.

— Tu as raison... Mais Anthony pensait que je devais me taire, et ce n'est pas difficile de persuader une fille de garder un secret comme ça. Personne ne l'aurait jamais appris sans ce foutu amiral Carroll.

Le calme avec lequel elle parlait de sa duplicité exaspéra Luke. Apparemment, son seul tort avait été de se faire prendre.

— Je ne peux pas supporter cela, déclara-t-il.

— Pardon ?

— Tu m'as menti, comment pourrais-je te faire confiance à présent ?

— Tu veux me dire que c'est fini, fit-elle, bouleversée.

Comme il ne répondait rien, elle reprit :

— Je le sais, je te connais trop bien. J'ai raison, n'est-ce pas ?

— Oui.

Elle se remit à pleurer.

— Espèce d'idiot ! lança-t-elle à travers ses larmes. Malgré la guerre, tu ne comprends rien, n'est-ce pas ?

— La guerre m'a appris que rien ne compte plus que la loyauté.

— Foutaises. Tu n'as pas encore appris que les êtres humains confrontés à une situation désespérée sont tous prêts à mentir.

— Même à ceux qu'ils aiment ?

— Surtout à ceux-là, précisément parce qu'ils les aiment. Pourquoi crois-tu qu'on dise la vérité à des prêtres, à des psychiatres, à de parfaits inconnus qu'on rencontre dans les trains ? Parce qu'on ne les aime pas et qu'on se fiche de ce qu'ils pensent.

Sa plaidoirie était convaincante, ce qui fit enrager Luke.

— Ce n'est pas ma philosophie de la vie.

— Tu as de la chance, répliqua-t-elle d'un ton amer. Tu viens d'un foyer heureux, tu n'as pas connu les deuils et la gêne, tu es entouré d'amis. Tu as fait une guerre dure, mais tu n'as été ni estropié ni torturé ; tu n'as même pas assez d'imagination pour être un lâche. Il ne t'est jamais rien arrivé de mal. Et, bien évidemment, tu ne racontes pas de mensonges — pour la même raison que Mme Carroll ne vole pas de conserves dans les magasins.

C'était incroyable. Elle avait réussi à se persuader que c'était lui qui avait tort. Impossible de discuter avec quelqu'un capable de se duper soi-même à ce point-là.

— Si c'est l'opinion que tu as de moi, tu dois être soulagée que ce soit terminé entre nous.

— Non, pas du tout, fit-elle, le visage ruisselant de larmes. Je t'aime, je n'ai jamais fréquenté quelqu'un d'autre. Je suis désolée de t'avoir menti, mais je ne vais pas me rouler par terre sous prétexte que, dans un moment de crise, j'ai mal agi.

Il ne lui demandait pas de se rouler par terre, il ne lui demandait rien du tout. Il ne pensait plus qu'à s'éloigner d'elle, de leurs amis, de l'amiral Carroll, de cette horrible maison.

Quelque part, une petite voix lui souffla qu'il était en train de dilapider un trésor, qu'il aurait à le regretter le restant de sa vie, mais sa fureur l'emporta.

Il se dirigea vers la porte.

— Reste...

— Va te faire voir !

L'utilisation de ce nouveau carburant ainsi qu'un réservoir plus important ont permis à la fusée *Jupiter* de développer une poussée de 40 tonnes et de porter la durée de combustion de 121 à 155 secondes.

— Anthony s'est comporté en véritable ami, dit Billie. J'étais désespérée. Mille dollars. Pas question de trouver une pareille somme ; son père la lui a donnée et il a endossé cette responsabilité. C'est pourquoi j'ai tant de mal à comprendre ce qu'il est en train de faire aujourd'hui.

— Je n'arrive pas à croire que j'aie pu renoncer à toi, s'étonna Luke. Ainsi, je ne me suis pas même pas rendu compte de ta détresse.

— Ce n'était pas ta faute. Je l'ai supposé sur le moment, mais je mesure mieux aujourd'hui la part que j'ai prise dans ce gâchis.

Ils gardèrent un moment le silence, accablés de remords. Luke n'en continuait pas moins à essayer de calculer le temps nécessaire à Bern pour se rendre du café à Georgetown ; puis ses pensées revinrent à ce que Billie lui avait révélé.

— Ce que j'apprends sur mon compte ne me

plaît pas. A cause de mon obstination, j'ai perdu mes deux meilleurs amis, toi et Bern.

Billie se mit à rire.

— Oui, c'est exactement ça.

— Tu as donc épousé Bern.

— Ce que tu peux être égocentrique ! Je n'ai pas épousé Bern parce que tu m'as plaquée, je l'ai épousé parce que c'est un type formidable. Il est intelligent, généreux, et c'est une bonne affaire au lit. Quand, après des années, j'ai réussi à t'oublier, je suis tombée amoureuse de Bern.

— Et nous sommes redevenus amis ?

— Lentement. Nous nous sommes toujours aimés tels que nous sommes, même avec ton côté collet monté. D'abord, je t'ai annoncé la naissance de Larry et tu es venu me voir. Puis, l'année suivante, tu étais de la grande fête qu'Anthony a donnée pour son trentième anniversaire. Tu préparais ton doctorat à Harvard pendant que le reste de la bande travaillait à Washington — Anthony, Elspeth et Peg pour la CIA, moi qui faisais des recherches à l'université George Washington, et Bern qui écrivait des scripts pour la radio —, mais tu venais deux ou trois fois par an en ville et nous nous retrouvions.

— Quand ai-je épousé Elspeth ?

— En 1954, l'année de mon divorce avec Bern.

— Sais-tu pourquoi je l'ai épousée ?

Elle hésita. La réponse aurait dû être facile, songea Luke : « Parce que tu l'aimais... évidemment ! » Mais pas du tout.

— Je suis mal placée pour répondre, finit-elle par lâcher.

— Je poserai la question à Elspeth.

— Ça vaudrait mieux.

Le ton ironique de cette remarque intrigua Luke qui ne savait comment l'interpréter. C'est alors qu'une Lincoln Continental blanche s'arrêta au bord du trottoir : Bern en descendit et s'engouffra dans le restaurant.

— Je suis désolé qu'on t'ait réveillé, s'excusa Luke.

— D'après Billie, ce n'est pas la peine de laisser tranquille un homme qui dort ; quand elle est réveillée, tout le monde doit l'être. Si tu n'avais pas perdu la mémoire, tu le saurais. Tiens. (Il lança sur la table une grosse brochure : *Annuaire officiel des compagnies aériennes — Publication mensuelle.*)

— Regarde à Capital Airlines, conseilla Billie, ils desservent le Sud.

Luke trouva la page.

— Il y a un vol à 6 h 55 — dans quatre heures... Oh, merde, il s'arrête dans tous les patelins du Sud et n'arrive à Huntsville que cet après-midi à 14 h 23, heure locale.

Bern chaussa une paire de lunettes pour lire par-dessus son épaule.

— Le vol suivant ne part qu'à 9 heures, mais il est direct et c'est un Viscount. Tu seras à Huntsville peu avant midi.

— Je choisirais volontiers celui-là, mais je ne tiens pas à traîner à Washington plus longtemps que nécessaire.

— Tu as deux autres problèmes : primo, je pense qu'Anthony aura posté des hommes à l'aéroport.

— Et si je partais d'ici en voiture, suggéra Luke, pour prendre un avion un peu plus loin. (Il étudia l'horaire.) A la première escale, à Newport News par exemple. Où diable est-ce ?

— Près de Norfolk, en Virginie, précisa Billie.

— Il se pose là-bas à 8 h 02. Tu crois que je peux être là-bas à temps ?

— C'est à trois cents kilomètres, dit Billie. Mettons quatre heures. Tu peux même y arriver avec une heure d'avance.

— Plus tôt encore, si tu y vas avec ma voiture, proposa Bern. Elle fait du cent quatre-vingts.

— Tu me prêterais ta voiture ?

— Nous nous sommes mutuellement sauvé la vie, dit Bern en souriant. Qu'est-ce qu'une voiture ?

— Je te remercie.

— Mais tu as un autre problème, ajouta Bern.

— Lequel ?

— On m'a suivi jusqu'ici.

3 heures

Les réservoirs de carburant ont des cloisons internes perforées pour éviter les clapots. Sans ces cloisons, le mouvement du liquide est si violent qu'il a causé la destruction de la fusée d'essai *Jupiter 1B* après 93 secondes de vol.

Anthony avait garé sa Cadillac jaune derrière un camion, à deux pas du restaurant. Il pouvait voir ce qui passait dans la salle. L'endroit semblait fréquenté par des policiers, car à côté de la Thunderbird rouge de Billie et de la Continental blanche de Bern stationnaient deux véhicules de patrouille.

Ackie Horwitz faisait le guet devant l'appartement de Bern Rothsten. Il avait reçu pour consigne de ne pas bouger jusqu'à ce que Luke se manifeste. Quand Bern était parti au milieu de la nuit, l'agent avait eu la bonne idée de désobéir aux ordres pour le suivre en moto. A peine Bern était-il arrivé au restaurant qu'Ackie avait alerté Anthony.

En tenue de motard, un gobelet de café dans une main et une barre de chocolat dans l'autre, Ackie s'approcha de la vitre de la Cadillac.

— Luke est à l'intérieur, annonça-t-il.

— Je le savais.

— Mais il s'est changé. Il porte maintenant un manteau et un chapeau noirs.

— Il a perdu son feutre au Carlton.

— Rothsten est avec lui et la femme.

— Qui d'autre encore ?

— Quatre flics qui se racontent des blagues, un insomniaque qui lit la première édition du *Washington Post* et le cuistot.

Ces policiers le gênaient pour agir.

— Attendons ici que Luke sorte et filons-le. Cette fois, pas question de le perdre.

— Compris.

Ackie regagna sa moto, calée derrière la Cadillac, et s'installa sur la selle pour boire son café.

Anthony avait un plan : intercepter Luke dans une rue déserte, le maîtriser et l'emmener jusqu'à une planque de la CIA à Chinatown ; ensuite, éloigner Ackie. Et tuer Luke.

Plus de scrupules. Les regrets, il s'en arrangerait une fois son devoir accompli. La porte du restaurant s'ouvrit.

Billie sortit la première. Anthony ne pouvait pas distinguer son visage, mais il reconnut, éclairées par les lumières de la salle, sa silhouette menue et sa démarche souple. Luke la suivait avec son manteau noir et son chapeau assorti. Ils s'approchèrent de la Thunderbird rouge. La silhouette en imperméable qui fermait la marche s'installa dans la Lincoln blanche.

Anthony mit son moteur en marche.

La Thunderbird démarra, talonnée par la Lincoln. Anthony se mit dans leur sillage. Sur sa moto, Ackie fermait le cortège.

Billie emprunta la route de l'ouest. Anthony se tenait à distance, sans se faire d'illusions. Les autres se savaient filés. Peu importait. Le dénouement approchait.

Ils atteignirent la 14e Rue et s'arrêtèrent à un feu rouge : Anthony se plaça derrière la Lincoln de Bern. Quand le feu passa au vert, la Thunderbird de Billie démarra sur les chapeaux de roue, tandis que la Lincoln restait sur place. Etouffant un juron, Anthony dut faire marche arrière pour dépasser la Lincoln et se lancer à la poursuite des autres.

Billie slalomait entre les voitures dans le quartier qui se trouve derrière la Maison Blanche, brûlant des feux rouges et prenant des rues en sens interdit. Anthony en fit autant, s'efforçant désespérément de ne pas la perdre de vue, mais la Cadillac n'était pas aussi maniable que la Thunderbird, et Billie le sema.

Ackie dépassa Anthony et réussit à rejoindre la Thunderbird. Mais Anthony devina sa manœuvre : Billie se dirigeait vers une autoroute pour se débarrasser du motard, incapable de suivre une voiture frôlant les deux cents à l'heure.

C'est alors qu'au sortir d'un virage Billie glissa sur une grande flaque d'eau et perdit le contrôle de sa voiture. La Thunderbird fit une embardée, surprenant Ackie, qui chuta de sa moto en voulant l'éviter. Il se releva aussitôt. Anthony dut freiner à son tour, dérapant au milieu du carrefour. La Thunderbird voulut se dégager, mais Anthony lui barra le passage et se précipita du côté du passager tandis qu'Ackie surgissait près de la portière du conducteur.

— Descendez ! cria-t-il en tirant son pistolet de sa poche intérieure.

La portière s'ouvrit sur la silhouette en manteau

et chapeau noirs. Anthony comprit d'emblée qu'il avait été joué : c'était Bern.

Et plus de Lincoln blanche en vue.

Les deux hommes avaient échangé leurs manteaux, et Luke s'était enfui dans la voiture de Bern.

— Pauvre idiot ! cria-t-il à Bern. Tu ne sais pas ce que tu as fait !

— Dis-le-moi, fit Bern avec un calme exaspérant.

Anthony se retourna et remit l'arme dans sa poche.

— Attends un peu, reprit Bern. Tu nous dois des explications.

— Aucune.

— Luke n'est pas un espion.

— Comment peux-tu le savoir ?

— Je le sais.

— Je ne te crois pas.

— Bien sûr que si, riposta Bern en lui lançant un regard mauvais. Tu sais pertinemment que Luke n'est pas un agent soviétique. Pourquoi prétends-tu le contraire ?

— Va te faire foutre !

Billie habitait Arlington, une banlieue verdoyante sur la rive Virginie du Potomac. Anthony, en longeant sa rue, repéra sur le trottoir, en face de sa maison, une conduite intérieure Chevrolet de la CIA. Il se gara dans une rue transversale.

Billie rentrerait d'ici deux ou trois heures. Elle savait où était allé Luke. Mais elle refuserait de le dire à Anthony — car elle ne lui faisait plus confiance —, à moins qu'il n'exerce sur elle une pression implacable.

Ce qu'il ferait.

Devenait-il fou ? Non. Voilà longtemps qu'il avait choisi son destin et il n'allait pas s'en laisser détourner, pas même par Luke. Il ouvrit le coffre de sa voiture, en retira un étui de cuir noir de la taille d'un livre et une petite lampe de poche, puis, ayant rejoint la Chevrolet, il s'assit à côté de Pete, le regard fixé sur la petite maison de Billie. Aucune lumière ne brillait aux fenêtres.

— Me faites-vous confiance ? demanda-t-il à l'agent.

— En voilà une question ! Bien sûr.

— Je vais agir d'une manière qui ne vous plaira pas. Mais c'est la seule solution.

— Je vous crois.

— Je vais entrer. Klaxonnez si quelqu'un arrive.

Il remonta discrètement l'allée et contourna le garage. Le faisceau de sa lampe torche éclaira l'entrée de la cuisine.

Sa vie n'avait été qu'une succession de tromperies, mais il n'était encore jamais tombé aussi bas.

La porte était équipée d'une vieille serrure, avec une clé à l'intérieur. Anthony aurait pu l'ouvrir avec un crayon. La torche électrique entre ses dents, il sortit de l'étui en cuir un instrument semblable à une sonde de dentiste à l'aide duquel il poussa la clé. Celle-ci tomba sans bruit sur le paillasson. Il actionna alors la serrure et la porte s'ouvrit.

Il pénétra en silence dans la pénombre de la maison.

Les lieux lui étaient familiers. Il n'y avait personne dans le salon ni dans la chambre de Billie. Becky-Ma dormait à poings fermés dans la sienne, son audiophone posé sur la table de chevet. Il entra dans la chambre de Larry.

Il braqua la torche sur l'enfant endormi. Puis il alluma le plafonnier.

— Hé, Larry, réveille-toi ! Viens.

L'enfant ouvrit les yeux. Un moment désorienté, il sourit.

— Oncle Anthony !

— Lève-toi.

— Quelle heure est-il ?

— Il est tôt.

— Qu'est-ce qu'on va faire ?

— C'est une surprise.

Le carburant pénètre dans la chambre de combustion du moteur à la vitesse de 30 mètres-seconde. La combustion commence dès la rencontre des deux fluides. La chaleur de la flamme provoque l'évaporation très rapide des liquides. La pression s'élève à plusieurs centaines de kilos par centimètre carré et la température atteint 2 500 degrés Celsius.

— Tu es amoureuse de Luke, non ? demanda Bern à Billie.

Ils étaient assis dans la Thunderbird, au pied de son appartement. Elle n'avait pas envie de monter chez lui, trop impatiente de retrouver Larry et Becky-Ma.

— Amoureuse ? Tu crois ?

Elle ne tenait pas à se confier à son ex-mari. Ils étaient amis, mais pas intimes.

— Je me suis rendu compte depuis longtemps que tu aurais dû épouser Luke. Tu n'as, à mon avis, jamais cessé de l'aimer. Tu m'as aimé aussi, bien sûr, mais différemment.

C'était vrai. Elle éprouvait pour Bern des sentiments doux et paisibles. Jamais elle n'avait connu avec lui le tourbillon de passion qui l'entraînait quand elle était avec Luke. Et lorsqu'elle se demandait ce qu'elle ressentait pour Harold — une affection sans histoire ou le déferlement des sens — la réponse était tristement évidente.

— Luke est marié à une très belle femme... Tu trouves Elspeth sexy ?

— Difficile à dire. Ça dépend pour qui. Elle m'a toujours paru froide ; de toute façon, elle n'a jamais eu d'yeux que pour Luke.

— Peu importe, Luke est du genre fidèle. Même si elle était un iceberg, il resterait avec elle par devoir. Je voulais aussi te dire une chose.

— Vas-y.

— Merci. Merci de ne pas avoir déclaré : « Je te l'avais bien dit. »

— Tu penses à notre éternel sujet de discussion, fit Bern en riant.

— Selon toi, mes travaux seraient utilisés pour des lavages de cerveau. Eh bien, ta prédiction s'est réalisée.

— J'avais quand même tort, car tes recherches étaient nécessaires. Nous avons besoin de comprendre le cerveau humain. Dis-moi, as-tu une théorie pour expliquer les agissements d'Anthony ?

— J'imagine que Luke a découvert l'existence d'un espion à Cap Canaveral et qu'il a estimé devoir le signaler au Pentagone. Mais cet espion est en réalité un agent double qui travaille pour nous ; aussi Anthony cherche-t-il désespérément à protéger ce type.

— Ça ne tient pas, rétorqua Bern en secouant la tête. Anthony aurait pu simplement éclairer Luke ; il n'avait pas besoin de le rendre amnésique.

— C'est juste. Anthony a tiré sur Luke il y a quelques heures. Et je n'arrive pas à croire que la CIA soit prête à tuer un citoyen américain pour protéger un agent double.

— Bien sûr que si. Mais, dans ce cas-là, ça n'aurait pas été nécessaire.

— As-tu une meilleure hypothèse ?

— Non.

— Ça n'a plus d'importance maintenant : Anthony a trahi ses amis.

— La vie, c'est parfois dégueulasse, conclut Bern. Si tu as des nouvelles de Luke demain, appelle-moi.

Il l'embrassa sur la joue et descendit de voiture.

Billie démarra, traversa le Memorial Bridge, longea le cimetière national d'Arlington et s'engagea dans le dédale des petites rues de banlieue qui menaient à son domicile. Elle se gara dans l'allée en marche arrière, habitude qu'elle avait prise car elle était la plupart du temps en retard. Elle entra dans la maison, accrocha son manteau dans l'entrée et monta rapidement l'escalier tout en déboutonnant sa robe ; elle la fit passer par-dessus sa tête, la jeta sur une chaise, ôta ses chaussures et se rendit dans la chambre de Larry.

Son lit était vide.

Elle jeta un coup d'œil dans la salle de bains, puis dans la chambre de Becky-Ma.

— Larry hurla-t-elle. Où es-tu ?

Elle inspecta le rez-de-chaussée et, sans se soucier de sa tenue, sortit de la maison pour contrôler le garage et la cour. Puis elle revint dans la maison, pour scruter l'intérieur des placards et vérifier sous les lits.

Il avait vraiment disparu.

Becky-Ma apparut, affolée.

— Que se passe-t-il ?

— Où est Larry ? cria Billie.

— Je le croyais au lit, gémit-elle.

Dans sa chambre, tout était en ordre, aucune trace

de lutte. Dans la penderie, elle aperçut, bien plié sur une étagère, le pyjama bleu qu'il portait la veille au soir. Mais les vêtements qu'elle avait préparés pour l'école n'étaient plus là. Il s'était habillé avant de partir, sans doute emmené par une personne à qui il faisait confiance.

Anthony !

D'abord, elle fut soulagée. Anthony ne ferait pas de mal à Larry. Puis elle réfléchit. En était-elle certaine ? Elle aurait juré qu'Anthony ne ferait aucun mal à Luke, mais il avait tiré sur lui. Impossible de savoir maintenant de quoi Anthony était capable. Ce réveil très matinal avait dû effrayer Larry, ainsi que le fait de s'habiller et de quitter la maison sans voir sa mère.

Il fallait agir vite.

Elle était sur le point d'appeler Anthony quand le téléphone sonna. Elle décrocha aussitôt.

— Oui ?

— C'est Anthony.

— Comment as-tu pu faire ça ? vociféra-t-elle.

— Il faut que je sache où est Luke. C'est d'une importance que tu n'imagines pas.

— Il est...

Elle s'interrompit. Si elle lui donnait le renseignement, elle n'aurait plus aucune munition.

— Où ça ?

Elle retint son souffle.

— Où est Larry ?

— Il est avec moi. Ne t'inquiète pas, il va bien.

— Pauvre abruti ! Comment veux-tu que je ne m'inquiète pas ?

— Dis-moi juste ce que j'ai besoin de savoir et tout ira bien.

Elle aurait voulu le croire, lâcher la réponse et

attendre le retour de Larry à la maison, mais elle résista de toutes ses forces à la tentation.

— Ecoute-moi. Quand je verrai mon fils, je te dirai où se trouve Luke.

— Bon, soupira-t-il. Rejoins-moi au Jefferson Memorial.

— Quand ?

— A sept heures.

Elle regarda sa montre. Six heures passées.

— J'y serai.

— Billie !

— Quoi ?

— Viens seule.

— Oui, fit-elle en raccrochant.

— Qu'y a-t-il ?

Becky-Ma se tenait plantée devant elle, si fragile. Billie s'efforça d'adopter un air naturel.

— Larry est avec Anthony. Il a dû venir le prendre pendant que tu dormais. Je pars le chercher tout de suite. Inutile de nous alarmer.

Elle monta se rhabiller. Puis elle déplaça la coiffeuse qui était devant la penderie et, montant sur une chaise, attrapa sur la dernière étagère une petite valise qu'elle posa sur le lit ; elle l'ouvrit et en sortit un colt automatique 45 enveloppé dans un chiffon et une boîte de cartouches.

Pendant la guerre, on leur avait distribué des colts. Elle avait gardé le sien en souvenir, mais un obscur pressentiment l'avait poussée à le nettoyer et à le graisser régulièrement.

Derrière elle, Becky-Ma contemplait fixement le pistolet.

Elle regarda un moment sa mère, sans rien dire.

Puis elle sortit de la maison en courant et sauta dans sa voiture.

Les quelque 25 tonnes de carburant contenues par le premier étage seront épuisées en 2 minutes et 35 secondes.

C'était un plaisir de conduire la Lincoln Continental de Bern : mince comme un lévrier, elle roulait à cent soixante, dévorant sans effort les routes désertes de la Virginie endormie. Luke quitta Washington avec le sentiment de laisser le cauchemar derrière lui. Ce trajet matinal avait un grisant parfum d'évasion.

Il faisait encore nuit quand il arriva à Newport News, il s'arrêta dans le petit parking de l'aéroport. Pas une lumière en vue, sauf l'ampoule d'une cabine téléphonique à côté de l'entrée. Il coupa le moteur et tendit l'oreille. Tout était silencieux alentour. La nuit scintillante d'étoiles. Les silhouettes des avions parqués à proximité ressemblaient dans la pénombre à des chevaux endormis.

Il n'avait pas fermé l'œil depuis plus de vingt-quatre heures, mais son esprit fonctionnait sans cesse. Il était amoureux de Billie. Il pouvait se l'avouer maintenant qu'il était à trois cents kilomètres d'elle. N'avait-il jamais cessé de l'aimer ? Ou bien n'était-ce qu'un engouement passager, la répétition du coup de foudre qu'il avait brièvement connu en 1941 ? Et Elspeth ? Pourquoi l'avait-il épousée ? Billie avait refusé de répondre. « Je demanderai à Elspeth », s'était-il promis.

Il consulta sa montre. Plus d'une heure encore avant le décollage. Il se dirigea vers la cabine téléphonique.

Elle décrocha tout de suite, comme si elle était déjà réveillée. La standardiste de l'hôtel lui expliqua que l'on mettrait la communication sur sa note et elle dit :

— Oui, bien sûr, passez-le-moi.

Il se sentit soudain embarrassé.

— Euh, bonjour, Elspeth.

— Je suis heureuse que tu appelles ! J'étais morte d'inquiétude... Que se passe-t-il ?

— Je ne sais même pas par où commencer.

— Tu vas bien ?

— Oui, à présent, ça va. En fait, Anthony m'a soumis à un mélange d'électrochocs et de drogues, provoquant ainsi chez moi l'amnésie.

— Mon Dieu ! Pourquoi ferait-il une chose pareille ?

— Parce que, selon lui, je suis un espion soviétique.

— C'est ridicule.

— C'est ce que j'ai dit à Billie.

— Tiens, tu as vu Billie ?

— Elle m'a beaucoup aidé.

Il se souvenait du refus d'Eslpeth de le rejoindre à Washington.

— Où es-tu ?

Il hésita. Elspeth avait pu être mise sur écoute.

— Je préfère ne pas te le révéler.

— Je comprends. Que comptes-tu faire maintenant ?

— Il faut que je découvre ce qu'Anthony voulait que j'oublie.

— Comment t'y prendras-tu ?

— J'aimerais mieux ne pas en parler au téléphone.

— Très bien, fit-elle, contrariée. Je regrette que tu ne puisses rien me dire.

— En réalité, je voulais te poser quelques questions.

— Vas-y.

— Pourquoi ne pouvons-nous pas avoir d'enfants ?

— On ne sait pas. L'an dernier, tu as consulté un endocrinologue, qui n'a rien décelé d'anormal. De mon côté, j'ai vu une gynécologue d'Atlanta, voici quelques semaines. Elle a fait des analyses, nous attendons les résultats.

— Voudrais-tu m'expliquer comment nous nous sommes mariés ?

— Je t'ai séduit.

— Comment ça ?

— J'ai fait semblant d'avoir du savon dans l'œil pour que tu m'embrasses. Le plus vieux truc du monde ! J'ai un peu honte, mais ça a marché.

Il n'aurait pas pu dire si elle était amusée, cynique, ou les deux à la fois.

— Raconte-moi les circonstances, comment j'ai demandé ta main...

— Eh bien, après des années sans nous voir, moi toujours à la CIA, toi au Jet Propulsion Laboratory à Pasadena, nous nous sommes retrouvés à

Washington en 1954 : tu étais venu pour le mariage de Peg. Au petit déjeuner, nous étions assis l'un à côté de l'autre... (Elle marqua une pause, rassemblant ses souvenirs. Puis elle reprit, d'un ton adouci :) Nous avons discuté, discuté — oubliant que treize années venaient de s'écouler —, comme si nous étions encore deux étudiants avec toute la vie devant nous. Je devais partir tôt... je dirigeais l'orchestre des jeunes de la 16e Rue et nous avions une répétition. Tu m'as accompagnée...

La plupart des enfants de l'orchestre, issus de familles pauvres, étaient noirs. La répétition avait lieu dans la salle paroissiale d'un quartier délabré. Quant aux instruments, on les avait mendiés, empruntés ou achetés chez un prêteur sur gages. On travaillait l'ouverture des *Noces de Figaro*, de Mozart. Les enfants jouaient juste.

Grâce à Elspeth. Très exigeante, elle ne tolérait aucune erreur, aucune fausse note, et reprenait ses élèves avec une infinie patience. De sa haute silhouette vêtue d'une robe jaune, elle conduisait l'orchestre avec brio, de ses longues mains fines, en secouant ses cheveux roux.

La répétition dura deux heures et Luke, fasciné, resta jusqu'au bout. Il se rendait compte que tous les garçons étaient amoureux d'Elspeth et que toutes les filles auraient voulu lui ressembler.

— Ces enfants ont autant le sens de la musique que n'importe quel gosse de riche avec un Steinway dans son salon, lui confia-t-elle plus tard dans la voiture. Mais ça m'attire des tas de problèmes.

— Lesquels ?

— On prétend que je n'aime que les nègres, et ça a pratiquement mis fin à ma carrière à la CIA.

— Je ne comprends pas.

— Quiconque traite les Noirs comme des êtres humains est aussitôt soupçonné de sympathies communistes. Je ne dépasserai donc jamais l'échelon d'une secrétaire, ce qui n'est d'ailleurs pas une grande perte. De toute façon, les femmes ici ne vont jamais très loin.

Elle l'emmena chez elle, dans un petit appartement où elle ne possédait que quelques meubles — modernes et aux lignes anguleuses. Pendant qu'Elspeth s'occupait des spaghettis dans la minuscule cuisine, Luke prépara des martinis et lui parla de son travail.

— Je suis contente pour toi, dit-elle avec enthousiasme. Tu t'intéressais déjà à l'exploration spatiale, à Harvard, quand nous sortions ensemble.

— En ce temps-là, lui rappela-t-il en souriant, la plupart des gens pensaient que c'était de la science-fiction.

— Ce n'est pas encore une réalité.

— Si. Les savants allemands ont résolu les problèmes majeurs pendant la guerre : ils ont lancé des fusées de Hollande, vers Londres.

— Je m'en souviens, j'y étais ; on les appelait des bombes volantes. Un de ces engins a failli me tuer. J'allais à mon bureau, au beau milieu d'une alerte aérienne, parce qu'un agent, qu'on devait larguer quelques heures plus tard sur la Belgique, y attendait des instructions. J'ai entendu une bombe éclater juste derrière moi : un affreux bruit sourd, puis un fracas de verre brisé et de maçonnerie éboulée, et, tout de suite après, j'ai senti le souffle, une bouffée de poussière et de petits gravats... Il ne fallait pas que je me retourne, je me serais affolée, alors j'ai continué à marcher.

— Courageuse, murmura-t-il.

— Oh non, j'étais terrifiée.

— A quoi pensais-tu ?

— Tu ne devines pas ?

Il se souvint que, pour passer le temps, elle s'absorbait dans les mathématiques.

— Aux nombres premiers ? hasarda-t-il.

— A la suite de Fibonacci, fit-elle en riant.

Le mathématicien Fibonacci avait imaginé un couple de lapins qui avait chaque mois deux petits se reproduisant chacun au même rythme : il demandait combien on aurait de couples de lapins au bout d'un an. La réponse était 144, et le nombre de couples chaque mois constituait la suite de nombres la plus célèbre de l'arithmétique : 1, 1, 2, 3, 5, 8, 13, 21, 34, 55, 89, 144. On obtenait le nombre suivant en additionnant la somme des deux précédents.

— Quand je suis arrivée à mon bureau, j'étais parvenue au quarantième nombre de la suite.

— Tu te le rappelles ?

— Bien sûr : 102 334 105. Alors, nos missiles sont issus des bombes volantes allemandes ?

— Oui, de leurs V2. (Luke n'était pas censé parler de ses travaux, mais il s'agissait d'Elspeth qui, dans ses activités, accédait à des dossiers concernant la sécurité d'un niveau supérieur au sien.) Nous sommes en train de construire une fusée qui, envoyée de l'Arizona, exploserait à Moscou. En cas de succès, nous pourrons même l'envoyer sur la Lune.

— Selon le même principe, mais à une plus grande échelle ?

Elle était la seule fille, parmi celles qu'il connaissait, à manifester un tel intérêt pour la technique des fusées.

— Tout à fait. Il faut des moteurs plus puissants, un carburant d'un meilleur rendement, des systèmes de guidage plus précis... Rien d'insurmontable. Et puis les savants allemands travaillent pour nous maintenant.

— C'est ce qu'on m'a dit. Sinon, quelle est ta vie ? As-tu une petite amie ?

— Pas pour le moment.

Il en avait eu plusieurs depuis sa rupture avec Billie voilà neuf ans, mais aucune n'avait vraiment compté.

Exception faite d'une grande fille aux yeux bruns et aux cheveux fous, dotée de la même énergie et de la même joie de vivre que Billie. Il l'avait rencontrée à Harvard pendant qu'il préparait son doctorat. Un soir qu'ils se promenaient dans la cour de Harvard, elle lui avait pris les mains en disant : « J'ai un mari. » Là-dessus, elle l'avait embrassé avant de disparaître. Avec elle, il avait failli s'engager pour de bon.

— Et toi ? demanda-t-il à Elspeth. Peg se marie, Billie est déjà divorcée... tu m'as l'air d'avoir un peu de retard.

— Oh, tu sais, nous autres fonctionnaires...

Elle reprenait un cliché inventé par la presse à Washington, il y avait tant de jeunes femmes employées par l'administration fédérale qu'elles étaient cinq fois plus nombreuses que les hommes. On les prétendait toutes frustrées sur le plan sexuel et désespérément en quête d'une aventure.

Luke estimait que cela ne concernait pas Elspeth, mais elle avait le droit d'éluder sa question.

Elle lui demanda de surveiller la cuisine pendant qu'elle se changeait. De la sauce tomate mijotait dans une petite casserole, à côté de celle des spaghettis. Il ôta sa veste et sa cravate, puis remua la sauce avec une cuillère en bois. Le martini lui était un peu monté à la tête, cela sentait bon dans la cuisine et il était en compagnie d'une femme qu'il aimait vraiment bien. Il se sentait heureux. Soudain, Elspeth l'appela d'une voix où perçait une nuance de découragement, ce qui n'était pas son genre.

— Luke... tu pourrais venir ?

Il entra dans la salle de bains. Elspeth n'avait pas encore enfilé sa robe, et elle était là, en soutien-gorge beige sans bretelles et chemise assortie, avec des bas et des chaussures. Elle était plus vêtue que sur une plage, mais Luke trouva pourtant ce spectacle terriblement excitant. Elle tenait une main contre son visage.

— Bon sang, fit-elle, j'ai du savon dans l'œil. Voudrais-tu essayer de le rincer ?

Luke ouvrit le robinet d'eau froide.

— Penche-toi, approche ton visage de la cuvette.

Pour l'orienter, il passa la main dans son dos. Sa peau était douce et tiède. Il prit un peu d'eau dans sa main droite et la fit couler sur son œil.

— Ça fait du bien.

Quand l'irritation eut disparu, il l'aida à se redresser et lui tamponna le visage avec une serviette propre.

— Tu as l'œil un peu congestionné, mais je pense que ça va.

— Je dois avoir une tête impossible.

— Tu es absolument magnifique.

Bien qu'il eût cessé de lui essuyer le visage, elle inclinait encore la tête en arrière ; ses lèvres s'écartaient légèrement dans un sourire : quoi de plus naturel alors que de l'embrasser ? Elle lui rendit son baiser.

Il sentait son soutien-gorge contre sa poitrine. L'armature en était si rigide qu'elle l'irritait, même à travers le coton de sa chemise. Au bout d'un moment, il se jugea un peu ridicule et s'écarta.

— Qu'y a-t-il ?

— Il me fait mal, murmura-t-il en effleurant du doigt le soutien-gorge.

— Pauvre petit...

Elle mit ses mains dans son dos et, d'un geste précis et rapide, dégrafa le soutien-gorge.

Jadis, il lui avait parfois touché les seins, mais il ne les avait jamais vus blancs et ronds, la pointe tendue.

Il la souleva dans ses bras, alla dans la chambre et la déposa sur le lit. Elle envoya valser ses chaussures. Il tâta les boutons de sa chemise et demanda :

— Je peux ?

— Que de cérémonies !

Elle haussa alors les hanches pour faire glisser son chemisier. Sa petite culotte pêche était assortie au reste de ses dessous.

— Ne demande rien, enlève-les.

Il lui fit l'amour, longuement et intensément, tandis qu'elle ne cessait de le couvrir de baisers.

— Ça fait si longtemps que j'en avais envie.

Puis elle se renversa, épuisée, et sombra dans un sommeil profond, contrairement à Luke qui réfléchissait.

Depuis toujours, il désirait fonder une famille. Pour lui, le bonheur, c'était une grande maison bruyante pleine d'enfants, d'amis et d'animaux domestiques. Cependant, à trente-trois ans, il était encore célibataire et voyait le temps filer. Pouvait-il rêver mieux que de passer ainsi chaque nuit auprès d'une fille aussi intelligente, brave comme un lion, merveilleuse avec les enfants et — par-dessus le marché — d'une beauté à vous couper le souffle ?

Le jour se levait. Il alla préparer le café et l'apporta dans la chambre sur un plateau. Elspeth était assise dans le lit, délicieusement ensommeillée.

— J'ai une question à te poser, dit-il en s'installant au bord du lit et en lui prenant la main. Veux-tu m'épouser ?

Son sourire disparut, elle avait l'air troublée.

— Oh, mon Dieu... Est-ce que je peux y réfléchir ?

7 heures

Les gaz d'échappement passent par la tuyère de la fusée comme une tasse de café brûlant dans la gorge d'un bonhomme de neige.

Anthony roula jusqu'au Jefferson Memorial. Larry se tenait sur la banquette avant, entre Pete et lui. Il faisait encore nuit et le quartier était désert. Anthony exécuta un demi-tour et se gara de façon à ce que ses phares puissent prendre dans leur faisceau les voitures venant vers eux.

Le monument était coiffé d'une coupole et entouré d'une double colonnade.

— La statue mesure cinq mètres soixante-dix de haut et pèse quatre tonnes et demie, expliqua-t-il à Larry. Elle est en bronze.

— Où est-elle ?

— On ne peut pas la voir d'ici, elle est dissimulée par ces colonnes.

— On aurait dû venir de jour, protesta Larry.

Anthony l'avait déjà emmené en promenade à la Maison Blanche, au zoo, à la Smithsonian... Ils mangeaient des hot dogs et des glaces, puis

Anthony achetait un jouet à Larry avant de le recon-
duire chez lui. Cela se passait toujours très bien.
Anthony appréciait son filleul. Mais ce jour-là,
Larry sentait que quelque chose ne tournait pas
rond. L'heure était trop matinale, il voulait voir sa
mère. Anthony ouvrit la portière.

— Larry, attends-nous dans la voiture pendant
que je discute avec Pete.

Les deux hommes descendirent. L'air était glacial.

— Je vais patienter ici, expliqua Anthony à Pete.
Prends le gosse et fais-lui visiter le monument.
Reste de ce côté-ci pour qu'elle l'aperçoive en arri-
vant.

— D'accord.

— Nous ne toucherons ni au gosse ni à la mère,
mais elle doit nous dire où se trouve Luke.

— Ensuite, nous lui rendons le gosse ?

— Non.

— Ah bon ? Pourquoi donc ?

— On peut avoir besoin de lui soutirer d'autres
renseignements.

Visiblement, Pete était troublé, mais il ne discuta
pas les ordres.

— Viens, Larry, oncle Pete va te montrer la statue.

Larry descendit et ajouta poliment :

— Après, j'aimerais bien rentrer.

— On verra avec maman, dit Anthony. En attendant, vas-y.

L'enfant prit la main de Pete et tous deux firent
le tour de la rotonde en direction de l'escalier
monumental. Ils réapparurent quelques instants plus
tard devant les piliers, éclairés par le pinceau des
phares.

Anthony consulta sa montre. Dans seize heures, la fusée aurait décollé et, d'une façon ou d'une autre, tout serait réglé. Seize heures, c'était beaucoup : Luke aurait largement le temps de faire du grabuge.

Billie tardait.

Une Ford Thunderbird finit par venir se garer à vingt mètres de la Cadillac : une petite silhouette frêle en sortit, laissant le moteur en marche.

— Bonjour, Billie.

Elle tourna les yeux vers le monument et aperçut Pete et Larry devant la galerie, en train de le contempler. Ne les quittant pas des yeux, elle s'immobilisa. Anthony s'approcha.

— Ne tente rien de spectaculaire... cela impressionnerait Larry.

— C'est toi qui recommandes de ne pas l'impressionner, espèce de salaud !

— J'étais obligé de le faire... Connais-tu la citation de Thomas Jefferson qui figure à l'intérieur de ce monument ? Elle dit : « J'ai juré devant Dieu d'être à jamais hostile à toute forme de tyrannie infligée à l'esprit humain. » Voilà pourquoi j'agis ainsi.

— Garde tes mobiles pour toi. Tu as perdu de vue tous tes idéaux de jadis. Il ne peut rien advenir de bon de ce genre de trahison.

— Où est Luke ?

Après un long silence, elle lâcha :

— Dans un avion pour Huntsville.

Anthony soupira d'aise.

— Pourquoi Huntsville ?

— C'est le bureau où l'armée conçoit les fusées.

— Je le sais. Mais pourquoi irait-il là-bas aujourd'hui puisque c'est en Floride que tout se passe ?

Anthony scruta le visage de Billie, mais il faisait trop sombre pour le déchiffrer.

— Tu me caches quelque chose.

— Je me fous de ce que tu penses. Je veux récupérer mon fils et partir.

— Pas encore.

— Pourquoi ? cria Billie. Je t'ai dit où Luke était allé !

— Tu peux nous fournir d'autres informations.

— Ce n'est pas juste !

— Tu t'en remettras.

Anthony venait de commettre une nouvelle erreur.

Il se dirigeait déjà vers sa voiture quand elle bondit sur lui. Elle ne pesait que cinquante-cinq kilos — soit une vingtaine de moins que lui —, mais sa rage et l'effet de surprise jouaient en sa faveur. Trébuchant, il tomba à quatre pattes, poussant un gémissement d'étonnement et de douleur.

Billie sortit le colt de la poche de son manteau.

Au moment où Anthony essayait de se relever, elle fonça de nouveau sur lui, le heurtant cette fois de côté. Il perdit de nouveau l'équilibre et roula sur le sol. Comme il redressait la tête, elle s'agenouilla près de lui et lui fourra le canon de son pistolet dans la bouche. Elle sentit une dent se briser.

Il ne bougea plus.

Elle relâcha posément le cran de sûreté, le regarda droit dans les yeux et y lut de la peur — il ne s'attendait pas à la voir armée. Un filet de sang ruisselait sur son manteau.

Billie leva les yeux. Sans se douter de rien, Larry et l'homme qui l'accompagnait contemplaient toujours la statue. Son attention se reporta vers Anthony.

— Je vais retirer le pistolet que tu as dans la bouche, glissa-t-elle dans un souffle. Si tu fais un geste, je te tue. Maintenant, tu vas appeler ton collègue et lui répéter ce que je viens de te dire.

Elle sortit le canon de la bouche d'Anthony et le braqua sur son œil gauche. Anthony hésita.

Elle appuya le canon sur sa paupière.

— Pete ! vociféra-t-il.

Celui-ci se retourna et, intrigué par le silence alentour, lança :

— Où êtes-vous ?

Anthony et Billie se trouvaient dans l'ombre.

— Dis-lui de rester où il est, lança Billie.

Anthony demeura muet. Billie pressa le canon de l'arme contre son orbite.

— Que se passe-t-il ? Je ne vous vois plus.

La main en visière, Pete scrutait l'obscurité.

— Larry, cria Billie, c'est maman ! Monte dans la voiture !

Pete saisit le bras de l'enfant.

— Il ne veut pas me lâcher ! hurla Larry.

— Calme-toi ! s'exclama Billie. Oncle Anthony va dire au monsieur de te lâcher.

— D'accord ! s'écria Anthony. Laisse le gosse partir !

— Vous êtes sûr ? demanda Pete.

— Bon sang, fais ce que je dis... j'ai un pistolet pointé sur moi !

Une fois libéré, Larry se précipita vers sa mère.

— Pas par là, dit-elle en s'efforçant de garder un ton naturel. Grimpe dans l'auto, vite.

Larry fonça vers la Thunderbird, sauta à l'intérieur et claqua la portière.

De son pistolet, Billie cingla aussi fort qu'elle put et à deux reprises le visage d'Anthony. Il émit un cri de douleur, mais, sans lui laisser le temps de réagir, elle lui enfonça de nouveau le canon dans la bouche. Il resta immobile, poussant des gémissements étouffés.

— Souviens-toi de ça, au cas où tu serais encore tenté de kidnapper un enfant.

Elle dégagea le pistolet de sa bouche et se redressa.

— Pas un geste, ordonna-t-elle.

Gardant son arme braquée sur lui, elle recula vers sa voiture. Jetant un coup d'œil vers le monument, elle constata que Pete n'avait pas bougé.

Elle monta dans sa voiture.

— Tu as un pistolet ? s'étonna Larry.

Elle fourra le colt dans sa poche.

— Ça va ? lui demanda-t-elle.

Il éclata en sanglots.

Elle embraya et démarra en trombe.

> Les petits propulseurs des deuxième, troi-
> sième et dernier étages utilisent un carburant
> solide connu sous le nom de T17-E2, un poly-
> sulfure avec du perchlorate d'ammoniaque
> comme oxydant. Chaque propulseur délivre
> une poussée d'environ 720 kilos.

Tandis que Billie battait des œufs, Bern versait du lait tiède sur les flocons de Larry. Le gamin avait besoin d'être réconforté, mais Billie pensait que les adultes le méritaient aussi. Larry mangeait de bon appétit tout en écoutant la radio.

— Ce salaud d'Anthony, fit Bern en parlant doucement pour que Larry ne puisse pas entendre, je vais le buter.

La rage de Billie s'était dissipée. Cela lui avait fait du bien de frapper Anthony à coups de crosse. Maintenant, elle avait peur, pour Larry, qui en avait vu de toutes les couleurs, et pour Luke.

— Anthony va essayer de le tuer.

Bern déposa une noix de beurre dans une poêle bien chaude, puis trempa les tranches de pain blanc dans les œufs battus qu'avait préparés Billie.

— Il ne se laissera pas faire.

— Il croit lui avoir échappé. Il ne sait pas que

j'ai tout révélé à Anthony. Celui-ci est en route pour Huntsville, j'en suis certaine. Luke a pris un vol qui fait plusieurs escales. Si Anthony réquisitionne un appareil militaire, il arrivera le premier. Il faut que je trouve un moyen de prévenir Luke.

— Laisse-lui un message à l'aéroport.

— Pas assez sûr. Il faut que j'y aille moi-même. Il y avait un vol qui partait à neuf heures, non ? Où est cet horaire ?

— Sur la table.

Billie le consulta : le vol 271 quittait Washington à 9 heures précises et, contrairement à celui qu'avait pris Luke, ne s'arrêtait que deux fois pour se poser à Huntsville à midi moins quatre. L'avion de Luke atterrissait à 14 h 23. Elle l'attendrait à l'aéroport.

— C'est faisable.

— Alors, fais-le.

Billie jeta un regard inquiet vers l'enfant. Bern devina ses pensées.

— Il ne risque rien.

En effet, avec son père, il serait à l'abri.

S'asseyant en face de Larry, Billie déclara :

— Je ne veux pas que tu ailles à l'école aujourd'hui.

— Et mes cours de natation ! protesta-t-il.

— Peut-être que papa t'emmènera nager.

— Je ne suis pas malade !

— Je sais, mon chéri, mais tu as eu une dure matinée et tu as besoin de te reposer. Il faut que maman parte maintenant.

— A plus tard, dit-elle en s'efforçant de prendre un ton désinvolte.

Cinquième partie

La fusée décolle à la verticale, puis suit une trajectoire inclinée de 40 degrés par rapport à l'horizon. Durant le vol propulsé, le premier étage est guidé par des surfaces aérodynamiques et par les volets mobiles en carbone qui se trouvent dans la tuyère.

A peine eut-il bouclé sa ceinture que Luke s'endormit. Il ne se rendit même pas compte qu'ils avaient décollé de Newport News. Il ne fut réveillé que par des trous d'air au-dessus de la Virginie et de la Caroline du Nord. Quand il ouvrait les yeux, une bouffée d'angoisse le poussait à consulter sa montre pour s'assurer du nombre d'heures et de minutes qui le séparaient encore du lancement de la fusée. Pendant que le petit appareil roulait sur la piste, il s'agitait sur son siège. Quelques personnes descendaient, une ou deux autres embarquaient, puis l'avion repartait, comme lors d'un voyage en car.

L'appareil refit le plein à Winston-Salem, ce qui permit aux passagers de sortir quelques minutes. De l'aéroport, Luke appela le personnel de Redstone, et on lui passa sa secrétaire, Marigold Clark.

— Docteur Lucas ! Vous allez bien ?

— Très bien, mais je n'ai qu'une ou deux minutes. Le lancement est-il toujours prévu pour ce soir ?

— Oui, à 22 h 30.

— Je suis en route pour Huntsville, mon avion arrive à 14 h 23. J'essaie de comprendre pourquoi je suis allé là-bas lundi.

— Vous n'avez toujours pas retrouvé votre mémoire ?

— Non. Dites-moi, vous ne savez vraiment pas pourquoi j'ai entrepris ce voyage ?

— Hélas, non.

— Qu'ai-je fait là-bas ?

— Laissez-moi réfléchir. Je suis venue vous prendre à l'aéroport dans une voiture de l'armée pour vous emmener à la base. Vous êtes parti pour le bureau des calculs, puis pour le secteur sud.

— Qu'y a-t-il donc au secteur sud ?

— Des pas d'essais statiques. J'imagine que vous vous êtes rendu au Bureau d'étude — vous y alliez quelquefois —, mais je n'en suis pas sûre car je ne vous accompagnais pas.

— Ensuite ?

— Vous m'avez demandé de vous conduire chez vous. (Luke perçut dans sa voix un léger embarras.) Vous y avez passé une ou deux minutes pendant que j'attendais dans la voiture. Puis je vous ai déposé à l'aéroport.

— C'est tout ?

— C'est tout ce que je sais.

Luke enrageait : il était persuadé que Marigold lui fournirait un indice. Il cherchait désespérément un détail qui puisse le mettre sur une piste.

— De quoi avais-je l'air ?

— Vous étiez plongé dans vos pensées. Comme tous les scientifiques...

— Je portais mes vêtements habituels ?

— Une de vos jolies vestes en tweed.

— Je n'avais rien d'autre avec moi ?

— Seulement votre petit sac de voyage. Ah si... Ça me revient, un dossier.

— Un dossier ? interrogea-t-il, la voix étranglée.

Une hôtesse l'interrompit :

— Docteur Lucas, c'est l'heure d'embarquer.

Posant sa main sur le micro, il dit :

— J'en ai pour une minute.

Puis, s'adressant à Marigold :

— Un dossier particulier ?

— Un classeur de l'armée standard, cartonné, couleur beige, assez grand pour ranger des lettres.

— Vous n'avez aucune idée de ce qu'il renfermait ?

— Apparemment, de simples papiers.

— Combien de feuilles ? Une, dix, cent ?

— A mon avis, quinze ou vingt.

— Savez-vous par hasard ce qu'il y avait sur ces feuilles ?

— Non, docteur, vous ne les avez pas sorties.

— Et avais-je toujours ce dossier quand vous m'avez conduit à l'aéroport ?

A l'autre bout du fil, un silence.

— Docteur Lucas, insista l'hôtesse, si vous n'embarquez pas maintenant, nous allons devoir partir sans vous.

— J'arrive, j'arrive... Avais-je toujours le dossier ?

— Je ne pourrais vous dire si vous l'aviez à la maison.

— A l'aéroport ?

— Je n'en ai pas l'impression. Je vous vois me quittant pour entrer dans le terminal, avec votre sac de voyage dans une main et dans l'autre... rien.

— Vous êtes certaine ?

— A présent, oui. Vous avez dû laisser ce dossier par ici, soit à la base, soit chez vous.

Les pensées se bousculaient dans l'esprit de Luke. Il aurait juré que c'était à cause de ce dossier qu'il avait fait son voyage à Huntsville. Il contenait le secret qu'il avait découvert, celui qu'Anthony tenait tant à lui faire oublier. Peut-être s'agissait-il d'une photocopie de l'original qu'il avait caché quelque part pour le mettre en sûreté. Voilà pourquoi il avait demandé à Marigold de ne parler à personne de sa venue. Cela lui semblait une précaution un peu excessive, mais il avait sans doute acquis ce réflexe durant la guerre.

L'hôtesse avait renoncé, et il la vit traverser la piste en courant. Les hélices de l'avion tournaient déjà.

— Je crois que ce dossier pourrait avoir une très grosse importance. Pourriez-vous jeter un coup d'œil pour voir si vous le trouvez ?

— Docteur Lucas, c'est l'armée ici ! Vous ne savez donc pas qu'il y a, au bas mot, un million de dossiers beiges dans le secteur ? Comment distinguer le vôtre ?

— Regardez quand même. Peut-être y en a-t-il un qui n'est pas à sa place ? Dès que j'aurai atterri à Huntsville, j'irai fouiller à la maison. Ensuite, si je ne mets pas la main dessus, je me rendrai à la base.

Luke dut piquer un sprint pour embarquer dans l'avion.

Le plan de vol est programmé à l'avance. Après le lancement, des signaux envoyés par télécommande vers l'ordinateur de bord actionnent le système de guidage afin de maintenir la fusée sur sa trajectoire.

Le vol de l'Air Force à destination de Huntsville était bourré de généraux. A l'arsenal de Redstone, on ne se contentait pas de concevoir des fusées spatiales. C'était aussi le quartier général du Centre de matériel de missiles de l'armée. Anthony, qui surveillait ce domaine, savait qu'on y réalisait et expérimentait toute une série d'armes — depuis le *Red Eye*, gros comme une balle de base-ball, destiné à la défense aérienne des troupes au sol, jusqu'à l'énorme missile sol-sol *Honest John*.

Anthony portait des lunettes de soleil pour dissimuler les deux coquards dont Billie l'avait gratifié. Sa lèvre ne saignait plus et on ne voyait sa dent cassée que lorsqu'il parlait. Bien qu'endolori, il ne tenait pas en place : Luke était à portée de main.

Devrait-il l'abattre à la première occasion ? Il n'eut pas le temps de s'interroger davantage. Lui aussi manquait de sommeil. Et s'endormit avant le décollage. Il rêva qu'il avait de nouveau vingt et un ans, que de nouvelles feuilles poussaient sur les grands arbres de la cour de Harvard et que la vie s'ouvrait devant lui comme une route sans fin. C'est alors que Pete le secoua tandis qu'un caporal ouvrait la porte de l'appareil. La brise tiède de l'Alabama acheva de le réveiller.

Les vols du MATS se posaient sur la piste de l'arsenal de Redstone et non sur l'aéroport civil. L'aérodrome ne comportait qu'un baraquement en bois. Un portique métallique abritait la tour de contrôle et un unique petit bureau.

Anthony s'ébroua en foulant le sol herbeux. Il avait emporté avec lui une sacoche contenant son pistolet, un faux passeport et cinq mille dollars en espèces. Un viatique sans lequel il ne prenait jamais l'avion.

Son objectif était de découvrir où Luke comptait se rendre et de l'y devancer pour lui tendre une embuscade. Cette fois, il ne le raterait pas.

— Je vais me renseigner à la base, déclara-t-il à Pete. Je veux que vous alliez vous poster à l'aéroport. Si Luke arrive ou s'il se passe quoi que ce soit d'autre, tâchez de me joindre ici.

Au bord de la piste, un jeune homme en uniforme de lieutenant attendait, exhibant un carton sur lequel on pouvait lire : « M. Carroll, Département d'Etat ». Anthony lui tendit la main.

— Avec les compliments du colonel Hickam, monsieur, déclara cérémonieusement le lieutenant. Nous avons mis une voiture à votre disposition, comme l'a demandé le Département d'Etat, ajouta-t-il en désignant une Ford vert olive.

— C'est parfait, dit Anthony.

Avant de prendre son avion, il avait appelé la

base en affirmant qu'il était envoyé en mission par le directeur de la CIA, Allen Dulles, et qu'il réclamait la coopération de l'armée pour une opération d'une importance vitale dont les détails devaient rester confidentiels. C'était un mensonge énorme, mais il avait marché : ce petit lieutenant avait l'air tout dévoué.

— Le colonel Hickam serait heureux que vous passiez au quartier général, quand cela vous sera possible.

Le lieutenant remit à Anthony une carte. La base était gigantesque, elle s'étendait sur plusieurs kilomètres, jusqu'au Tennessee.

— Les bâtiments du QG y sont indiqués, poursuivit l'officier. Nous avons également un message vous demandant d'appeler M. Carl Hobart à Washington.

— Merci, lieutenant. Où se trouve le bureau du Dr Claude Lucas ?

— Certainement au Bureau d'étude. (Il prit un crayon et fit une croix sur la carte.) Mais, cette semaine, tous ces gens-là sont descendus à Cap Canaveral.

— Le Dr Lucas a-t-il une secrétaire ?

— Oui, Mme Marigold Clark.

Il s'en souviendrait.

— Bien. Lieutenant, voici mon collègue, Pete Maxell. Il a besoin de se rendre à l'aéroport civil pour accueillir un passager.

— Je me ferai un plaisir de le conduire là-bas, monsieur.

— Je vous en remercie. S'il a besoin de me contacter ici, à la base, quel est le meilleur moyen ?

— Monsieur, fit l'officier en se tournant vers Pete, vous pourriez toujours laisser un message au bureau du colonel Hickam et je m'arrangerai pour le faire parvenir à M. Carroll.

— Excellent, conclut Anthony.

Il monta dans la Ford, consulta la carte et démarra. Comme dans toutes les bases militaires, des routes rectilignes traversaient un paysage jalonné de pelouses taillées au cordeau et d'édifices en briques sombres. Il n'eut aucune peine à trouver le Bureau d'étude, un bâtiment de deux étages en forme de T. Anthony se demandait pourquoi il leur fallait autant de place pour faire des calculs, puis il réalisa que ces locaux abritaient certainement un puissant ordinateur.

Il se gara devant l'entrée et réfléchit quelques instants. Où Luke se rendrait-il à Huntsville ? Marigold détenait peut-être la réponse, mais ce devait être un cerbère attaché à défendre son patron en toute circonstance. Elle se méfierait d'un inconnu, plus encore d'un inconnu avec deux yeux au beurre noir. Mais, la plupart de ses collègues étant partis pour Cap Canaveral, il ne serait pas dérangé. Il entra et franchit trois bureaux exigus, vides. Le troisième était occupé par une Noire d'une cinquantaine d'années arborant une robe de cotonnade et des lunettes.

— Bonjour.

Elle leva la tête. Il ôta ses lunettes de soleil. Son aspect dut la surprendre.

— Bonjour. Puis-je vous aider ?

— Madame, je cherche une femme qui ne va pas me rosser.

Marigold éclata de rire.

Anthony prit une chaise et vint s'asseoir à côté de son bureau.

— Je suis du bureau du colonel Hickam,

338

annonça-t-il. Je cherche Marigold Clark. Où est-elle ?

— C'est moi.

— Oh non... La Mme Clark que je cherche est une femme mûre. Vous êtes une jeune fille.

— Allons, assez de baratin, dit-elle en riant.

— Le Dr Lucas est en route. Je pense que vous le saviez.

— Il m'a appelée ce matin.

— A quelle heure l'attendez-vous ?

— Son avion arrive à 14 h 23.

Précieux renseignement.

— Il sera donc ici vers 15 heures.

— Pas nécessairement.

— Pourquoi donc ?

Elle lui fournit l'information dont il avait besoin.

— Le Dr Lucas m'a dit qu'il passerait d'abord à son domicile.

Anthony n'en croyait pas ses oreilles. De l'aéroport, Luke irait directement chez lui. Il n'avait plus qu'à le guetter là-bas. Et l'abattre dès qu'il aurait franchi la porte. Sans témoin. S'il utilisait le silencieux, on n'entendrait même pas la détonation. Comme Elspeth était en Floride, des jours se passeraient avant qu'on retrouve le cadavre.

— Ravi de vous avoir rencontrée.

Il quitta le bureau avant même qu'elle ait eu le temps de lui demander son nom. Il retourna à la voiture et se dirigea vers le quartier général, un bloc de trois étages qui ressemblait à une prison. Il trouva sans difficulté le bureau du colonel Hickam. Ce dernier était sorti, mais un sergent le fit entrer dans une pièce déserte équipée d'un téléphone.

Il appela le bâtiment Q, mais sans parler à son

patron, Carl Hobart. Il préféra demander George Cooperman, le supérieur de Carl.

— Quoi de neuf, George ?

— Tu as tiré sur quelqu'un hier soir ? demanda Cooperman, de sa voix rauque de fumeur.

Anthony endossa le personnage de fanfaron qui plaisait tant à Cooperman.

— Qui t'a raconté ça ?

— Un colonel du Pentagone du nom de Tom Ealy, du bureau du directeur. Il a tout raconté à Carl Hobart, qui en a eu une attaque.

— Il n'y a aucune preuve, j'ai ramassé les douilles.

— Ce foutu colonel a découvert un trou d'environ neuf millimètres dans un mur... Tu as blessé quelqu'un ?

— Malheureusement, non.

— Maintenant, tu es à Huntsville, c'est ça ?

— Ouais.

— Tu es censé revenir illico.

— Alors, c'est une chance qu'on ne se soit pas parlé.

— Ecoute, Anthony, je t'ai toujours laissé la bride sur le cou parce que tu as des résultats. Sur ce coup-là, tu m'oublies. Et tu te débrouilles seul.

— Tout ce que j'aime.

— Bonne chance.

Il était temps d'en finir. On commençait à se lasser de le voir jouer les grandes gueules.

Il appela Cap Canaveral et eut Elspeth en ligne.

— As-tu parlé à Luke ? lui demanda-t-il.

— Il m'a appelée ce matin à six heures et demie.

— D'où ?

— Il ne me l'a pas dit. Il craignait qu'on ne

m'ait placée sur écoute. Il m'a raconté cependant que tu étais responsable de son amnésie.

— Il est en route pour Huntsville. Quant à moi, je suis à l'arsenal de Redstone et je m'apprête à me rendre chez vous pour l'y attendre. Crois-tu que je pourrais entrer ?

— Tu essaies toujours de le protéger ?

— Evidemment.

— Il ne lui arrivera rien ?

— Je m'y emploierai.

Elle marqua un temps d'hésitation avant de dire :

— Il y a une clé sous le pot de bougainvillée, dans la cour.

— Merci.

— Fais attention à Luke, veux-tu ?

— J'ai dit que je m'y emploierai !

— Ne me parle pas sur ce ton, veux-tu ?

Il raccrocha.

Le téléphone sonna au moment où il allait se lever.

— Billie Josephson est ici ! lui annonça Pete.

— Elle vient de débarquer ?

— Oui, elle a dû prendre un vol direct. Elle est assise dans le hall de l'aéroport comme si elle attendait quelqu'un.

— La barbe ! Elle est venue l'avertir de notre présence. Arrangez-vous pour qu'elle foute le camp !

— Comment ?

— Débarrassez-vous d'elle !

L'orbite de l'*Explorer* sera inclinée de 34 degrés par rapport à la ligne d'équateur. Elle suivra une direction sud-est au-dessus de l'océan Atlantique jusqu'à la pointe méridionale de l'Afrique avant de remonter vers l'océan Indien et l'Indonésie jusqu'au Pacifique.

L'aéroport de Huntsville était modeste mais fréquenté. Il proposait un comptoir de location de véhicules, quelques distributeurs de boissons et une rangée de cabines téléphoniques. A peine arrivée, Billie se renseigna sur le vol de Luke. Il avait près d'une heure de retard. L'appareil se poserait à Huntsville à 15 h 15. Il lui restait trois heures à perdre.

Elle acheta une barre de chocolat et un soda à la menthe, posa par terre le porte-documents qui contenait son colt et s'adossa à un mur pour réfléchir. Comment allait-elle s'y prendre ? D'abord, prévenir Luke de la présence d'Anthony : il serait sur ses gardes mais devrait agir à visage découvert. Comment pourrait-elle assurer sa protection ?

Elle se creusait la cervelle quand une fille en uniforme de Capital Airlines s'approcha.

— Vous êtes le Dr Josephson ?

— Oui.

— J'ai un message téléphonique pour vous.

Billie fronça les sourcils. Qui pouvait connaître sa présence ici ?

— Merci.

— Je vous en prie. N'hésitez pas à nous demander quoi que ce soit d'autre dont vous pourriez avoir besoin.

Billie leva les yeux en souriant, retrouvant avec plaisir cette politesse des gens dont elle avait perdu l'habitude.

— Je n'y manquerai pas. Je vous remercie infiniment.

La jeune femme s'éloigna et Billie lut son message : « Veuillez appeler le Dr Lucas à Huntsville JE 6-4231. »

Elle était abasourdie : comment Luke pouvait-il être déjà ici et comment avait-il su où la trouver ?

Il n'y avait qu'une seule façon de résoudre cette énigme : jetant sa bouteille de soda dans une poubelle, elle se dirigea vers un téléphone.

Une voix d'homme répondit aussitôt au numéro qu'elle composa :

— Bureau d'étude.

Luke était déjà à l'arsenal de Redstone ! Par quel miracle ?

— Le Dr Claude Lucas, s'il vous plaît.

— Je me renseigne. (Un silence, puis l'homme revint.) Le Dr Lucas s'est absenté pour un instant. Qui est à l'appareil ?

— Le Dr Bilhah Josephson, j'ai reçu un message demandant que je le rappelle à ce numéro.

L'homme prit aussitôt un autre ton,

— Ah, docteur Josephson ! Je suis content que

344

nous ayons réussi à vous contacter ! Le Dr Lucas y tenait beaucoup.

— Que fait-il ici ? Je croyais qu'il n'était pas encore arrivé.

— La sécurité militaire l'a fait descendre à Norfolk, en Virginie, et a affrété un avion spécial. Ça fait plus d'une heure qu'il est ici.

Elle se sentit soulagée de le savoir sain et sauf, mais quand même intriguée.

— Que fait-il là ?

— Je pense que vous le savez.

— Bon, d'accord. Comment cela se passe-t-il ?

— Bien, mais je ne peux pas vous donner de détails, surtout au téléphone. Pouvez-vous nous rejoindre ?

— Où ?

— A environ une heure de la ville, sur la route de Chattanooga. Je pourrais vous envoyer un chauffeur de l'armée, mais ce serait plus rapide si vous preniez un taxi ou louiez une voiture.

Billie sortit un carnet de son sac.

— Indiquez-moi le chemin.

Le moteur du premier étage doit être stoppé brusquement et la séparation s'opérer aussitôt. Si la poussée diminuait progressivement, le premier étage risquerait de rattraper le second en le devançant dans sa trajectoire. Dès qu'une chute de pression est détectée dans les lignes de carburant, les vannes sont fermées, et le premier étage détaché 5 secondes plus tard par les boulons explosifs munis de ressort. Ces derniers augmentent la vitesse du second étage d'environ 0,7 m-seconde, assurant ainsi une séparation nette.

Anthony savait comment se rendre au domicile de Luke pour y avoir séjourné un week-end, deux ans plus tôt. Il atteignit Echols Hill en moins d'un quart d'heure. La rue était bordée de demeures cossues. Anthony rangea sa voiture à distance de façon à n'être pas repéré et poursuivit son chemin à pied. Il n'en menait pas large, bien qu'il bénéficiât de l'effet de surprise. A deux reprises, Luke avait déjà réussi à lui échapper.

Il ignorait encore pourquoi celui-ci avait choisi de prendre l'avion pour Huntsville plutôt que pour Cap Canaveral. Cette décision, qu'il ne s'expliquait pas, lui faisait craindre l'existence d'un paramètre inconnu.

Construite au début du siècle, la maison blanche, de style colonial, était beaucoup trop somptueuse pour un scientifique employé par l'armée ; mais Luke n'avait jamais prétendu vivre uniquement de son salaire de mathématicien. Anthony n'aurait pas à commettre d'effraction. La clé se trouvait bien sous la jarre contenant le plant de bougainvillée.

L'aspect désuet de la maison ne permettait pas d'en imaginer l'aménagement intérieur : d'un design résolument moderne. Anthony préférait le mobilier traditionnel.

Debout au milieu du salon, le regard fixé sur un canapé en vinyle rose, il se rappelait fort bien le week-end qu'il avait passé là. Il avait vite décelé la fragilité de leur mariage. Elspeth papillonnait auprès de ses invités, ce qui dénotait toujours chez elle un signe de tension, tandis que Luke jouait les boute-en-train, ce qui ne lui ressemblait guère.

Le samedi soir, ils avaient donné un cocktail en l'honneur de jeunes résidents de l'arsenal de Redstone. Dans le salon se pressait une foule de scientifiques mal fagotés qui discutaient fusées, d'officiers subalternes évoquant leurs perspectives d'avancement et de jolies femmes échangeant les cancans habituels d'une vie de garnison. Les 33 tours déversaient une musique aux accents lugubres. Luke et Elspeth étaient ivres — ce qui ne leur arrivait pas souvent —, l'humeur de Luke s'assombrissant au fur et à mesure qu'Elspeth en rajoutait dans la provocation. Anthony s'en attristait car il éprouvait envers ses amis une réelle affection et une admiration sincère, ce séjour l'avait déprimé. Aujourd'hui, l'histoire de leurs destins entremêlés touchait à sa fin.

Il décida de fouiller la maison, à tout hasard. Il enfila une paire de gants en caoutchouc qu'il dénicha dans la cuisine : si un jour on menait une enquête pour meurtre, il ne voulait pas qu'on puisse relever des empreintes.

Il commença par le bureau, une petite pièce littéralement tapissée d'ouvrages scientifiques. Il s'assit à la table de travail de Luke, qui donnait sur la cour arrière, et ouvrit les tiroirs.

Durant deux heures, il passa la maison au peigne fin. Sans rien trouver.

Il inspecta chaque poche des vêtements accrochés dans la penderie de Luke. Il ouvrit chaque livre de son bureau au cas où il y aurait des papiers dissimulés entre les pages. Il souleva le couvercle de tous les récipients en matière plastique entassés dans l'énorme réfrigérateur. Il se rendit dans le garage et, des phares carénés jusqu'aux ailerons, il examina à la loupe la superbe Chrysler noire 300C — la limousine de série qui passait pour être la plus rapide du monde. Au passage, il découvrit quelques petits secrets de leur intimité. Elspeth se teignait les cheveux, prenait des somnifères et souffrait de constipation. Luke utilisait un shampooing antipelliculaire et était abonné à *Playboy*.

Sur la table du vestibule s'entassait du courrier. Rien d'intéressant : *Newsweek,* une carte postale envoyée d'Hawaii et signée Ron et Monica, ainsi que des prospectus.

Il ne savait toujours pas ce que mijotait Luke.

De retour dans le salon, il s'installa dans le canapé rose. De cet emplacement, il pouvait surveiller à la fois le jardin de devant et le vestibule. Il prit son pistolet, vérifia le chargeur et ajusta le silencieux.

Logé à l'arrière du compartiment des instruments, un système de tuyères actionné par de
l'air comprimé contrôlera les mouvements de
la section haute dans l'espace.

Billie s'était perdue. Voilà une demi-heure qu'elle
le savait. Peu avant treize heures, elle avait quitté
l'aéroport au volant d'une Ford de location et gagné
le centre de Huntsville avant de prendre la nationale 59 en direction de Chattanooga. Qu'il y eût
une telle distance entre le laboratoire d'essais et la
base l'avait intriguée ; à moins que ce ne fût pour
des raisons de sécurité, les éléments de la fusée risquant d'exploser au moment des essais. Mais elle
n'y avait pas réfléchi davantage.

D'après les indications qu'on lui avait données,
elle devait bifurquer sur une route de campagne, à
cinquante-cinq kilomètres exactement de Huntsville.
Elle avait donc mis son compteur à zéro, mais,
quand il afficha cinquante-cinq, elle ne vit pas le
moindre chemin. Un peu surprise, elle continua et
s'engagea sur la droite dès que cela fut possible,
trois kilomètres plus loin.

L'itinéraire, qui lui avait paru précis quand elle l'avait noté, ne correspondait jamais au parcours qu'elle suivait.

Le paysage devint plus sauvage, les fermes plus délabrées, les routes parsemées d'ornières et les clôtures mal entretenues.

Elle fit demi-tour et tenta de revenir sur ses pas, mais elle réalisa rapidement qu'elle tournait en rond. Et toujours pas de base militaire en vue.

Elle finit par tomber sur une épicerie décrépie avec un téléphone public devant la porte. Elle introduisit une pièce de dix cents dans l'appareil et appela le numéro noté sur le message de Luke.

La voix d'un jeune homme lui répondit immédiatement :

— Allô ?

— Puis-je parler au Dr Claude Luke ?

— Vous avez fait un faux numéro, ma jolie.

Elle jouait décidément de malchance.

— Ce n'est pas Huntsville JE 6-4231 ?

Il y eut un silence.

— Ouais, c'est ce qui est écrit sur le cadran.

Elle vérifia le numéro noté sur le message : c'était bien celui-là.

— J'essayais d'appeler le numéro du labo d'essais.

— Eh bien, vous tombez sur une cabine publique de l'aéroport de Huntsville. Je décroche pour appeler ma mère, expliqua la voix à l'autre bout du fil, et j'entends quelqu'un demander un nommé Claude...

— Merde ! cria Billie en raccrochant.

Luke n'avait jamais été invité à monter dans un avion de l'armée. Il n'était pas au laboratoire du bureau d'essais. On lui avait servi un bobard pour l'éloigner.

Elle consulta sa montre. Luke avait déjà dû atterrir, et Anthony avait le champ libre. Pour ce qu'elle avait fait d'utile, elle aurait tout aussi bien pu rester à Washington !

Comment prévenir Luke ? Plus question de laisser un message à l'aéroport. A moins que... Cela lui revenait soudain : sa secrétaire... avec un nom de fleur... Marigold !

Elle appela l'arsenal de Redstone et demanda à parler à la secrétaire du Dr Lucas.

— Laboratoire du bureau d'essais, puis-je vous aider ?

— Vous êtes Marigold ?

— Oui, fit-elle d'un ton méfiant.

— Je suis le Dr Josephson, une amie du Dr Lucas.

Billie tenait à ce que cette femme lui fasse confiance.

— Nous nous sommes déjà parlé, je crois. Mon prénom est Billie.

— Oh, bien sûr, je me souviens. Comment allez-vous ?

— Je suis inquiète. J'ai un message urgent pour Luke. Est-il avec vous ?

— Non, madame. Il s'est rendu chez lui.

— Que fait-il là-bas ?

— Il cherche un dossier.

Billie comprit ce que cela signifiait.

— Un dossier qu'il aurait laissé ici lundi, peut-être ?

— Je ne suis au courant de rien, dit Marigold.

— Si vous voyez Luke ou s'il vous appelle, auriez-vous la gentillesse de lui transmettre un message de ma part ?

— Bien sûr.

— Dites-lui qu'Anthony est en ville.

— C'est tout ?

— Il comprendra. Marigold... ne me prenez pas pour une folle, mais, à mon avis, Luke est en danger.

— A cause de cet Anthony ?

— En effet. Me croyez-vous ?

— J'ai vu des choses plus bizarres. Tout cela a-t-il un rapport avec son amnésie ?

— Oui. Lui transmettre ce message, c'est lui sauver la vie.

— Je vais faire mon possible, docteur.

— Merci.

A qui Luke pouvait-il s'adresser encore ?

A Elspeth.

Elle appela la standardiste et demanda Cap Canaveral.

Après avoir largué le premier étage, la fusée poursuivra sa trajectoire dans l'espace, tandis que le système de contrôle d'attitude en orbite l'alignera de sorte qu'elle se trouve exactement à l'horizontale par rapport à la surface terrestre.

A Cap Canaveral, l'alerte de sécurité décrétée par le Pentagone avait mis tout le monde à cran. Ce matin-là, impatients de procéder aux dernières vérifications avant ce lancement capital, tous les membres du personnel avaient dû faire la queue devant la grille. Certains y piaffaient depuis trois heures, en plein soleil. Les réservoirs d'essence étaient à sec, l'eau des radiateurs avait atteint le point d'ébullition, les climatiseurs ne fonctionnaient plus, et les moteurs refusaient de redémarrer. Chaque voiture avait été inspectée : on avait soulevé les capots, retiré des coffres les sacs de golf, ôté les roues de secours de leurs housses. Malgré l'irritation croissante, on ouvrait les porte-documents, on déballait les paniers-repas, et les femmes devaient vider le contenu de leur sac à main pour permettre à la police militaire du colonel Hide de tripoter leur bâton de rouge à lèvres, leurs lettres d'amour et leurs tampons hygiéniques.

Mais la fouille ne s'arrêtait pas là. Une fois dans leur laboratoire, leur bureau ou leur atelier, les gens se voyaient de nouveau aux prises avec des équipes d'hommes qui exploraient tiroirs et classeurs, examinaient oscillateurs et boîtiers sous vide et retiraient le plateau de leurs machines-outils. « Nous nous esquintons à lancer une putain de fusée, ici ! » s'insurgeait-on, mais les hommes de la sécurité n'en poursuivaient pas moins leur besogne. En dépit de ce chambardement, le lancement restait prévu pour 22 h 30.

Elspeth n'était pas fâchée d'un tel remue-ménage. Ses propres soucis lui faisaient commettre des erreurs dans les horaires et la mettaient en retard dans la distribution des mises à jour, mais personne ne l'avait remarqué ; Willy Frederickson était bien trop énervé pour la réprimander.

Elle ignorait où se trouvait Luke et commençait à se méfier d'Anthony.

Le téléphone sonna sur son bureau peu avant 16 heures.

Elle se rua vers l'appareil.

— Oui ?

— C'est Billie.

— Billie ? Où es-tu ?

— Je suis à Huntsville pour essayer de contacter Luke.

— Que fait-il là-bas ?

— Il recherche un dossier qu'il a laissé lundi.

Elspeth ne comprenait plus.

— Il est allé à Huntsville lundi ? je l'ignorais.

— Personne n'était au courant, sauf Marigold. Elspeth, tu te rends compte de ce qui se passe ?

— Plus vraiment...

Elle avait une fêlure dans la voix.

— Je crois que la vie de Luke est en danger.

— Qu'est-ce qui te fait dire ça ?

— Anthony a tiré sur lui à Washington la nuit dernière.

— Mon Dieu !

— Ce serait trop long à raconter pour l'instant. Si Luke t'appelle, veux-tu lui dire qu'Anthony est à Huntsville ?

Elspeth essayait de se ressaisir.

— Oh... bien sûr, bien sûr que je le ferai.

— Ça pourrait lui sauver la vie.

— Je comprends. Billie... encore une chose.

— Oui ?

— Occupe-toi de Luke, s'il te plaît.

— Que veux-tu dire ? s'alarma Billie après un silence. A t'entendre, on croirait que tu dictes tes dernières volontés.

Elspeth ne répondit rien. Un sanglot la secoua et elle fit un effort désespéré pour se maîtriser. Les larmes ne l'avanceraient à rien, se dit-elle sévèrement.

Puis elle appela son domicile, à Huntsville.

16 heures

> L'orbite elliptique d'*Explorer* va l'entraîner jusqu'à 2 900 kilomètres dans l'espace, puis la ramener à 200 kilomètres de la surface terrestre. La vitesse orbitale du satellite sera alors de 29 000 kilomètres-heure.

Anthony entendit une voiture : un taxi de Huntsville s'arrêtait devant la maison. La bouche sèche, il retira le cran de sûreté de son pistolet.

Au même instant, le téléphone sonna.

Anthony lança un regard haineux vers l'appareil placé sur un guéridon, à côté du canapé rose. La sonnerie retentit une nouvelle fois. Pétrifié, il regarda dehors : Luke descendait du taxi. Cet appel pouvait contenir une information capitale.

Il ne savait comment réagir. Impossible de répondre au téléphone et, dans le même temps, de tirer sur quelqu'un.

Troisième sonnerie. Affolé, il décrocha.

— Oui ?

— C'est Elspeth.

— Quoi ?... Quoi ?

Elle parlait d'une voix sourde et tendue.

— Il cherche un dossier qu'il a planqué à Huntsville, lundi.

Anthony comprit aussitôt. Luke ne s'était pas contenté de faire une seule copie des plans qu'il avait trouvés dimanche ; il en avait un deuxième jeu qu'il avait apporté à Washington, avec l'intention de le remettre au Pentagone — celui qu'Anthony avait déjà intercepté. Malheureusement, il avait oublié que, jadis, Luke poussait le respect des procédures jusqu'à la paranoïa.

— Qui d'autre est au courant ?

— Sa secrétaire, Marigold. Et Billie Josephson : elle me l'a dit. Il y en a peut-être d'autres.

Luke était en train de régler la course. Anthony ne disposait plus que de quelques secondes.

— Il faut que j'aie ce dossier, déclara-t-il à Elspeth.

— C'est ce que je me suis dit.

— Il n'est pas ici, je viens de fouiller la maison de la cave au grenier.

— Alors, il doit être à la base.

— Il faudra donc que je le suive quand il ira le chercher.

Luke approchait de la porte d'entrée.

— Je n'ai plus de temps, dit Anthony, et il raccrocha brutalement.

Il se précipitait vers la cuisine quand il entendit la clé de Luke s'introduire dans le verrou. Il sortit par la porte de derrière et la referma sans bruit. La clé était toujours dans la serrure. Il la tourna silencieusement, se pencha et la remit sous le pot de fleur.

Il s'accroupit et rampa le long de la véranda. Il parvint devant la maison. De là jusqu'à la rue, il serait à découvert. Pas le choix.

Serrant les dents, Anthony prit son élan et réussit à atteindre sans encombre son véhicule. Luke ne l'avait pas vu s'enfuir.

Le satellite contient deux minuscules émetteurs radio alimentés par des piles au mercure de la taille d'une pile de torche électrique. Chaque émetteur comprend quatre canaux de télémétrie simultanés.

Posé sur le gros téléviseur du salon, près d'une lampe en rotin, un cadre assorti contenait un cliché en couleurs : la photographie d'une superbe rousse en robe de mariée de soie ivoire avec, auprès d'elle, Luke en jaquette grise et gilet jaune. Il examina le portrait d'Elspeth : elle ressemblait à une vedette de cinéma — grande, distinguée, avec une silhouette voluptueuse. « Heureux homme, songea-t-il, qui a pour épouse une femme pareille. »

Leur maison lui plaisait moins. Son aspect extérieur, avec la vigne vierge qui s'enroulait autour des piliers de la véranda, l'avait enchanté. Mais, à l'intérieur, tout n'était qu'angles droits, surfaces étincelantes et couleurs criardes. Il réalisa soudain qu'il aurait aimé vivre dans une maison aux rayonnages débordant de livres, le chien dormant au beau milieu de l'entrée, avec des ronds de café sur le piano et un tricycle en travers de l'allée, qu'il faudrait chaque fois déplacer pour accéder au garage.

Cette maison n'abritait pas d'enfants. Pas d'animaux non plus. Rien n'en gâchait la froide élégance. On se serait cru dans un magazine de décoration ou un décor de feuilleton télévisé.

Il entama ses recherches. Un classeur beige de l'armée ne devait pas passer inaperçu, à moins qu'il n'en eût retiré le contenu et jeté le classeur. S'installant au bureau de son cabinet de travail, il inspecta les tiroirs. En vain.

Au premier étage, il passa quelques secondes devant le grand lit à la courtepointe jaune et bleue. Il avait du mal à croire que chaque nuit il avait partagé ce lit avec la ravissante créature de la photo de mariage.

Il découvrit dans la penderie, avec un petit frisson de plaisir, les costumes bleu marine et gris, les vestes de sport en tweed, les chemises à rayures ou à carreaux, les chandails entassés et les chaussures bien cirées sur leurs embauchoirs. Cela faisait plus de vingt-quatre heures qu'il était affublé de ce costume volé et il fut tenté de prendre cinq minutes pour se doucher et passer ses propres vêtements. Mais il y renonça. Il n'avait pas de temps à perdre.

Il perquisitionna la maison avec minutie. Chaque endroit où se posait son regard lui révélait un détail sur sa femme et sur lui. Ils aimaient Glenn Miller et Frank Sinatra, lisaient Hemingway et Scott Fitzgerald ; ils buvaient du scotch Dewar, mangeaient des céréales All-Bran et se brossaient les dents avec du Colgate. Il constata en inspectant sa penderie qu'Elspeth dépensait beaucoup d'argent en lingerie fine. Luke devait être un grand amateur de crèmes glacées car le congélateur en était rempli ; Elspeth, qui était très mince, n'avalait certainement pas grand-chose.

Il finit par redescendre.

Dans un tiroir de la cuisine, il trouva les clés de la Chrysler. Il ne restait plus qu'à se rendre à la base pour y poursuivre son enquête.

Avant de partir, il prit le courrier dans l'entrée et jeta un coup d'œil aux enveloppes. Rien de très intéressant : des circulaires, des prospectus et quelques lettres. Pourtant, cherchant désespérément un indice, il les ouvrit et lut chacune d'entre elles.

La dernière provenait d'un médecin d'Atlanta :

Chère Madame Lucas,
Nous avons reçu du laboratoire le résultat de vos analyses de sang, tout est normal.
Toutefois...

Luke s'interrompit. Lire le courrier d'autrui devait lui répugner. Cependant, comme il s'agissait de sa femme et que le mot « toutefois » l'intriguait, il poursuivit sa lecture.

Toutefois, vous êtes trop maigre, vous souffrez d'insomnies et, quand vous êtes venue me consulter, vous aviez manifestement pleuré, même si vous prétendiez que tout allait bien. Il s'agit là de symptômes dépressifs.

Luke redoubla d'attention.

La dépression peut être provoquée par des modifications chimiques de l'organisme, par des problèmes d'ordre psychologique restés sans solution, des difficultés conjugales par exemple, ou bien par un traumatisme remontant à l'enfance, comme le décès prématuré d'un des parents. On peut prescrire des antidépresseurs et/ou un traitement psychiatrique.

De pire en pire. Elspeth souffrait-elle d'une affection mentale ?

Dans votre cas, je ne doute pas que votre état soit lié à la ligature des trompes qu'on a pratiquée sur vous en 1954.

Qu'était-ce donc qu'une ligature des trompes ? Luke passa dans son bureau, alluma sa lampe, prit sur le rayonnage l'*Encyclopédie médicale des familles* et consulta l'ouvrage. La réponse le laissa stupéfait. C'était la méthode la plus répandue pour les femmes qui ne souhaitaient pas avoir d'enfants.

Tout en reposant l'encyclopédie sur le bureau, sa conversation du matin avec Elspeth lui revint en mémoire. Il lui avait demandé pourquoi ils ne pouvaient pas avoir d'enfants. Elle avait répondu : « Nous ne savons pas. L'an dernier, un endocrinologue t'a examiné, mais il n'a rien trouvé d'anormal. Il y a quelques semaines, j'ai vu une gynécologue d'Atlanta. Elle a demandé certaines analyses. Nous attendons les résultats. »

Tout cela n'était que mensonges. Elle savait pertinemment pourquoi ils ne pouvaient pas avoir d'enfants : elle s'était fait stériliser.

Elle était bien allée chez une gynécologue d'Atlanta, non pour dépister une stérilité, mais pour un simple contrôle de routine.

Pourquoi avait-elle menti ? Il lut le paragraphe suivant.

Cette méthode peut à tout âge provoquer une dépression, mais, dans votre cas, pratiquée six semaines avant votre mariage...

Luke en eut le souffle coupé.

Comment s'y était-elle prise ? Evidemment, il était incapable de s'en souvenir, mais il pouvait l'imaginer. Elle lui avait probablement dit qu'elle devait subir une petite opération, insinuant vaguement que c'était un « truc de femme ».

Il lut l'ensemble du paragraphe.

Cette méthode peut à tout âge provoquer une dépression, mais, dans votre cas, pratiquée six semaines avant votre mariage, le résultat était quasi inévitable, et vous auriez dû par la suite consulter votre médecin régulièrement.

Elspeth avait souffert. Une véritable torture.

Il n'empêche, leur mariage reposait sur un mensonge. En pensant à la maison qu'il venait de fouiller, il comprit pourquoi il s'y sentait étranger. Seuls son petit bureau et sa penderie lui avaient procuré une impression familière. Cette batterie d'appareils électroménagers et cet élégant mobilier moderne ne l'intéressaient pas. Il aurait préféré de vieux tapis et des meubles de famille. Et, surtout, il aurait voulu des enfants — et des enfants, c'était précisément ce qu'elle lui avait obscurément refusé depuis quatre ans.

Cette révélation le paralysait. Il resta prostré à son bureau tandis que le soir tombait sur les arbres de la cour. Comment avait-il pu laisser sa vie prendre une telle tournure ? Il songea à tout ce qu'il avait découvert sur lui-même au cours des dernières trente-six heures : à ce que lui avaient révélé Elspeth, Billie, Anthony et Bern. Avait-il peu à peu perdu son chemin, comme un enfant s'éloignant de chez lui ? Ou bien avait-il pris un jour la mauvaise décision ? A moins qu'il ne manquât de force de caractère ?

Il se méprenait sur les gens : il était resté proche d'Anthony, celui-là même qui avait tenté de le tuer, tandis qu'il avait rompu avec Bern, un ami fidèle. Il s'était querellé avec Billie et avait épousé Elspeth, qui lui avait menti, alors que Billie, elle, avait tout lâché pour lui venir en aide.

Un gros papillon heurta la vitre de la fenêtre et tira Luke de ses pensées : il était 19 heures passées.

S'il espérait démêler l'énigme de sa vie, il fallait commencer par le dossier disparu. Il ne l'avait pas trouvé ici : il devait donc être à l'Arsenal de Redstone. Il allait éteindre les lumières, fermer la maison puis sortir du garage la voiture noire et se rendre à la base.

Le lancement de la fusée était prévu pour 22 h 30. Il ne lui restait que trois heures pour vérifier l'hypothèse d'un complot visant à saboter l'opération. Pourtant, il restait assis à son bureau, contemplant sans rien voir le jardin qu'envahissait la nuit.

L'émetteur radio le plus puissant cessera d'émettre dans deux semaines. Tandis que le signal émis par le second, plus faible, continuera deux mois.

La maison de Luke n'était pas éclairée quand Billie passa en voiture. Pourquoi ? Soit la maison était déserte, soit Anthony, tapi dans l'obscurité, attendait Luke pour l'abattre, soit encore Luke gisait à l'intérieur, sans vie. L'incertitude la rendait folle d'inquiétude.

Elle se sentait responsable d'un terrible gâchis. Elle avait perdu des heures à regagner Huntsville et à trouver le domicile de Luke. Elle ignorait si ses messages lui avaient été transmis. Elle était furieuse de s'être montrée d'une telle incompétence et terrifiée à l'idée que Luke était peut-être mort par sa faute.

Elle tourna au coin de la rue et s'arrêta. Elle s'obligea à réfléchir avec calme. Il fallait savoir qui se trouvait dans la maison. Et si Anthony était là ! Elle songea à se glisser à l'intérieur pour le surprendre, mais ce n'était jamais une bonne idée d'effrayer un homme qui avait un pistolet à la main. Elle pourrait aller jusqu'à la porte et sonner. Et s'il lui tirait dessus de sang-froid simplement pour s'être trouvée là ? Il en était capable. Elle n'avait pas le droit de risquer sa vie ainsi : elle avait un enfant qui avait besoin d'elle.

Son porte-documents était auprès d'elle, à la place du passager. Elle l'ouvrit et y prit le colt. Le contact de cet acier froid sur la paume de sa main lui faisait horreur. Pendant la guerre, ses compagnons d'action étaient fiers de manier des armes. Un homme éprouvait un plaisir sensuel à serrer dans son poing la crosse d'un pistolet, à tourner le barillet d'un revolver ou à caler un fusil au creux de son épaule ; sensations qu'elle n'avait jamais éprouvées. Pour elle, les armes lacéraient la chair et broyaient les os d'êtres humains.

Le pistolet sur ses genoux, elle fit demi-tour et revint devant la maison de Luke. Elle freina brutalement, ouvrit grande la portière de la voiture, saisit son pistolet et bondit. Sans laisser à personne à l'intérieur le temps de réagir, elle franchit le petit muret et traversa la pelouse à toute allure.

Aucun bruit ne venait de l'intérieur.

Elle fit en courant le tour de la maison, se pencha pour éviter la porte et regarda par la fenêtre. La faible lueur d'un lampadaire lui permit de voir qu'il ne s'agissait que d'un simple loquet. La pièce semblait déserte. Empoignant le colt par le canon, elle brisa la vitre. Elle s'attendait à chaque instant à entendre la détonation qui mettrait fin à sa vie. Mais rien ne survint. Elle plongea la main par le carreau cassé, actionna le loquet et ouvrit la fenêtre. Elle enjamba l'appui, tenant le pistolet dans sa main droite, et vint se coller contre une cloison. Elle distinguait vaguement le mobilier : un bureau et des rayonnages. Son instinct lui dit qu'elle était seule dans ce petit cabinet de travail.

Son regard accoutumé à l'obscurité, elle traversa la maison, prête à tirer, redoutant à chaque pas de buter sur le cadavre de Luke. Pas âme qui vive.

Sa perquisition terminée, elle s'arrêta dans la chambre, le regard fixé sur le grand lit où Luke dormait avec Elspeth. Où était-il ? Avait-il modifié ses plans ? A moins qu'Anthony, son coup réussi, n'ait fait disparaître le corps ? Marigold était la seule personne capable de la renseigner.

Billie revint dans le bureau de Luke et fit de la lumière. Un dictionnaire médical était posé sous la lampe, ouvert à la page concernant la stérilisation des femmes. Billie s'en étonna mais ne s'y arrêta pas. Elle appela les renseignements pour demander le numéro de Marigold Clark. La voix de l'opératrice lui en donna un à Huntsville.

— Elle est allée à une répétition, répondit une voix d'homme, probablement le mari de Marigold. Mme Lucas étant en Floride, elle assure la direction de la chorale.

Elspeth avait dirigé une chorale, à Radcliffe, se rappela Billie, et plus tard un orchestre de petits Noirs à Washington. Et voilà qu'elle avait repris cette activité à Huntsville, avec Marigold pour l'assister.

— Je dois impérativement parler à Marigold, insista Billie. Croyez-vous que je pourrais interrompre la répétition une minute ?

— Je pense que oui. Ils sont à l'église de l'Evangile du Calvaire, à Mill Street.

— Merci, merci beaucoup.

L'église en brique se trouvait dans un quartier

déshérité. Les choristes, une trentaine d'hommes et de femmes, groupés tout au fond, interprétaient avec une puissance surprenante : « Nous allons tous avoir des moments formidables là-haut... oh ! gloire au Seigneur, alléluia ! », battant des mains et dansant sur place. Un pianiste les accompagnait et une grosse femme, qui tournait le dos à Billie, dirigeait l'ensemble avec vigueur.

Billie s'assit au dernier rang, consciente d'être la seule Blanche de cette assemblée ; malgré l'angoisse qui l'étreignait, elle vibrait à cette musique qui la ramenait à son enfance. Elle était née au Texas, et ces harmonies exprimaient toute l'âme du vieux Sud.

Les choristes s'interrompirent sur une note aiguë, et la femme jeta un regard autour d'elle.

— Je me demandais ce qui était venu nous distraire, lança-t-elle aux chanteurs. Nous allons faire une petite pause.

Billie s'avança.

— Pardonnez-moi de vous interrompre. Etes-vous Marigold Clark ?

— Oui, mais je ne vous connais pas.

— Nous nous sommes parlé dans l'après-midi, je suis Billie Josephson.

— Oh, bonjour, docteur Josephson.

Elles s'éloignèrent de quelques pas.

— Avez-vous eu des nouvelles de Luke ? demanda Billie.

— Pas depuis ce matin. Je m'attendais à le voir débarquer à la base cet après-midi, mais non. Croyez-vous qu'il lui soit arrivé quelque chose ?

— Je ne sais pas. Je suis passée chez lui, mais

il n'y avait personne. J'ai peur qu'il ne se soit fait tuer.

Marigold secoua la tête d'un air stupéfait.

— Ça fait vingt ans que je travaille pour l'armée, mais je n'ai jamais rien entendu de pareil.

— S'il est encore en vie, il court un grand danger. Pourriez-vous m'aider ? Il le faut.

Marigold hésita longuement. Puis elle sembla convaincue.

— Je vous écoute, ma petite dame.

> Le signal radio provenant de l'émetteur le plus puissant peut être capté par des radioamateurs du monde entier. Le signal, plus faible, émis par le second, n'est reçu que par des stations munies d'équipements spéciaux.

Assis dans sa Ford prêtée par l'armée, Anthony scrutait avec angoisse, dans l'obscurité, la porte du laboratoire du bureau d'essais. Il stationnait sur le parking de l'arsenal de Redstone, à proximité du bâtiment de la direction.

Luke était dans le labo, cherchant son dossier. Anthony savait qu'il ne l'y découvrirait pas. Mais il n'était plus en mesure de prévoir ses mouvements. Il ne pouvait qu'attendre et tenter de le suivre.

Le temps travaillait pour Anthony. Chaque minute qui passait rendait Luke moins dangereux. Dans une heure aurait lieu le lancement de la fusée. Luke parviendrait-il à tout faire échouer dans ce court laps de temps ? L'homme avait du ressort.

Soudain, la porte du labo s'ouvrit : un rectangle de lumière jaune se découpa dans la nuit, et une silhouette apparut qui s'approcha de la Chrysler noire garée le long du trottoir. Comme le prévoyait Anthony, Luke avait les mains vides. Il se mit au volant et démarra.

Anthony reprit sa traque.

La route filait droit vers le sud. Un kilomètre et demi plus loin, Luke vint se garer devant un bâtiment. Anthony passa sans s'arrêter, fonçant dans la nuit avant de faire demi-tour, hors de sa vue. Luke avait disparu.

Anthony coupa le moteur.

Luke, sorti bredouille du labo, s'était dirigé vers l'atelier de mécanique où, selon Marigold, il s'était également rendu lundi. Il devait y avoir une raison à cela. En tout cas, c'était son dernier espoir. De toute façon, dans quelques minutes, la fusée allait être lancée — ou sabotée.

Il régnait à l'atelier une ambiance différente de celle du Bureau d'étude. Loin de la propreté impeccable exigée par la présence des gigantesques ordinateurs chargés de calculer poussées, vitesses et trajectoires, il ne régnait ici qu'un indescriptible désordre au milieu des odeurs d'huile et de caoutchouc.

Luke s'engouffra dans un couloir. Aucune porte n'était munie de plaque mentionnant son nom. Peut-être ne lui avait-on attribué dans ce bâtiment qu'un simple poste de travail.

Il finit par atteindre un laboratoire avec des paillasses de granit posées sur des tiroirs métalliques ; plus loin, une grande porte à deux battants semblait donner sur une plate-forme de déchargement.

Le long du mur, juste sur sa gauche, s'alignait une rangée de placards. L'un d'eux était à son nom.

Il prit son trousseau de clés et finit par trouver la bonne. L'armoire renfermait un casque, un bleu de travail suspendu à une patère et des bottes en caoutchouc. Et à côté des bottes, un dossier beige de l'armée !

Le classeur contenait des papiers qui se révélèrent être, au premier coup d'œil, les plans des éléments d'une fusée.

Le cœur battant, il alluma une lampe et s'approcha d'une des paillasses pour y étaler les documents. Aucun doute n'était permis. Il s'agissait du système d'autodestruction de la fusée *Jupiter C*.

L'épouvante le saisit.

Chaque fusée comportait un mécanisme d'auto-destruction. En cas d'erreur de trajectoire pouvant mettre en danger des vies humaines, l'engin éclaterait en vol. Un cordon courait sur toute la longueur de l'étage principal de la fusée *Jupiter*. A son extrémité était fixée la capsule d'un détonateur d'où partaient deux fils. D'après ces plans, il suffisait de faire passer un courant par les fils pour que la capsule explosive mette le feu au cordon, déchirant la cloison du réservoir ; le carburant se répandrait alors, prendrait feu, et la fusée partirait en fumée.

La déflagration était déclenchée par un signal radio codé. Les schémas montraient des plots jumeaux, l'un pour l'émetteur au sol et l'autre pour le récepteur du satellite : le premier transformait le signal radio en un code complexe, le second captait le signal et, si le code était correct, faisait passer le courant entre les deux fils. Un autre dessin, non pas un plan mais un croquis hâtivement esquissé, détaillait les branchements ; quiconque ayant en sa possession ce croquis serait en mesure de reproduire le signal.

Une idée géniale. Les saboteurs n'avaient pas besoin d'explosifs ni de mécanismes à retardement : ils n'avaient qu'à utiliser ce qui existait déjà. Pas besoin non plus d'avoir accès à la fusée ; dès l'instant où ils connaîtraient le code, ils n'auraient même pas à pénétrer dans l'enceinte de Cap Canaveral. Le signal radio pouvait être envoyé à partir d'un émetteur situé à des kilomètres de là.

Le dernier feuillet était la photocopie d'une enveloppe adressée à Theo Packman, au Vanguard Motel. Luke avait-il réussi à empêcher l'expédition de l'original ? Il n'en était pas certain. La procédure habituelle du contre-espionnage consistait à laisser en place un réseau afin de l'utiliser pour la désinformation. Mais, si Luke avait confisqué l'original, l'expéditeur avait dû faire parvenir un autre jeu de plans. Dans un cas comme dans l'autre, Theo Packman se trouvait maintenant quelque part à Cocoa Beach avec un émetteur radio, prêt à faire sauter la fusée quelques secondes après son lancement.

Luke avait désormais les moyens de s'y opposer. Il jeta un coup d'œil à l'horloge électrique fixée au mur : 22 h 15. Il avait le temps d'appeler Cap Canaveral et de faire retarder le lancement. Il saisit le téléphone posé sur le bureau.

— Pose ça, Luke, dit une voix.

Le combiné à la main, Luke se retourna lentement. Anthony se tenait sur le seuil, dans son manteau en poil de chameau, les yeux au beurre noir et une lèvre enflée, pointant vers Luke un pistolet muni d'un silencieux.

A contrecœur, Luke raccrocha le téléphone.

— C'est toi qui étais dans la voiture derrière moi.

— Je me suis dit que tu étais trop pressé pour vérifier.

Luke étudia l'homme qu'il avait si mal jugé. Quel détail lui avait échappé ? Le visage d'Anthony était ingrat mais pas fourbe.

— Depuis quand travailles-tu pour Moscou ? Depuis la guerre ?

— Bien avant. Depuis Harvard.

— Pourquoi ?

Un étrange sourire apparut sur les lèvres d'Anthony.

— Pour un monde meilleur.

L'époque où des personnes de bonne foi pouvaient rejoindre le camp soviétique paraissait révolue. La révélation des crimes commis sous Staline avait mis fin à bien des illusions.

— Tu y crois toujours ?

— Un peu. Ça reste notre meilleure chance, en dépit de tout ce qui s'est passé.

Luke n'entrerait pas dans ce débat. En revanche, il ne comprenait pas la trahison personnelle d'Anthony.

— Voilà vingt ans que nous sommes amis et ça ne t'a pas empêché de me tirer dessus la nuit dernière.

— Oui.

— Tu tuerais ton plus vieil ami ? Pour une cause à laquelle tu n'adhères qu'à moitié ?

— Oui, et toi aussi. Pendant la guerre, nous avons tous les deux risqué nos vies, la nôtre et celle d'autres gens, pour notre cause, parce que nous estimions que c'était bien.

— Je ne pense pas que nous nous soyons menti l'un à l'autre, encore moins que nous ayons échangé des coups de feu.

— Si ç'avait été nécessaire, nous l'aurions fait.

— Ça m'étonnerait.

— Ecoute, si je ne te tue pas maintenant, tu essaieras de m'empêcher de m'enfuir... n'est-ce pas ?

Luke avait peur, mais il n'hésita pas à lui assener la vérité.

— Bien sûr.

— Même en sachant que, si on m'attrape, je finirai sur la chaise électrique.

— J'imagine que... oui.

— Toi aussi, tu es donc prêt à tuer ton ami.

Luke fut pris au dépourvu. On ne pouvait quand même pas le classer dans la même catégorie qu'Anthony.

— Je pourrais te livrer à la justice, ce ne serait pas un meurtre.

— Ce serait quand même ma fin.

— Probablement.

D'une main ferme, Anthony leva le pistolet pour le braquer sur la poitrine de Luke, à l'endroit du cœur. Dans un réflexe instantané, Luke s'accroupit derrière la table.

Il y eut une détonation étouffée par le silencieux, puis un claquement métallique au moment où la balle heurta la table. Le mobilier était de piètre qualité et le plateau d'acier peu épais, mais il avait suffi à dévier le projectile.

Luke plongea sous la table et la souleva violemment pour la projeter vers Anthony. Ce dernier l'esquiva.

Dans sa tentative, Luke heurta de la tête un des pieds en métal. Sonné, il roula sur le flanc et vit Anthony debout devant lui, ses deux mains serrant le pistolet. Luke n'avait plus qu'une seconde à vivre.

— Anthony ! Arrête !

Billie venait de faire irruption dans la pièce.

Anthony se figea, son pistolet toujours braqué sur Luke. Celui-ci pivota lentement sur lui-même. Elle se tenait dans l'encadrement de la porte, son chandail formait comme une tache rouge sur le mur kaki. Les lèvres serrées, elle braquait d'une main ferme un pistolet sur Anthony. Derrière elle, une Noire entre deux âges, effarée.

— Lâche ce pistolet ! hurla Billie.

Luke s'attendait à ce qu'Anthony, en communiste convaincu, refuse d'obtempérer, lui tirant dessus malgré la menace et sacrifiant sa vie du même coup. Mais Billie aurait les plans, la preuve du complot.

Anthony baissa les bras, son arme toujours à la main.

— Lâche-le, ou je tire !

Anthony retrouva son sourire crispé.

— Non, tu ne tireras pas. Pas de sang-froid.

Le canon du pistolet toujours braqué vers le sol, il commença à reculer vers le laboratoire dans lequel, Luke s'en souvint, une porte donnait sur l'extérieur.

— Arrête ! cria Billie.

— Tu ne crois pas qu'une fusée vaille plus qu'une vie humaine, même celle d'un traître !

Il était maintenant à deux pas de la porte.

— Ne me mets pas au défi !

Luke la dévisagea, se demandant si elle allait l'abattre ou pas.

Anthony bondit par-dessus une paillasse, puis se jeta sur la porte qui céda sous le choc. Il disparut dans la nuit.

Billie n'avait pas tiré.

Luke et Billie tombèrent dans les bras l'un de l'autre. La pendule marquait 22 h 19. Plus qu'une minute pour avertir Cap Canaveral.

Luke se précipita vers le téléphone.

Les instruments scientifiques installés à bord du satellite ont été conçus pour résister, lors du décollage, à une accélération supérieure à 100 g.

A son interlocuteur, présent dans le blockhaus, Luke déclara :

— Ici Luke, passez-moi le directeur du lancement.

— Pour l'instant, il est en train...

— Je sais ce qu'il est en train de faire ! Passez-le-moi, vite !

Il entendait distinctement une voix donner le compte à rebours : « Vingt, dix-neuf, dix-huit... » Puis quelqu'un se saisit du téléphone :

— Ici Willy... Qu'est-ce que c'est que ce foutoir ?

— Quelqu'un possède le code d'autodestruction.

— Qui ?

— Un espion. Ils vont faire sauter la fusée. Il faut arrêter le lancement.

La voix continuait d'égrener les secondes : « Onze, dix... »

— Comment le savez-vous ? demanda Willy.

— J'ai trouvé des dessins du branchement des plots codés et une enveloppe adressée à un certain Theo Packman.

— Pas question d'annuler, donnez-moi une preuve.

Luke se sentit à bout d'arguments.

— Oh, bon Dieu, qu'est-ce que je peux dire ? A vous de décider.

— Cinq, quatre...

— Bon sang ! rugit Willy. Stoppez le compte à rebours !

Luke se laissa retomber sur son siège. Il avait réussi.

— Ils ont arrêté le compte à rebours.

Billie, soulevant le bord de son chandail, glissa la crosse du pistolet dans la ceinture de son pantalon.

— Ça alors ! fit Marigold.

Dans le combiné, Luke entendit le brouhaha qui avait empli le blockhaus. Puis on lui parla de nouveau.

— Luke ? Ici le colonel Hide. Bon Dieu, qu'est-ce qui se passe ?

— J'ai enfin découvert pourquoi je suis parti lundi pour Washington. Savez-vous qui est Theo Packman ?

— Euh... Je crois que c'est un journaliste indépendant qui suit les lancements de missiles. Il travaille pour des journaux européens.

— J'ai mis la main sur une enveloppe qui lui était adressée et qui contenait des plans du système d'autodestruction de l'*Explorer*, avec un croquis du branchement des plots codés.

— Nom de Dieu !

— C'est pour ça que j'ai persuadé Willy d'arrêter le compte à rebours... Il faut retrouver immédiatement ce Packman. L'adresse mentionnée était celle du Vanguard Motel, il y réside sûrement.

— Compris.

— Packman travaillait avec quelqu'un de la CIA, un agent double du nom d'Anthony Carroll. C'est lui qui m'a intercepté à Washington avant que je puisse communiquer l'information au Pentagone.

— Je lui ai parlé ! fit Hide, incrédule. J'appelle la CIA pour les prévenir.

Luke raccrocha, conscient d'avoir fait tout ce qui était en son pouvoir.

— Et maintenant ? fit Billie.

— Je vais aller à Cap Canaveral. Le lancement est reprogrammé pour la même heure demain. J'aimerais être présent.

— Moi aussi.

— Tu le mérites. Tu as sauvé la fusée.

— C'est ta vie que j'ai sauvée, abruti.

Marigold toussa discrètement.

— Vous avez manqué le dernier avion qui part de l'aéroport de Huntsville.

Luke et Billie se tournèrent vers la secrétaire.

— Le prochain est un vol militaire qui quitte la base à 5 h 30, poursuivit Marigold. A moins que vous n'attrapiez un train du Southern Railway System qui part de Cincinnati pour Jacksonville : il s'arrête à Chattanooga vers 1 heure et, avec votre belle voiture, vous y seriez en deux heures.

— J'aime bien l'idée du train, dit Billie.

— D'accord, acquiesça Luke. (Il jeta un coup d'œil à la table renversée.) Il va falloir que quelqu'un explique à la sécurité militaire la raison de ces impacts de balles.

— Je ferai ça demain matin, dit Marigold. Sauvez-vous !

Ils sortirent. La voiture de Luke et celle qu'avait louée Billie étaient sur le parking. Mais celle d'Anthony avait disparu.

— Merci, dit Billie en embrassant Marigold. Vous avez été formidable.

Très gênée, Marigold revint aux problèmes pratiques.

— Vous voulez que je rende la voiture chez Hertz ?

— Oh, merci.

Billie et Luke montèrent dans la Chrysler et démarrèrent.

Tandis qu'ils roulaient, Billie remarqua :

— Il y a une question que nous n'avons pas abordée.

— Je sais. Qui a envoyé les plans à Theo Packman ?

— Ce doit être quelqu'un de Cap Canaveral, quelqu'un qui appartient à l'équipe des scientifiques.

— Exactement.

— Tu as une idée ?

— Oui.

— Pourquoi n'en as-tu pas parlé à Hide ?

— Parce que je n'ai aucune preuve, rien même qui justifie mes soupçons. Ce n'est qu'une intuition.

— Qui ?

— Je crois qu'il s'agit d'Elspeth.

> Le crypteur du système de télémétrie utilise des matériaux à effet d'hystérésis permettant d'établir une série de paramètres d'entrée des instruments du satellite.

Elspeth n'arrivait pas à y croire. Quelques secondes à peine avant la mise à feu, on avait retardé le lancement.

Elle ne se trouvait pas dans le blockhaus — l'accès en était réservé au personnel strictement indispensable —, mais sur le toit en terrasse du bâtiment administratif. Là-haut, un petit groupe de secrétaires et d'employés observait à la jumelle le pas de tir éclairé par les projecteurs. La nuit de Floride était douce, chargée d'humidité à cause de la proximité de l'océan. A mesure que les minutes s'écoulaient et que la fusée restait au sol, tous avaient senti croître leur appréhension avant de soupirer à la vue des techniciens jaillissant de leurs abris pour entamer la procédure complexe d'arrêt des systèmes. La confirmation de l'ajournement vint quand la tour de service s'avança lentement sur les rails pour enserrer à nouveau la fusée blanche dans ses bras d'acier.

Elspeth était horriblement déçue.

Elle regagna le hangar R, ses longues jambes foulant le sol d'un pas décidé. Le téléphone sonnait quand elle entra dans son bureau. Elle décrocha précipitamment.

— Que se passe-t-il ? fit la voix d'Anthony.

— On a interrompu le compte à rebours. J'ignore pourquoi... Et toi ?

— Luke a découvert les documents. Il a dû appeler.

— Tu ne pouvais pas le neutraliser ?

— Je le tenais en joue, mais Billie a surgi, elle était armée.

Elspeth sentit son estomac se serrer à l'évocation de la scène. Que Billie fût intervenue rendait les choses encore plus pénibles.

— Luke n'a rien ?

— Non... et moi non plus. Mais le nom de Theo figure sur les papiers.

— Oh non !

— Ils doivent déjà être en route pour le stopper. Il faut que tu le contactes avant eux.

— Attends que je réfléchisse... il est sur la plage... je peux y être dans dix minutes... je connais sa voiture, c'est une Hudson Hornet...

— Alors, file !

Elle traversa le parking et sauta dans sa voiture, une Corvette blanche dont elle n'ouvrait jamais la capote à cause des moustiques qui étaient la plaie du Cap. Elle franchit la porte du site sans encombre : on contrôlait les entrées, pas les sorties. Aucune route ne menait à la plage. Elle devait emprunter le premier sentier qui conduisait au rivage à travers les dunes. Elle longerait la grève pour ne pas manquer la voiture de Theo. Elle scruta les broussailles le long de la route, cherchant un chemin praticable dans la lueur des phares. Soudain, elle vit surgir une voiture, suivie d'une autre, et d'une autre encore. Elspeth fit signe qu'elle tournait à gauche et ralentit. Un flot constant de véhicules arrivait de la plage, ramenant chez eux les spectateurs qui avaient deviné que le lancement était annulé.

Furieuse, elle dut patienter pour couper la file, car le chemin était trop étroit pour que deux voitures puissent se croiser. Derrière elle s'éleva un concert d'avertisseurs. Elle fut obligée de renoncer et renouvela sa tentative à l'embranchement suivant. Pareillement encombré.

Malgré la climatisation, elle se mit à transpirer. Impossible d'atteindre la plage. Il ne lui restait plus qu'à se rendre au Vanguard Motel pour guetter Theo.

Il avait encore une chance de brûler la politesse au colonel Hide et aux hommes de la sécurité militaire. Ils auraient besoin d'un mandat pour agir et, s'ils passaient outre, ce qui était probable, il leur faudrait quelques minutes pour s'organiser.

Le Vanguard faisait partie d'un petit centre commercial bordant la route, entre une station d'essence et un magasin d'articles de pêche.

Pas de policiers en vue. Elle se gara près de l'entrée du motel.

Elle n'eut pas longtemps à attendre. La Hudson Hornet de Theo apparut deux minutes plus tard. En sortit un petit homme aux cheveux clairsemés, en pantalon de toile et chemise de plage.

Elspeth s'apprêtait à l'interpeller quand deux véhicules, portant l'écusson de la police du comté de Cocoa, arrivèrent à vive allure, sans clignotants ni sirènes, précédant deux voitures banalisées. Le convoi stoppa devant le motel, bloquant le passage. Elspeth ne bougea pas.

Theo ne les remarqua pas tout de suite. Il traversa le parking en se dirigeant vers Elspeth et le bureau de la réception.

Elle décida de risquer le tout pour le tout et se porta à sa rencontre.

La reconnaissant enfin, il lança d'une voix claire.

— Bon sang, que s'est-il passé ? On a arrêté le compte à rebours ?

— Donnez-moi vos clés de voiture, murmura Elspeth en tendant la main.

— Pour quoi faire ?

— Regardez derrière vous.

Il jeta un coup d'œil par-dessus son épaule et aperçut les voitures de police.

— Putain, qu'est-ce qu'ils veulent ?

— Restez calme et donnez-moi les clés.

Il les déposa dans le creux de sa main.

— Continuez à marcher, dit-elle. Le coffre de ma voiture n'est pas fermé à clé. Glissez-vous à l'intérieur.

— Dans le coffre ?

— Oui, fit Elspeth en passant devant lui.

Elle reconnut le colonel Hide et un autre visage qui lui était vaguement familier. Deux grands jeunes gens bien habillés les accompagnaient. Peut-être des agents du FBI. Aucun d'eux ne regardait dans sa direction. Ils entouraient Hide. De loin, Elspeth l'entendit dire : « Il nous faut deux hommes pour vérifier les numéros des voitures garées ici pendant que les autres entrent à l'intérieur. »

Arrivée devant la voiture de Theo, elle ouvrit le coffre. A l'intérieur se trouvait la valise en cuir contenant l'émetteur radio : un appareil volumineux qu'il lui serait difficile de déplacer. Elle fit basculer la valise, qui heurta le sol avec un bruit sourd.

Hide continuait à donner ses instructions. A l'autre extrémité du parking, Theo grimpait dans le coffre de sa propre voiture. De ce côté-là, le problème était résolu.

Serrant les dents, elle agrippa la poignée de la valise et la souleva. Aussi lourde qu'une caisse de plomb. Elle avança de quelques mètres avant de lâcher ce fardeau pour le reprendre de l'autre main.

Derrière elle, le colonel Hide et ses hommes se dirigeaient vers la réception. Dans la pénombre, il était peu probable qu'il la reconnaisse. Sinon, il lui faudrait justifier sa présence sur les lieux. Et peut-être ouvrir la valise.

Elle changea encore de prise, sa main droite s'emparant de la poignée. Cette fois, elle ne réussit même pas à la faire bouger. Elle y renonça et se mit alors à la traîner sur le ciment en espérant que le bruit n'attirerait pas l'attention des policiers.

Elle parvint enfin à sa voiture. Au moment où elle ouvrait le coffre, un des flics en uniforme s'approcha avec un grand sourire.

— Je peux vous donner un coup de main, ma petite dame ?

A l'intérieur du coffre, le visage de Theo la fixait, terrifié.

— Non merci, ça ira.

Des deux mains, elle prit la valise et la glissa à l'intérieur. Theo étouffa un gémissement. Un coin lui avait enfoncé les côtes. D'un geste rapide, Elspeth referma le coffre et s'appuya dessus.

Elle se tourna vers le policier. Avait-il aperçu Theo ?

— Mon papa m'a appris à ne jamais faire une valise que je ne serais pas capable de porter, déclara Elspeth.

Le flic acquiesça avec un sourire ironique.

Les autres avançaient toujours. Elspeth prit soin d'éviter le regard de Hide. Le policier s'attardait.

— Vous partez ? fit-il.

— Oui.

— Toute seule ?

— Comme vous le voyez.

Il se pencha par la vitre, jeta un œil à l'intérieur de la voiture et se redressa :

— Roulez prudemment.

Elspeth s'installa au volant et mit le moteur en marche.

Deux autres policiers en uniforme, restés en arrière, contrôlaient les plaques. Elle s'arrêta près de l'un d'eux.

— Vous allez me laisser sortir ou bien faut-il que je moisisse là toute la nuit ? demanda-t-elle en arborant un sourire aimable.

On contrôla son numéro.

Elle retint son souffle pendant qu'on vérifiait la banquette arrière.

— Vous pouvez passer.

Elspeth put se dégager de la file et reprendre la route.

— Dieu tout-puissant, murmura-t-elle, les bras tremblants. On l'a échappé belle.

Minuit

Quatre antennes à fouet dépassant du cylindre des satellites émettent des signaux radio destinés aux stations réparties tout autour du globe. L'*Explorer* émet sur une fréquence de 108 MHz.

Anthony devait quitter l'Alabama. Dans les prochaines vingt-quatre heures, tout se jouerait en Floride, à Cap Canaveral. C'est là-bas qu'il allait recueillir les fruits d'un travail engagé depuis vingt ans.

L'aéroport de Huntsville était encore ouvert et la piste éclairée. Un avion décollerait ou atterrirait encore ce soir. Il gara sa Ford militaire devant le bâtiment d'accueil, derrière une limousine et deux taxis. Sans prendre la peine de fermer sa portière à clé, il s'engouffra à l'intérieur.

L'endroit était calme. Derrière le comptoir d'une compagnie aérienne, une fille remplissait un registre et deux femmes noires nettoyaient le carrelage. Trois hommes attendaient, l'un en livrée de chauffeur, les deux autres portant les vêtements froissés et les casquettes à visière des conducteurs de taxi. Pete était assis sur un banc.

Anthony devait se débarrasser de Pete dans son propre intérêt. La scène à l'atelier de Redstone avait eu deux témoins, Billie et Marigold ; l'incident serait vite signalé. L'armée se plaindrait à la CIA. Anthony n'étant plus couvert par George Cooperman, il devrait renoncer à se prétendre en mission officielle. Le scandale allait éclater. Pete ferait mieux de rentrer chez lui avant d'avoir des ennuis.

Celui-ci se montrait nerveux.

— Quel est le prochain vol ? demanda sans préambule Anthony.

— Aucun. On attend encore un avion en provenance de Washington, mais plus aucun départ avant 7 heures du matin.

— Quelle guigne ! Il faut que je parte pour la Floride.

— Un appareil militaire décolle de Redstone à 5 h 30 pour la base aérienne de Patrick, près de Cap Canaveral.

— Il faudra s'en contenter.

Pete avait l'air gêné. Il marmonna :

— Vous ne pouvez pas vous rendre en Floride.

Voilà pourquoi il était si tendu.

— Et pourquoi donc ? demanda calmement Anthony.

— J'ai eu une conversation avec Washington. Carl Hobart m'a parlé directement. Il nous a ordonné de rentrer. Il a ajouté : « Sans discussion ».

Anthony était fou de rage, mais il s'efforça de paraître seulement déçu.

— Les connards... On ne peut pas diriger une opération depuis son bureau !

— M. Hobart dit que nous devons accepter le fait que l'opération est terminée. A partir de maintenant, c'est à l'armée de prendre les choses en main.

— On ne peut pas faire ça. La sécurité militaire est incompétente.

— Je le sais, monsieur, mais nous n'avons plus le choix.

Tôt ou tard, cela devait arriver. La CIA n'avait pas encore la conviction qu'il était un agent double, mais il avait franchi les bornes. Plus de marge de manœuvre.

Anthony entretenait avec soin la loyauté de ses hommes. Il espérait disposer encore d'un certain crédit.

— Voici ce que nous allons faire, expliqua-t-il à Pete. Tu retournes à Washington. Tu leur annonces que j'ai refusé d'obéir aux ordres. Désormais, tu n'es plus dans le coup... cela relève de ma seule responsabilité.

Il fit mine de s'éloigner comme s'il ne doutait pas un instant du consentement de Pete.

— Bien sûr, je ne vais pas vous kidnapper.

Anthony dissimula son soulagement. Pete ne se mettrait pas en travers.

— Mais il y a autre chose, ajouta ce dernier.

— Quoi encore ?

Pete s'empourpra et, sur son visage, sa tache de naissance devint cramoisie.

— On m'a demandé de vous retirer votre arme.

La situation se compliquait. Pas question de rendre son pistolet.

— Tu leur raconteras que j'ai refusé.

— Désolé, monsieur. Mais M. Hobart a été très net. Si vous n'obtempérez pas, je dois appeler la police locale.

Anthony comprit alors qu'il allait devoir tuer

Pete. C'était consternant. Voilà donc où l'avait conduit son engagement. Puis il se ressaisit. En temps de guerre, il n'y avait d'autre option que de survivre et de vaincre.

— J'ai l'impression que c'est fini, dit-il avec un soupir qui n'était pas feint. J'aurai fait de mon mieux.

— Merci. Je suis bien content que vous le preniez comme ça.

— Ne t'en fais pas, je ne t'en veux pas. Tu obéis aux ordres.

Pete arbora un air déterminé.

— Alors, vous voulez bien me donner votre arme maintenant ?

— Bien sûr, elle est dans mon coffre. Je vais la chercher.

Le pistolet était dans sa poche de manteau, mais il voulait que Pete l'accompagne jusqu'à la voiture.

— Je vous suis.

— Comme vous voudrez.

Il se dirigea, Pete sur ses talons, vers la voiture garée le long du trottoir, à trente mètres de l'entrée de l'aéroport. Personne en vue.

Anthony pressa le déclic et ouvrit le couvercle du coffre.

Pete se pencha pour regarder à l'intérieur.

Anthony sortit de sa poche le pistolet muni de son silencieux. Un court instant, il fut tenté de pointer l'arme contre lui-même et d'en finir. Encore une erreur.

— Je ne vois pas de pistolet, dit Pete en se retournant.

Sa réaction fut foudroyante. Sans laisser à Anthony le temps d'ajuster son tir, Pete se jeta de côté et porta un coup de poing au visage d'Anthony.

Celui-ci trébucha et reçut un nouvel uppercut à la mâchoire. En chutant, Anthony braqua le pistolet devant lui. Pete dut voir ce qui allait arriver. Son visage se crispa de terreur. Il leva les mains comme si elles pouvaient le protéger, tandis qu'Anthony pressait la détente à trois reprises.

Les trois balles atteignirent Pete à la poitrine, et du sang jaillit de son costume de mohair gris. Il s'écroula sur la chaussée.

Anthony se redressa aussitôt et rangea le pistolet dans sa poche. Il scruta les environs. Personne. A ses pieds, Pete agonisait, les yeux grands ouverts.

Luttant contre la nausée, Anthony ramassa le corps ensanglanté et le fit basculer dans le coffre. Puis il reprit son arme. Affalé, convulsé de douleur, Pete le contemplait, terrifié. Les blessures au torse n'étaient pas toujours fatales : si on l'emmenait sans perdre de temps à l'hôpital, Pete pourrait s'en tirer. Anthony braqua son pistolet sur la tête de Pete. Lorsque ce dernier essaya de parler, du sang jaillit de sa bouche. Anthony pressa la détente.

Anthony claqua le couvercle du coffre et s'effondra dessus. C'était la seconde fois de la journée qu'il prenait des coups. Il avait une migraine atroce, mais c'était surtout sa conscience qui le torturait.

— Ça va, mon vieux ? fit une voix.

Anthony se redressa, fourra le pistolet dans son manteau et se retourna. Un taxi s'était arrêté derrière lui et le chauffeur, un Noir aux cheveux grisonnants, s'approchait, l'air inquiet.

Qu'avait vu cet homme, au juste ? Anthony ne savait pas s'il aurait le courage de commettre un autre meurtre.

— Je ne sais pas ce que vous chargiez dans votre coffre, mais ça avait l'air rudement lourd.

— Un tapis, répondit Anthony, le souffle rauque.

L'homme le toisa avec curiosité.

— Quelqu'un vous a collé un œil au beurre noir ? Peut-être même deux ?

— Un petit accident.

— Entrez prendre une tasse de café ou quelque chose.

— Non, merci. Ça va.

— Comme vous voudrez, fit le chauffeur en se dirigeant lentement vers le terminal.

Anthony monta dans sa voiture et démarra.

La première tâche des émetteurs radio est d'envoyer des signaux suivis par les stations au sol, pour prouver que le satellite se maintient en orbite.

Le train démarra lentement de Chattanooga. Dans la minuscule cabine du wagon-lit, Luke ôta sa veste pour l'accrocher à un cintre, puis s'installa sur le bord de la couchette inférieure et délaça ses chaussures. Assise en tailleur sur le matelas, Billie l'observait. La locomotive fonçait dans la nuit à destination de Jacksonville, en Floride.

Luke dénoua sa cravate.

— Si c'est un strip-tease, observa Billie, ça manque de pep.

Luke prenait son temps, ne sachant trop quelle attitude adopter. Ils s'étaient trouvés obligés de partager cette cabine : la seule disponible. Il avait terriblement envie de Billie. Et, pourtant, il hésitait.

— A quoi penses-tu ?

— Tout ça va trop vite.

— Dix-sept ans, ça ne te paraît rien ?

— Pour moi, cela ne fait que deux jours : avant, c'est le noir. Et... je suis toujours marié à Elspeth.

Billie hocha gravement la tête.

— Elle te ment depuis des années.

Il n'arrivait toujours pas à se décider.

— J'ai envie de te faire l'amour ce soir, reprit-elle. Je me souviens de ce que c'était, et j'en veux encore, tout de suite. Mais je te connais. Il te faut du temps pour réfléchir et te convaincre que tu as raison d'agir ainsi.

— C'est si terrible ?

— Non. Je t'aime comme ça. D'ailleurs, tu as besoin d'une douche.

C'était vrai. Il portait encore les vêtements qu'il avait volés trente-six heures auparavant.

— J'ai ce qu'il faut dans mon sac.

— Peu importe. Si tu grimpais là-haut, ça me ferait de la place pour me déchausser.

Docilement, il escalada la petite échelle et s'allongea sur la couchette supérieure. Il se tourna de côté, un coude sur l'oreiller, la tête posée sur sa main.

— Perdre la mémoire, c'est comme une renaissance. Tu peux réexaminer chacune de tes décisions.

Elle se débarrassa de ses chaussures et se redressa.

— Moi, j'aurais horreur de ça.

D'un geste précis et rapide, elle se coula hors de son pantalon de ski noir pour apparaître en chandail et petite culotte. Surprenant son regard, elle lui dit en souriant :

— Ça va, tu peux regarder.

Elle passa les bras sous son chandail et, en un tour de main, dégrafa le soutien-gorge avant de le faire jaillir d'une manche.

— Bravo, l'artiste !

Elle lui jeta un regard songeur.

— Et maintenant, on dort ?

— On dort.

Elle grimpa sur le montant de la couchette inférieure et se hissa vers lui pour recueillir un baiser.
Il se pencha en avant et sa bouche effleura la sienne.
Elle ferma les yeux. Il sentit la pointe de sa langue
passer brièvement sur ses lèvres, puis elle recula et
son visage s'évanouit.

Il resta allongé sur le dos, songeant qu'elle était
étendue quelques centimètres plus bas, avec ses
jambes nues et lisses et ses seins ronds à l'abri du
chandail d'angora. Quelques instants plus tard, le
sommeil les prit.

Il fit un rêve érotique. Et s'éveilla, sa chemise
déboutonnée, tout comme son pantalon : Billie
s'était allongée près de lui pour l'embrasser.

Il la caressa, sa main courant le long de son
corps. Elle avait toujours son chandail, mais la
petite culotte avait disparu.

Il poussa un grand soupir de plaisir en se glissant en elle. Le roulis du train les berçait.

Sa main s'insinua sous son chandail pour lui toucher les seins.

— Tu leur as manqué, lui chuchota-t-elle à
l'oreille.

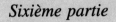

Sixième partie

Afin de suivre avec précision le satellite, le Jet Propulsion Laboratory a mis au point une nouvelle technique radio dénommée Microlock. Les stations Microlock utilisent un système de poursuite en boucle phasée capable de capter un signal de seulement un millième de watt, à plus de 30 000 kilomètres de distance.

Pour gagner la Floride, Anthony emprunta un petit avion qui se cabrait à la moindre saute de vent. Il voyageait en compagnie d'un général et de deux colonels qui l'auraient abattu sur place s'ils avaient connu la raison de son voyage.

Il atterrit à la base aérienne de Patrick, à quelques kilomètres au sud de Cap Canaveral. Il imaginait déjà un détachement d'agents du FBI venus pour l'arrêter, mais seule Elspeth l'attendait.

Elle paraissait épuisée. C'était la première fois qu'il distinguait chez elle les signes annonciateurs de l'âge mur : quelques rides sur le visage diaphane et la longue silhouette un peu voûtée. Elle l'entraîna vers sa Corvette blanche garée sous le soleil brûlant.

— Comment va Theo ?

— Assez secoué, mais ça ira.

— La police locale a-t-elle son signalement ?

— Oui... le colonel Hide l'a transmis.

— Où se cache-t-il ?

— Dans ma chambre, au motel. Il y restera jusqu'à la tombée de la nuit.

La voiture s'était engagée sur la route nationale.

— Et toi ? La CIA va-t-elle donner ton signalement à la police ?

— Je ne pense pas.

— Tant mieux, parce qu'il va falloir que tu achètes une voiture.

— L'Agence préfère laver son linge sale en famille. Ils me croient simplement dans l'illégalité et veulent me retirer du circuit avant que ça leur attire des ennuis. Quand Luke leur apprendra qu'ils emploient un agent double depuis des années, ils ne songeront qu'à étouffer l'affaire.

— Comme personne n'a le moindre soupçon envers moi, nous demeurons opérationnels tous les trois. Ça nous laisse une dernière chance.

— Luke ne se méfie pas ?

— Il n'a aucune raison.

— Où est-il en ce moment ?

— D'après Marigold, dans un train. Avec Billie.

— Quand doit-il arriver ?

— Selon mes calculs, dans le courant de l'après-midi.

Ils roulèrent un moment sans échanger un mot. Anthony s'exhortait au calme. Dans vingt-quatre heures, tout serait terminé. Soit leurs noms entraient dans les manuels d'histoire, soit il y aurait toujours deux concurrents dans la course à l'espace.

— Que comptes-tu faire après ? dit Elspeth.

— Quitter le pays. J'ai tout ce qu'il me faut : passeports, argent liquide, quelques postiches.

— Ensuite ?

404

— Moscou. Le KGB.

Anthony y portait le grade de commandant. Elspeth, plus ancienne — c'était elle qui avait recruté Anthony à Harvard —, celui de colonel.

— Tu penses que tu vas aimer la vie en URSS ?

— Tu veux dire au paradis des travailleurs ? Tu as lu George Orwell. Il y a des animaux plus égaux que d'autres. Je pense que ça dépendra beaucoup de ce qui va se passer ce soir. Si nous réussissons ce coup-là, nous serons fêtés comme des héros. Sinon...

— Nerveux ?

— Bien sûr. Au début, je vais me sentir isolé : pas d'amis, pas de famille, et je ne parle pas russe. Mais peut-être que je me marierai... (Son ton désinvolte masquait mal une certaine angoisse.) Voici longtemps que j'ai tiré un trait sur ma vie personnelle.

— J'ai pris la même décision, mais l'idée de m'installer à Moscou ne m'emballe pas.

— Cela ne risque pas de t'arriver.

— C'est vrai, ils veulent à tout prix que je reste en place.

De toute évidence, elle en avait discuté avec son officier traitant. La décision de maintenir Elspeth sur les lieux ne surprenait pas Anthony. Depuis quatre ans, les savants soviétiques n'ignoraient aucun détail du programme spatial américain. Grâce à Elspeth. Ce canal leur avait permis d'emporter la première manche sur les Américains. Elle incarnait une pièce essentielle sur l'échiquier de la guerre froide.

Anthony avait suivi toute son histoire. Elspeth avait épousé Luke pour espionner les travaux de recherche américains, mais elle l'aimait sincèrement

405

et le trahir lui avait brisé le cœur. Elle avait tout misé sur cette opération.

Agent soviétique, Anthony était, quant à lui, parvenu aux plus hautes sphères de la CIA. Le tunnel qu'il avait fait creuser à Berlin pour mettre sur écoute les communications soviétiques n'avait été en fait qu'un instrument de désinformation. Le KGB s'en était servi afin d'inciter la CIA à gaspiller des millions de dollars pour surveiller de faux espions, pénétrer des organismes qui n'avaient jamais été infiltrés par des communistes ou discréditer des hommes politiques du tiers-monde qui lui étaient en réalité favorables. De quoi le réconforter dans son exil moscovite.

Entre les palmiers qui bordaient la route, il vit une grande maquette de fusée spatiale au-dessus d'une enseigne annonçant le Starlite Motel. Elspeth se gara le plus loin possible de la route. Les chambres étaient disposées dans un bâtiment pourvu d'un seul étage. Autour d'une piscine où se baignaient déjà quelques nageurs matinaux. Plus loin, Anthony aperçut la plage.

Préférant ne pas être vu, il rabattit le bord de son feutre et traversa rapidement la cour pour gagner la chambre.

Theo se tenait dans l'encoignure de la fenêtre, face à l'océan. Elspeth fit les présentations, puis commanda du café et des beignets.

— Comment Luke m'a-t-il démasqué ? demanda Theo à Anthony.

— Il se servait de la machine Xerox du hangar R. Un registre de sécurité est situé près de l'appareil. On doit noter la date, l'heure et le nombre de copies effectuées avant d'apposer sa signature. Luke

a remarqué que douze copies portaient la signature :
« WvB », ce qui signifiait Wernher von Braun.

— J'utilisais toujours son nom parce que personne n'aurait osé lui poser de questions.

— Luke connaissait un détail ignoré d'Elspeth. Von Braun était ce jour-là à Washington. Ce qui l'a mis en alerte. Dans la salle du courrier, il a retrouvé les exemplaires dans une enveloppe qui vous était adressée. Ne sachant pas qui avait fait cet envoi et se méfiant de tout le monde sur place, il a pris l'avion pour Washington. Heureusement, Elspeth m'a prévenu et j'ai pu l'intercepter avant qu'il ait le temps de parler à qui que ce soit.

— Et maintenant, fit remarquer Elspeth, nous voilà revenus à la case départ. Luke a réussi à redécouvrir ce que nous lui avions fait oublier.

— A ton avis, l'interrogea Anthony, que va faire l'armée ?

— On pourrait lancer la fusée en mettant hors service le mécanisme d'autodestruction. Mais, si cela venait à s'ébruiter, la note serait salée. De quoi gâcher leur succès. A mon avis, ils vont changer le code.

— Comment ça ?

— Je n'en ai aucune idée.

On frappa à la porte. Elspeth les rassura :

— J'ai commandé du café.

Theo disparut dans la salle de bains. Anthony tourna le dos à la porte. Pour avoir l'air naturel, il ouvrit la penderie et fit semblant d'examiner les vêtements accrochés à l'intérieur. Il y avait là un costume gris à chevrons appartenant à Luke et un tas de chemises bleues. Sans laisser le garçon entrer, Elspeth signa la note, donna un pourboire, puis se saisit du plateau et referma la porte.

Theo réapparut et Anthony vint se rasseoir.

— Que faire ? S'ils changent le code, impossible de déclencher l'autodestruction de la fusée.

Elspeth posa le plateau.

— Il faut que je comprenne leur plan et le moyen de le déjouer. Achète une voiture. Dès la nuit tombée, va jusqu'à la plage. Gare-toi le plus près possible de la grille d'enceinte de Cap Canaveral. Je te rejoindrai là-bas.

Elle prit son sac à main et jeta sa veste sur ses épaules.

— Il faut au moins lui accorder ce mérite, observa Theo après son départ, elle ne manque pas de sang-froid.

— Elle en a besoin, acquiesça Anthony.

16 heures

Du nord au sud, sur une ligne correspondant à peu près à 65 degrés de longitude ouest, s'étend un réseau de stations de poursuite. Le satellite émet des signaux dans leur direction chaque fois qu'il les survole.

Le compte à rebours indiquait moins 390 minutes avant l'heure H.

Elspeth savait qu'au moindre incident il s'interromprait le temps nécessaire avant de reprendre. Plus l'instant de la mise à feu approchait, plus ce décompte s'éloignait du temps réel.

Il avait démarré aujourd'hui à 11 h 30, soit 660 minutes avant l'heure H. Elspeth avait inlassablement sillonné la base, vérifiant son horaire, à l'affût du moindre changement de procédure. Elle n'avait aucune idée des contre-mesures prises par les scientifiques pour parer au sabotage.

Dorénavant, tout le monde avait compris que Theo Packman était un espion. L'employé de la réception du Vanguard avait raconté la descente du colonel Hide à son motel avec quatre policiers et deux agents du FBI. Dans la petite communauté de Cap Canaveral, chacun avait fait le rapprochement avec l'annulation, à la dernière seconde, du lancement. L'explication avancée — un récent bulletin météo avait indiqué un forcissement du jet-stream — n'avait convaincu personne. Ce matin, il n'était question que de sabotage. Le reste était enveloppé de mystère. L'après-midi, Elspeth dut sortir de sa réserve et enquêter discrètement. Il lui fallait à tout prix connaître la parade imaginée par les ingénieurs.

Luke ne s'était pas encore montré. Elle brûlait d'envie de le retrouver, tout en redoutant sa présence. Sa trahison avait empoisonné leur mariage. Pourtant, elle avait besoin de voir son visage, d'entendre sa voix, de toucher sa main, de le faire sourire.

Les scientifiques du blockhaus s'accordaient une pause : assis derrière leurs appareils, ils mangeaient des sandwiches et buvaient du café. En général, quand une jolie femme entrait dans la salle, des blagues fusaient mais, ce jour-là, rien de tel. L'atmosphère était tendue. On guettait le pépin : pièce défectueuse, surcharge, panne système... Dès qu'un voyant s'allumait pour signaler le problème, l'ambiance changeait du tout au tout : chacun d'eux s'animait, improvisant ou bricolant des solutions. Leur plus grand bonheur consistait à retaper ce qui clochait.

Elle s'assit près de son patron, Willy Frederickson, qui grignotait un croque-monsieur, ses écouteurs autour du cou.

— Vous savez sans doute que tout le monde parle d'une tentative de sabotage de la fusée, lui dit-elle d'un ton détaché.

Il n'eut pas le temps de répondre. Un technicien du fond de la salle cria : « Willy ! » en tapant son casque du doigt.

Ce dernier posa son sandwich, reprit ses écouteurs et dit :

— Ici, Frederickson... Bien. Tout de suite. Arrêtez le compte à rebours.

Elspeth se crispa. Etait-ce l'indice qu'elle attendait ? Elle saisit son bloc et son crayon.

Willy ôta ses écouteurs.

— Il va y avoir un retard de dix minutes.

Son ton trahissait l'irritation normale que provoquait ce genre de contretemps. Puis il dévora à nouveau son sandwich.

Elspeth demanda :

— Dois-je dire pour quelle raison ?

— Il faut remplacer un capacimètre qui a l'air de foirer.

Les capacimètres jouaient un rôle essentiel dans le réseau de traquage. Mais elle n'était pas convaincue de la réalité du motif. Elle décida de s'en assurer.

Elle griffonna une note sur son bloc, puis se leva et partit en faisant un petit signe d'adieu. A l'extérieur du blockhaus, l'après-midi s'avançait, étirant les ombres. La flèche blanche d'*Explorer I* se dressait, balise pointée vers le ciel. On l'imaginait à l'instant du décollage, quittant le pas de tir et, avec une éprouvante lenteur, montant dans la nuit. Puis elle se représenta l'éclair aveuglant que produirait l'explosion de la fusée, les fragments de métal se dispersant comme des éclats de verre, et une boule de feu rouge et noir jaillissant dans le ciel nocturne avec un formidable grondement. Pour elle, ce fracas serait le cri de triomphe lancé par tous les damnés et les exploités de la terre.

Elle traversa la maigre pelouse d'un pas vif jusqu'à l'aire de lancement bétonnée, fit le tour du portique et entra dans la cabine d'acier qui abritait les bureaux et les appareils de contrôle. Harry Lane, le superviseur, parlait au téléphone tout en prenant des notes avec un gros crayon. Quand il eut raccroché, elle demanda :

— Dix minutes ?

— Peut-être davantage.

Il ne la regarda même pas. Désagréable avec les femmes, comme d'habitude.

— Motif ?

— Remplacement d'un élément défaillant.

— Voudriez-vous me dire *quel* élément ?

— Non.

C'était exaspérant. Impossible de deviner s'il faisait preuve de sa mauvaise volonté coutumière ou s'il avait reçu pour consigne de se taire. Elle s'éloigna. Au même instant, un technicien en salopette maculée de cambouis entra.

— Voici la vieille pièce, Harry, annonça-t-il.

Il brandissait un connecteur.

Elspeth savait exactement de quoi il s'agissait : c'était le récepteur qui captait le signal codé d'autodestruction. Le câblage s'entrecroisait suivant un schéma complexe, si bien que seul le signal radio correct provoquait la mise à feu du détonateur.

Elle sortit pour regagner précipitamment sa jeep.

Assise au volant, elle se mit à réfléchir. Pour parer à toute tentative de sabotage, ils avaient remplacé la broche. La nouvelle aurait un branchement différent qui fonctionnerait selon un autre code. Il faudrait donc installer une broche correspondante sur l'émetteur. Sans doute avait-on fait venir le matériel de Huntsville quelques heures plus tôt, par avion.

L'hypothèse se tenait. Elle savait enfin ce

qu'avait décidé l'armée. Mais comment déjouer les précautions prises ?

On montait toujours un jeu de quatre broches pour avoir une paire de rechange en cas de dysfonctionnement. C'était cette paire-là dont Elspeth avait dessiné le branchement afin de permettre à Theo d'imiter le signal codé, déclenchant ainsi l'explosion. Il lui faudrait recommencer : trouver la paire de connecteurs de rechange, démonter celles de l'émetteur et en reproduire le câblage.

Elle retourna vers les hangars. Mais, au lieu d'entrer dans le hangar R qui abritait son bureau, elle s'engouffra dans le hangar D et gagna la salle de télémétrie, où, le dimanche précédent, elle avait déniché la broche de rechange.

Penché sur une paillasse avec deux autres scientifiques, Hank Mueller examinait gravement un appareil électrique complexe. En l'apercevant, son visage s'épanouit et il lança :

— Huit mille.

Feignant la consternation, ses collègues s'éloignèrent.

Elspeth réprima son agacement : elle ne couperait pas au jeu des nombres.

— C'est le cube de 20, annonça-t-elle.

— Un peu court.

Elle réfléchit un moment.

— Bon, c'est la somme de quatre cubes consécutifs : $11^3 + 12^3 + 13^3 + 14^3 = 8\,000$.

— Très bien, fit-il en lui donnant une pièce de dix cents. A vous !

Elle se creusa la cervelle, puis lança :

— Le cube de 16 830.

Il fronça les sourcils, l'air vexé.

— C'est impossible sans machine à calculer !

— Vous ne connaissez pas ? C'est la somme de tous les cubes consécutifs de 1 134 à 2 133. Quand j'étais au lycée, mes parents habitaient une maison au 16 830 : c'est comme cela que je l'ai appris.

— C'est la première fois que vous empocherez mes dix cents.

Elle ne pouvait pas fouiller le labo : elle devrait le questionner. Par chance, les autres étaient restés à l'écart.

— Vous avez un double des nouveaux connecteurs envoyés de Huntsville ?

— Non. Il paraît que les mesures de sécurité ne sont pas assez strictes ici. On les a mis dans un coffre.

Il lui parut sans méfiance. Elle s'enhardit.

— Quel coffre ?

— On ne m'a pas dit.

— Peu importe.

Elle fit semblant de noter quelque chose sur son bloc, puis sortit.

Elle regagna en toute hâte le hangar R, courant avec ses hauts talons sur le sol sablonneux. Elle entrevoyait une lueur d'espoir. Mais la nuit commençait déjà à tomber.

A sa connaissance, il n'existait qu'un seul coffre, celui du bureau du colonel Hide.

Elle prit sur sa table une enveloppe de l'armée, l'introduisit dans sa machine à écrire et tapa : « Dr W. Frederickson — Confidentiel ». Elle plia ensuite deux feuilles blanches, les glissa dans l'enveloppe et la cacheta.

Elle alla jusqu'au bureau de Hide, frappa à la porte et entra. Assis à son bureau, il était seul, en train de fumer une pipe. Il leva les yeux et sourit.

Comme la plupart des hommes, il était plutôt content de voir un joli minois.

— Elspeth ! Que puis-je faire pour vous ?

— Voudriez-vous garder ceci au coffre pour Willy ?

Elle lui tendit l'enveloppe.

— Bien sûr. Qu'est-ce que c'est ?

— Il ne me l'a pas dit.

— Naturellement.

Il fit pivoter son fauteuil et ouvrit un placard placé derrière lui. Elspeth aperçut une porte d'acier avec un cadran gradué de 0 à 99. Seuls les multiples de 10 étaient désignés par un chiffre, les autres nombres n'étaient indiqués que par un cran. Elle l'examina attentivement, mais, bien qu'ayant une bonne vue, elle repérait avec difficulté les endroits où Hide arrêtait le bouton et elle dut se pencher en avant. Le premier numéro était simple : 10. Puis il stoppa juste au-dessous de 30 : 28 ou 29. Il tourna enfin le cadran entre 10 et 15. On arrivait à quelque chose comme 10-29-13, sa date de naissance probablement, soit le 28 ou 29 octobre, en 1911, 1912, 1913 ou 1914. Cela lui donnait un total de huit possibilités qu'elle aurait tôt fait d'épuiser si elle réussissait à pénétrer seule dans le bureau.

Hide ouvrit la porte, laissant apparaître les deux broches.

— Eurêka ! murmura Elspeth.

— Comment ? fit Hide.

— Rien.

Il grommela, lança l'enveloppe dans le coffre, referma la porte et fit tourner le cadran.

Elspeth s'apprêtait déjà à sortir.

— Merci, colonel.

— Je vous en prie.

Elle devait maintenant attendre qu'il quitte les lieux. Il serait obligé d'emprunter le couloir et donc de passer devant le bureau d'Elspeth. Elle garda sa porte entrouverte pour guetter son passage.

Son téléphone sonna.

— Nous partons dans quelques minutes, annonça Anthony. Tu as ce qu'il nous faut ?

— Pas encore, mais je vais l'avoir. Quelle voiture as-tu achetée ?

— Une Mercury Monterey vert clair, modèle 54, style limousine, sans ailerons.

— Je la reconnaîtrai. Comment va Theo ?

— Il me demande ce qu'il devra faire après.

— Je croyais qu'il s'envolait pour l'Europe et qu'il continuait à piger pour *Le Monde*.

— Il a peur qu'on retrouve sa trace là-bas.

— Ça se pourrait. Mieux vaudrait qu'il parte avec toi.

— Il ne veut pas.

— Promets-lui n'importe quoi, mais assure-toi qu'il soit prêt pour ce soir.

— D'accord.

Au même instant, la silhouette du colonel Hide passa devant sa porte.

— Il faut que j'y aille.

Elle sortit, mais Hide était toujours dans les parages, bavardant avec les filles du pool des dactylos. Pis, il rejoignit son bureau et s'y enferma deux heures durant.

Elspeth crut qu'elle allait devenir folle : elle avait la combinaison du coffre, mais le colonel faisait du zèle. Il ne se rendit même pas aux toilettes. Elle commençait à envisager un moyen pour s'en débarrasser : dans l'OSS, elle avait appris à étrangler quelqu'un avec un bas de soie. Sans être jamais passée à l'acte. D'ailleurs, Hide était un solide gaillard : il ne se laisserait pas faire facilement.

Elle ne quitta plus son bureau, négligeant même de faire son travail. Willy Fredrickson serait furieux, mais quelle importance ?

Elle consultait sa montre sans arrêt. A 20 h 25, Hide finit par apparaître dans le couloir ; elle se leva d'un bond et se précipita pour le voir se diriger vers l'escalier. On n'était plus qu'à deux heures du lancement : il gagnait sans doute le blockhaus.

— Elspeth ?

La voix provenait d'un nouvel arrivant. Une voix mal assurée qu'elle reconnut sur-le-champ. Le cœur lui manqua.

C'était Luke.

Les informations recueillies par les enregis-
treurs du satellite sont transmises par radio suivant une tonalité musicale. Les différents instruments utilisent des sons de fréquences
distinctes, si bien qu'on peut séparer les
« voix » électroniquement à la réception.

Luke appréhendait depuis longtemps leur rencontre.

Il avait déposé Billie au Starlite. Elle voulait
prendre une chambre et se rafraîchir, puis gagner
la base en taxi assez tôt pour assister au lancement.

Il s'était rendu directement au blockhaus pour
apprendre que le départ était maintenant fixé à
22 h 45. Willy Frederickson avait beau lui avoir
expliqué les précautions prises pour prévenir le
sabotage de la fusée, Luke n'était pas totalement
rassuré. Il regrettait qu'on n'eût pas arrêté Theo
Packman et il aurait aimé savoir où se trouvait
Anthony. Cela dit, aucun d'eux ne pouvait rien faire
avec un code erroné. D'après Willy, les nouvelles
broches étaient à l'abri dans un coffre.

Son inquiétude s'apaiserait quand il serait devant
Elspeth. Il n'avait parlé à personne des soupçons
qu'il nourrissait à son égard — la dénoncer lui répu-

gnait et, par ailleurs, il n'avait aucune preuve formelle de sa culpabilité. Il avait besoin de l'avoir en face de lui et de lire dans ses yeux, pour comprendre.

Il gravit l'escalier du hangar R. En haut des marches, il croisa un homme en uniforme de colonel, qui lui lança sans s'arrêter :

— Salut, Luke, content de vous revoir. A tout à l'heure, dans le blockhaus.

Puis il aperçut une grande rousse qui sortait d'un bureau, l'air anxieux. Plus belle encore que sur sa photo de mariage. Son visage diaphane reflétait une lueur douce comme la surface d'un lac au lever du jour. Cette vision l'ébranla.

Elspeth ne réalisa sa présence qu'après qu'il se fut adressé à elle.

— Luke ! fit-elle en accourant vers lui.

Son plaisir était sincère. Elle se jeta à son cou et lui plaqua un baiser sur les lèvres, dans un élan qui n'aurait pas dû le surprendre : après tout, c'était sa femme et il avait été absent toute la semaine. Elle ignorait tout de ses soupçons. Il écourta son baiser et se libéra. Son visage se rembrunit.

— Qu'y a-t-il ? dit-elle.

Puis elle le flaira, et la colère déforma ses traits.

— Salaud, tu pues le sexe !... Tu t'es tapé Billie Josephson. Tu l'as sautée dans ce putain de train.

Un scientifique qui passait eut l'air surpris d'entendre pareil langage mais elle ne broncha pas.

Il ne sut quoi répondre. Sa trahison était bien anodine, comparée à la sienne ; pourtant, il se sentit honteux.

Tout aussi brusquement, Elspeth changea d'attitude.

— Ce n'est pas le moment pour ça, lança-t-elle.

Elle inspecta le couloir avec impatience.

Luke se mit aussitôt sur la défensive.

— Qu'as-tu donc à faire de plus important que cette conversation ?

— Mon travail !

— Ne t'inquiète pas pour ça.

— Qu'est-ce que tu racontes ? Il faut que j'y aille. Nous discuterons plus tard.

— Je ne pense pas.

— Comment cela ?

— Quand je suis passé à la maison, j'ai ouvert une lettre qui t'était adressée. Elle vient d'un médecin d'Atlanta.

Il lui tendit l'enveloppe.

— Oh, mon Dieu, gémit-elle.

Elle étouffa un sanglot.

— Je ne le voulais pas, reprit-elle. J'y ai été contrainte.

— Navré pour toi.

— N'essaie pas d'être gentil, je ne pourrais pas le supporter.

— Allons dans ton bureau.

Il lui prit le bras et l'entraîna dans la pièce, refermant la porte derrière eux. Machinalement, elle partit s'asseoir à sa table et chercha un mouchoir dans son sac ; Luke s'installa dans le grand fauteuil de Frederickson.

Elle se moucha.

— J'ai failli ne pas me faire opérer. C'était trop pénible.

Elle le regardait fixement.

— Tu leur as pourtant obéi, reprit-il. Le KGB ne voulait pas de problèmes avec les enfants.

Il lut dans ses yeux un profond désarroi et il comprit qu'il avait vu juste.

— Ne mens pas, s'empressa-t-il d'ajouter. Je ne te croirais pas.

— Très bien.

Elle avait avoué. Il se cala dans son fauteuil. C'était terminé. Il se sentait meurtri, le souffle coupé, comme s'il était tombé d'un arbre. Ce fut elle qui reprit la parole :

— Je n'arrêtais pas de changer d'avis, dit-elle, le visage ruisselant de larmes. Le matin, j'y étais décidée. Et puis, à l'heure du déjeuner, je t'appelais et tu parlais d'une grande maison pleine d'enfants et tout d'un coup, j'étais décidée à passer outre. Enfin, le soir, toute seule dans mon lit, je pensais qu'ils avaient terriblement besoin des renseignements que mon mariage leur permettrait d'obtenir, et une nouvelle fois j'étais résolue à faire ce qu'ils voulaient.

— Tu ne pouvais pas faire les deux ?

— A vrai dire, j'avais du mal à supporter de t'aimer et de t'espionner en même temps. Si nous avions eu des enfants, je n'aurais jamais tenu.

— Au bout du compte, qu'est-ce qui t'a décidée ?

Elle renifla et s'essuya le visage.

— Tu ne vas jamais avaler ça. Le Guatemala. Tout ce que voulaient ces pauvres gens, c'étaient des écoles pour leurs enfants, un syndicat pour les protéger et la possibilité de gagner leur vie. Mais cela aurait fait augmenter de quelques cents le prix des bananes, et United Fruit refusait d'en entendre parler, alors qu'ont fait les Etats-Unis ? Ils ont chassé leurs dirigeants pour les remplacer par un gouvernement fantoche. A cette époque, je travaillais pour la CIA, je connaissais la vérité : à Washington, des hommes cupides roulaient un pays pauvre et racontaient n'importe quoi à ce sujet. La presse disait aux Américains qu'il s'agissait d'une révolution déclenchée par les anticommunistes locaux. Ça m'a mise hors de moi.

— Assez pour te mutiler ?

— Assez pour te trahir et gâcher mon mariage. Mais quel espoir peut-il y avoir dans un monde où une nation de paysans pauvres ne peut même pas essayer de s'en sortir sans se faire écraser sous la botte de l'Oncle Sam ? Mon seul regret, c'est de t'avoir refusé des enfants. Ça, c'était mal. Du reste, j'en suis fière.

— Je peux comprendre.

— Que vas-tu faire ? Appeler le FBI ?

— Je devrais ?

— Si c'est le cas, je finirai sur la chaise électrique, comme les Rosenberg.

Il tressaillit.

— Laisse-moi partir, supplia-t-elle. Je prendrai le premier avion. J'irai à Paris, à Francfort, à Madrid, n'importe où en Europe. De là, je trouverai un vol pour Moscou.

— C'est cela que tu veux ? Vivre là-bas jusqu'à la fin de tes jours ?

— Oui. Tu sais, je suis colonel du KGB. Jamais je n'aurais eu ce grade aux Etats-Unis.

Elle eut un sourire narquois.

— Il faudrait que tu partes immédiatement.

— D'accord.

— Je vais te faire accompagner jusqu'à la grille et tu me donneras ton laissez-passer afin que tu ne puisses pas revenir.

Il la contempla, cherchant à graver dans sa mémoire les traits de son visage.

Elle prit son sac.

— Est-ce que je peux d'abord aller aux toilettes ?

— Bien sûr.

La mission principale du satellite consiste à mesurer les rayons cosmiques dans le cadre d'une expérience conçue par le Dr James Van Allen de l'université de l'Iowa. L'instrument le plus important qu'il emporte est un compteur Geiger.

Elspeth sortit de son bureau, passa devant la porte des toilettes et s'engouffra dans le bureau du colonel Hide.

Personne.

Elle referma la porte derrière elle et s'y adossa un bref instant. Sous ses yeux brouillés de larmes, le bureau se mit à danser. Le triomphe de sa vie était à portée de main, mais elle venait de mettre un terme à son mariage avec le type le plus formidable qu'elle ait jamais rencontré ; elle s'était engagée à quitter sa patrie et à passer le reste de ses jours dans un pays qu'elle n'avait jamais vu.

Elle s'efforça de surmonter son malaise.

Puis, s'approchant du placard derrière le bureau de Hide, elle s'agenouilla devant le coffre. Elle parvint à réprimer ses tremblements. Un souvenir d'école lui revint à l'esprit. Un proverbe latin : *Festina lente* (« Hâte-toi lentement »).

Elle répéta les gestes que Hide avait effectués devant elle, essaya la combinaison 10, 29, 14, crut toucher au but, mais la poignée refusa de lui obéir.

Derrière la porte se firent entendre des pas et une voix de femme. Ces bruits résonnaient dans sa tête comme dans un cauchemar. Puis ils cessèrent.

Deuxième essai : 10, 28, 14.

La poignée résista encore.

Elle n'avait essayé que deux possibilités sur huit. Elle essuya ses doigts moites sur les pans de sa robe et recommença : 10, 29, 13, puis 10, 28, 13.

Le hurlement d'un klaxon retentit au loin : deux brèves, une longue, puis une série de trois. Cela signifiait que le personnel devait évacuer la zone de lancement. On était à moins d'une heure de la mise à feu. Elle reporta son attention sur le cadran.

10, 28, 12 : la cinquième combinaison fut la bonne.

Elle ouvrit la lourde porte.

Les deux broches n'avaient pas quitté leur place.

Il était trop tard pour les démonter et en recopier les branchements. Elle devrait les emporter jusqu'à la plage. Theo s'en débrouillerait.

Restait une inconnue : quelqu'un pourrait-il remarquer, avant l'heure du lancement, la disparition des broches de rechange ? Le colonel Hide était parti pour le blockhaus et ne reviendrait sans doute pas avant le lancement. Elle devait courir le risque.

On s'arrêta devant le bureau, et quelqu'un essaya de tourner la poignée de la porte qu'elle avait pris soin de fermer à clé.

Elspeth demeura pétrifiée.

— Hé, Bill, vous êtes là ? lança une voix d'homme qui semblait être celle de Harry Lane.

426

Que lui voulait-il ? La poignée s'agita. Elspeth ne broncha pas.

— En général, Bill ne verrouille pas sa porte n'est-ce pas ? fit Harry.

Une autre voix répondit :

— Je ne sais pas. Après tout, le chef de la sécurité a bien le droit de le faire s'il en a envie.

Elle entendit les pas s'éloigner, puis la voix plus faible de Harry qui disait :

— La sécurité, mon œil, il ne veut pas qu'on lui pique son scotch !

Elle saisit les broches dans le coffre et les fourra dans son sac. Puis, après avoir remis les lieux en état, elle sortit.

Elle se trouva nez à nez avec Harry Lane.

— Oh ! fit-elle, surprise.

— Que faisiez-vous là-dedans ?

— Rien, balbutia-t-elle en cherchant à passer devant lui.

Il la saisit énergiquement par le bras, le serrant jusqu'à lui faire mal.

— Si ce n'était rien, pourquoi vous êtes-vous enfermée ?

Furieuse, elle cessa de jouer les coupables.

— Lâchez-moi, espèce de brute sans cervelle, ou bien je vous arrache les yeux.

Surpris, il la libéra et fit un pas en arrière, mais en ajoutant :

— Je voudrais quand même savoir ce que vous faisiez là-dedans.

Elle eut une brusque inspiration.

— Mon porte-jarretelles se détachait et, comme les toilettes étaient occupées, je me suis servie du bureau de Bill en son absence. Je suis certaine qu'il n'y verrait pas d'inconvénient.

— Oh, pardon.

Revenue dans son bureau, elle constata que Luke, l'air sinistre, n'avait pas bougé de son fauteuil.

— Je suis prête.

Il se leva.

— En partant d'ici, tu te rendras directement au motel. Et, demain matin, tu iras à Miami et tu prendras un avion pour quitter les Etats-Unis.

— Oui.

Tous deux descendirent les marches et sortirent dans la tiédeur de la nuit. Luke l'accompagna jusqu'à sa voiture. Comme elle ouvrait la portière, il dit :

— Maintenant, donne-moi ton laissez-passer.

Elle connut un moment d'affolement en ouvrant son sac : les broches étaient là, bien visibles sur une petite trousse à maquillage en soie jaune. Mais Luke ne les vit pas car, trop poli pour regarder à l'intérieur d'un sac de dame, il détourna les yeux. Elle prit son laissez-passer et le lui donna, refermant son sac avec un claquement sec.

Il empocha la carte.

— Je vais te suivre dans la jeep jusqu'à la porte.

Elle comprit que c'était un adieu. Il ne trouvait rien à ajouter.

Ravalant ses larmes, elle démarra. Les phares de la jeep de Luke s'allumèrent derrière elle. En passant devant le pas de tir, elle remarqua qu'on avait fait reculer le portique sur ses rails, en prévision du lancement. Puis la grande fusée blanche, éclairée par les projecteurs, quitta son champ de vision. Elle regarda sa montre.

21 h 59 ; elle disposait encore de quarante-six minutes.

Les phares de la jeep de Luke disparurent de son rétroviseur, au détour d'un virage.

Tout en continuant à rouler sur la route côtière, elle sanglotait sans retenue. Aveuglée par les larmes, elle faillit manquer la chaussée et freina brutalement ; elle dérapa et coupa la file adverse. Un taxi fit une embardée dans le hurlement des klaxons, et manqua l'emboutir. Le sable du bas-côté freina sa course et elle finit par s'immobiliser, le cœur battant. Elle avait failli tout gâcher.

Elle s'essuya le visage du revers de sa manche et repartit, plus calmement, en direction de la plage.

Après le départ d'Elspeth, Luke se posta à l'entrée, au volant de sa jeep, pour attendre Billie. Il était sonné. Elspeth avait tout avoué. Depuis vingt-quatre heures, il avait la certitude qu'elle travaillait pour les Soviétiques, mais en recevoir la confirmation l'avait quand même énormément choqué. Bien sûr, il y avait des espions, tout le monde savait cela — Ethel et Julius Rosenberg étaient morts sur la chaise électrique —, mais entre lire le récit de ces événements dans les journaux et vivre depuis quatre ans auprès d'une épouse espionne, il y avait une réalité terriblement difficile à encaisser.

Billie arriva à 22 h 15 en taxi. Luke signa pour elle le registre de la sécurité, puis ils montèrent dans la jeep et partirent vers le blockhaus.

— Elspeth a disparu, dit Luke.

— Je crois l'avoir vue, répondit Billie. Elle n'est pas dans une Chrysler blanche ?

— Si, c'est elle.

— Mon taxi a failli heurter sa voiture. Elle a traversé la route juste devant nous. J'ai vu son visage à la lueur des phares. Il s'en est fallu de quelques centimètres.

— Pourquoi est-elle passée devant vous ?

— Elle tournait.

— Elle m'a dit qu'elle rentrait directement au Starlite.

— Non, elle se dirigeait vers la plage.

— La plage ?

— Elle s'est engagée dans un des sentiers qui sillonnent les dunes.

— Nom de Dieu ! explosa Luke.

Il fit aussitôt demi-tour.

Elspeth roulait lentement le long de la plage en examinant les groupes de gens rassemblés pour le lancement. Les passionnés de fusées, en manches de chemise, armés de jumelles et de caméras, se tenaient debout à côté de leurs voitures ; ces voitures, précisément, qui retenaient l'attention d'Elspeth. Elle cherchait la Mercury Monterey verte d'Anthony, mais la lumière, trop faible, ne permettait pas de distinguer les couleurs.

Elle commença par la partie la plus encombrée de la plage, la plus proche de la base. Pas d'Anthony ni de Theo. Elle poursuivit vers une zone moins courue.

Elle aperçut enfin un homme de haute taille avec des bretelles à l'ancienne mode adossé à une voiture de couleur claire. Il observait à travers ses jumelles l'embrasement des projecteurs de Cap Canaveral. Elle stoppa aussitôt et sauta à terre.

— Anthony ?

Il abaissa ses jumelles ; ce n'était pas lui.

— Je vous demande pardon.

22 h 30. L'heure tournait : elle avait les broches,

tout était prêt, mais les deux hommes demeuraient introuvables.

Les voitures se firent de plus en plus rares. Elspeth accéléra et passa près d'une voiture qui correspondait au signalement ; comme elle semblait vide, elle accéléra... quand un coup de klaxon retentit.

Elle ralentit, regardant derrière elle : un homme descendu de la voiture lui faisait de grands signes. C'était Anthony.

— Dieu soit loué !

Theo sortit de l'autre voiture et ouvrit le coffre.

— Donne-moi les broches. Vite, bon Dieu !

Le compte à rebours atteint zéro.

Dans le blockhaus, le directeur de vol dit : « Feu ! » Un technicien tire sur un anneau métallique et le fait pivoter. Son geste déclenche la mise à feu.

Des prévalves s'ouvrent pour laisser couler le carburant. On purge l'arrivée d'oxygène liquide, et l'auréole de fumée blanche qui entoure la fusée disparaît soudain.

Le directeur de vol dit : « Pressurisation des réservoirs de carburant. »

Pendant les onze secondes suivantes, rien ne se passe.

La jeep fonçait sur la plage, se faufilant au milieu des badauds. Sans se soucier des cris de protestation, Luke inspectait les voitures. Billie, debout, se cramponnait au pare-brise. Il cria dans le vent :

— Tu vois une Bel Air blanche ?

Elle fit non de la tête.

— Elle devrait pourtant être facile à repérer !

Le dernier tuyau de connexion se détache. Une seconde plus tard, le carburant s'enflamme et le moteur du premier étage se met en marche dans un grondement de tonnerre. Tandis que la poussée monte, l'énorme flamme orange jaillit de la base de la fusée.

— Bon sang, Theo, dépêche-toi ! hurla Anthony.

— Boucle-la, lui intima Elspeth.

Penchés sur le coffre ouvert de la Mercury, tous deux observaient Theo qui tripotait son émetteur et branchait des fils aux plots d'une des broches que lui avait remises Elspeth.

Un grondement de tonnerre leur fit lever les yeux.

> Avec une lenteur insupportable, *Explorer I* se détache du pas de tir.
>
> Dans le blockhaus, quelqu'un crie : « Vas-y, Bébé ! »

Billie aperçut enfin une Bel Air blanche garée à côté d'une voiture plus sombre.

— Là !

— Je les vois !

Trois personnes se tenaient autour du coffre ouvert, parmi lesquelles Billie reconnut Elspeth et Anthony. L'autre homme était sans doute Theo Packman. Mais ce n'était pas le contenu du coffre qui semblait les intéresser : leurs regards étaient tournés vers Cap Canaveral.

Billie comprit aussitôt. L'émetteur était dans le coffre, sur le point de diffuser le signal commandant l'explosion. Mais pourquoi levaient-ils la tête ? Elle se tourna elle aussi vers Cap Canaveral. Rien n'était visible. Mais un grondement sourd comme le ronflement d'un haut-fourneau dans une aciérie l'avertit que la fusée décollait.

— Nous arrivons trop tard !

— Accroche-toi ! prévint Luke.

Elle se cramponna tandis qu'il faisait décrire à la jeep un large virage.

> La fusée soudain prend de la vitesse. D'abord, elle paraît vaciller au-dessus du pas de tir. Puis, brusquement, elle jaillit comme un obus de canon, traçant dans la nuit une traînée de feu.

434

Malgré le vacarme de la fusée, Elspeth repéra un autre bruit, un moteur de voiture poussé à fond. Une seconde plus tard, des phares les éblouirent. Une jeep qui fonçait sur eux à toute allure, dans l'intention évidente de les renverser.

— Vite ! hurla-t-elle.

Theo branchait le dernier fil.

Sur son émetteur, deux contacts, l'un marqué « Armer » et l'autre « Destruction ». La jeep était sur eux.

Theo abaissa le contact marqué « Armer ».

> Sur la plage, un millier de spectateurs se tordent le cou pour contempler la fusée qui s'élève à l'horizon. Une immense clameur l'accompagne.

Luke filait droit sur l'arrière de la Mercury.

Pour prendre le virage, la jeep avait ralenti, mais elle roulait encore à plus de 30 kilomètres à l'heure. Billie sauta à terre, toucha violemment le sol, fit quelques culbutes, puis s'immobilisa.

A la dernière seconde, Elspeth s'écarta, juste avant un fracas assourdissant.

La Mercury, dont l'arrière parut se replier, fit un bond d'un mètre ; le coffre se referma. Luke se dit que Theo ou Anthony avait dû être écrasé entre les voitures, mais il n'en était pas certain. Il fut violemment projeté en avant. Le volant heurta sa poitrine et il ressentit la douleur fulgurante de côtes qui se brisent. Une fraction de seconde plus tard, son front cogna le haut du volant et du sang inonda son visage.

Il se redressa et se tourna vers Billie. Assise par terre, elle se frottait les avant-bras. Elle ne portait aucune blessure.

Par-dessus le capot de la jeep, Luke vit Theo qui gisait inanimé sur le sable, bras et jambes écartés. Anthony, accroupi, avait l'air secoué mais indemne, de même qu'Elspeth, qui s'était déjà relevée et se précipitait vers la Mercury pour tenter d'en rouvrir le coffre.

Sautant à terre, Luke se rua sur elle. Juste au moment où le coffre s'ouvrait, il réussit à la pousser de côté et à la faire tomber.

— On ne bouge pas ! ordonna Anthony.

Luke vit avec horreur qu'il se tenait au-dessus de Billie, un pistolet braqué sur sa nuque.

Il leva les yeux vers le sillage de l'*Explorer* qui, telle une étoile filante, scintillait dans la nuit. Tant qu'il serait visible, l'engin serait vulnérable. Quand le premier étage se consumerait, à cent kilomètres d'altitude, le système d'autodestruction cesserait d'être opérant. Cette section, qui contenait le détonateur, se détacherait de la fusée pour s'abîmer finalement dans l'Atlantique.

La séparation interviendrait deux minutes et vingt-cinq secondes après la mise à feu. D'après les estimations de Luke, environ deux minutes s'étaient écoulées depuis le lancement : il restait à peu près vingt-cinq secondes.

Un laps de temps suffisant pour presser une manette.

Elspeth se releva.

Luke regarda Billie : figée, un genou à terre, avec le long silencieux du pistolet d'Anthony enfoncé dans ses courtes mèches noires. La main d'Anthony ne tremblait pas. Allait-il sacrifier la vie de Billie pour la fusée ! Luke estima que non. Mais qu'en savait-il vraiment ?

Elspeth se pencha de nouveau sur le coffre de la

voiture ; au même instant, Billie bascula brusquement en arrière, heurtant des épaules les jambes d'Anthony. Luke se jeta sur Elspeth et l'écarta de la voiture. Anthony et Billie s'écroulèrent ensemble tandis qu'étouffée par le silencieux retentit une détonation.

Luke lança un regard horrifié : Anthony avait tiré. Billie roula sur le sol, apparemment sauve. Luke respira. Mais Anthony le tenait en joue.

Luke regarda la mort en face. Etrangement calme.

Soudain, une quinte de toux secoua Anthony, faisant jaillir du sang de sa bouche. Dans sa chute, il avait pressé la détente, se blessant lui-même. Sa main lâcha le pistolet et il s'effondra, les yeux révulsés.

Elspeth se releva d'un bond et, toujours acharnée, s'inclina vers l'émetteur.

Luke vérifia la traînée lumineuse : ver luisant dans l'espace, elle s'éteignit brusquement, devant ses yeux. Le premier étage venait de se détacher de la fusée.

Elspeth abaissa la manette. Trop tard.

Luke poussa un soupir. C'était fini. Il avait sauvé la fusée.

Billie posa la main sur la poitrine d'Anthony, puis chercha son pouls.

— C'est fini. Il est mort.

Au même instant, Luke et Billie firent face à Elspeth.

— Tu m'as encore menti, dit Luke.

Elspeth le dévisagea, une lueur folle dansait au fond de ses yeux.

— Nous n'avions pas tort, cria-t-elle. Nous n'avions pas tort !

Derrière elle, spectateurs et touristes commençaient à emballer leurs affaires. Hypnotisés par le spectacle, aucun d'eux n'avait remarqué la bagarre.

Elspeth sembla vouloir ajouter quelque chose ; mais elle se détourna, monta dans sa voiture et démarra.

Au lieu de reprendre la route, elle se dirigea droit sur l'océan.

La voiture fut arrêtée par les vagues qui vinrent lécher la carrosserie ; Elspeth descendit. A la lueur des phares, Luke et Billie la virent nager vers le large.

Luke allait se lancer à sa poursuite, mais Billie l'arrêta.

— Elle va se tuer ! s'écria-t-il.

— Toi aussi !

Luke insista, mais Elspeth, nageant vigoureusement, sortit du faisceau des projecteurs ; il comprit que jamais il ne la retrouverait dans l'obscurité. Accablé, il baissa la tête.

Tout d'un coup, la tension des trois derniers jours s'abattit sur lui. Il trébucha et faillit tomber. Billie le soutint.

Assis sur la plage, blottis l'un contre l'autre, ils levèrent ensemble la tête.

Au-dessus d'eux, le ciel était limpide et semé d'étoiles.

Epilogue

Le compteur Geiger d'*Explorer I* enregistra des radiations cosmiques mille fois supérieures aux prévisions. Grâce à cette information, les savants purent dresser la carte des ceintures de radiations entourant la Terre. Celles-ci prirent le nom de Ceinture de Van Allen, en l'honneur du physicien de l'université de l'Iowa qui avait conçu l'expérience.

L'expérimentation de détection des micrométéorites permit de déterminer que, chaque année, environ 2 000 tonnes de poussières cosmiques s'abattent sur la Terre.

La forme du globe terrestre se révéla être 1 % plus plate qu'on ne l'avait cru jusqu'alors.

Mais surtout, pour les pionniers du vol spatial, les mesures de température effectuées à partir de l'*Explorer* démontrèrent qu'il était possible de contrôler suffisamment la chaleur à l'intérieur du satellite pour que des êtres humains parviennent à survivre dans l'espace.

Luke fit partie de l'équipe de la NASA qui envoya *Apollo 11* se poser sur la Lune. Il habitait alors une ancienne et confortable maison de Houston avec Billie, qui dirigeait le département de psychologie cognitive à Baylor. Ils avaient trois enfants : Catherine, Louis et Jane. Son beau-fils, Larry, vivait avec eux, mais séjournait en ce mois de juillet chez son père, Bern.

Luke n'était pas de service le soir du 20 juillet. Aussi, peu avant neuf heures, heure de Houston, il regardait la télé en famille. Comme la moitié de la planète. Assis sur le grand canapé, Billie à son côté, il tenait sur ses genoux Jane, la petite dernière. Les deux autres enfants partageaient le tapis avec le chien, un labrador jaune du nom de Sidney.

Lorsque Neil Armstrong posa le pied sur la Lune, une larme roula sur la joue de Luke.

Billie lui prit la main.

Catherine, leur fille de neuf ans, tourna ses grands yeux bruns vers son père, le considérant avec gravité ; puis elle murmura à Billie :

— Maman, pourquoi il pleure, papa ?

— Mou chou, c'est une longue histoire. Un jour, je te la raconterai.

Explorer I devait rester deux ou trois ans dans l'espace. En fait, il y demeura douze ans. Le 31 mars 1970, le satellite finit par effectuer sa rentrée dans l'atmosphère au-dessus de l'océan Pacifique, non loin de l'île de Pâques, pour se consumer à 5 h 47 du matin, après avoir bouclé 58 376 tours de la Terre et parcouru 2,650 milliards de kilomètres.

Remerciements

De nombreuses personnes n'ont ménagé ni leur temps ni leurs efforts pour m'aider à recueillir la documentation nécessaire à ce livre. La plupart d'entre elles m'ont été présentées par Dan Starer, de l'agence Research for Writers, de New York, qui a collaboré avec moi sur chacun de mes romans depuis *L'Homme de Saint-Pétersbourg* en 1981. Je remercie tout particulièrement :

A Cambridge, Massachusetts : Ruth Helman, Isabelle Yardley, Fran Mesher, Peg Dyer, Sharon Holt et les étudiants du Pavillon Pforzheimer, ainsi que Kay Stratton ;

A l'hôtel St Regis, anciennement le Carlton, à Washington : Louis Alexander, le concierge, Jose Muso, le chasseur, Peter Walterspiel, le directeur général et Pat Gibson, son assistante ;

A l'Université de Georgetown : l'archiviste Jon Reynolds, le professeur en retraite Edward J. Finn, et Val Klump, de l'Astronomy Club ;

En Floride : Henry Magill, Ray Clark, Henry Paul et Ike Rigell, qui ont tous travaillé sur le programme spatial ; et Henri Landwirth, l'ancien directeur du Starlite Motel ;

A Huntsville, Alabama : Tom Carney, Cathey Carney et Jackie Gray, du magazine *Old Huntsville* ; Roger Schwerman, de l'Arsenal de Redstone ; Michael Baker, historien officiel des Forces aériennes et de la Direction des missiles ; David Alberg, conservateur du Centre spatial ; et le Dr Ernst Stuhlinger.

Plusieurs membres de ma famille ont lu des versions précédentes de ce texte et ont suggéré des critiques : ma femme, Barbara Follett, mes belles-filles, Jann Turner et Kim Turner, ainsi que mon cousin, John Evans. Je dois beaucoup à mes éditeurs, Phyllis Grann, Neil Nyren et Suzanne Baboneau, et à mes agents, Amy Berkower, Simon Lipskar et, surtout, Al Zuckerman.

Le traducteur tient à remercier Eckard Weinrich qui, après avoir travaillé aux Etats-Unis comme directeur Engineering d'Arianespace, est aujourd'hui délégué général de la communauté des villes Arianespace pour l'Europe.

Composition réalisée par JOUVE

Imprimé en France sur Presse Offset par

BRODARD & TAUPIN

·GROUPE CPI·

La Flèche (Sarthe).
N° d'imprimeur : 26945 – Dépôt légal Éditeur 53774-01/2005
Édition 03
Librairie Générale Française - 31, rue de Fleurus - 75278 Paris cedex 06.
ISBN : 2 - 253 - 15504 - 7

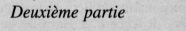

Deuxième partie

9 heures

La firme Chrysler a construit pour l'armée *Jupiter C*, et North American Aviation le lanceur qui propulse le premier étage. Les deuxième, troisième et quatrième étages ont été conçus et mis au point par le Jet Propulsion Laboratory, dans la région de Pasadena.

Luke s'en voulait. Il avait laissé filer les deux personnes qui connaissaient son identité.

Il se retrouva dans le quartier délabré où se situait la mission évangélique de H Street. En plein jour, les rues paraissaient plus crasseuses, les immeubles plus vétustes, les gens plus misérables. Sur le seuil d'une boutique abandonnée, deux clochards partageaient une bouteille de bière. Il frissonna de dégoût et allongea le pas.

L'idée de boire de la bière à une heure aussi matinale lui donnait la nausée. Preuve qu'il n'était pas alcoolique.

Qu'était-il alors ?

Il rassembla le peu d'informations dont il disposait. Une trentaine d'années. Non-fumeur. Sobre. Il avait été dans des opérations clandestines. Enfin, il connaissait les paroles de *Quel ami nous avons en Jésus*. Dérisoire.

Devant un terrain vague enclos par des plaques de tôle ondulée, il aperçut un policier en uniforme qui se faufilait par un instertice. Sautant sur l'occasion, Luke lui lança :

— Où est le plus proche commissariat de police ?

Son interlocuteur, un costaud avec une moustache rousse, le toisa d'un air méprisant :

— Dans le coffre de ma bagnole si tu ne disparais pas de ma vue vite fait.

Quoique décontenancé, Luke en avait assez de battre le pavé. Il insista.

— Je voudrais juste savoir où est le commissariat.

— Je ne vais pas te le répéter, merdeux.

— Monsieur, je vous ai seulement posé une question.

Malgré sa corpulence, l'homme réagit avec une étonnante rapidité. Il empoigna Luke et le poussa par la brèche qu'il venait d'emprunter. Luke trébucha et tomba sur du ciment, se cognant le bras. Une jeune femme se tenait à l'entrée du terrain vague. Les cheveux décolorés, outrageusement fardée, elle portait un long manteau ouvert sur une robe évasée, des escarpins à talons hauts et des bas filés. Elle était en train de remonter sa culotte. Une prostituée qui venait de faire une gâterie au flic.

Celui-ci flanqua à Luke un coup de pied au ventre.

La pute intervint :

— Bon sang, Sid, qu'est-ce qu'il a fait ? Il a craché sur le trottoir ? Fiche-lui la paix !

— Je veux que cette ordure apprenne le respect, répondit le flic d'une voix pâteuse.

Du coin de l'œil, Luke le vit brandir une matraque.

Au moment où il frappa, Luke, roula sur le côté. Pas assez vite pour éviter d'être touché à l'épaule. L'homme levait à nouveau son gourdin.

Un déclic se fit dans le cerveau de Luke.

Au lieu d'esquiver, il se jeta sur le policier. Emporté par son élan, l'homme s'écroula, laissant échapper la matraque. Luke se redressa d'un bond, agrippa son agresseur par le revers de son uniforme et lui assena un coup de tête en plein visage. Il entendit le bruit sec d'un nez qui se cassait et un hurlement de douleur.

Luke lâcha le flic et le frappa à la pliure du genou pour le faire chuter.

Où diable avait-il appris à se battre ?

Le flic avait le nez et la bouche en sang, mais il se souleva sur un coude pour tenter de dégainer son pistolet.

A peine l'avait-il sorti de son étui que Luke, saisissant l'homme par l'avant-bras, fit tomber l'arme en cognant sa main sur le ciment. Puis il lui tordit le bras pour le faire basculer, enfonça les deux genoux au creux de ses reins, lui coupant le souffle, et lui retourna l'index.

Le type se mit à geindre. Luke accentua la pression. Le doigt se brisa. Il s'évanouit.

— Tu n'es pas près d'en tabasser un autre, salaud !

Il se leva, ramassa le pistolet, éjecta les balles du chargeur et les lança dans le terrain vague.

La prostituée le regardait, bouche bée.

— Merde alors, t'es qui ? Eliott Ness ?

Son maquillage ne parvenait pas à masquer son teint brouillé.

— Je ne sais pas qui je suis...

— En tout cas, pas un poivrot. J'en ai jamais vu un casser la gueule à cette salope de Sidney.

— C'est bien mon avis.

— On ferait mieux de se tailler.

Luke acquiesça. Sidney ne lui faisait pas peur, mais d'autres policiers allaient rappliquer. Il se glissa hors de la clôture.

La femme le suivit dans la rue, ses talons aiguilles claquant sur le trottoir. Il la laissa le rejoindre. Après tout, elle aussi avait été victime du flic.

— Je te dois une fière chandelle, dit la fille.

— Laisse... Comment t'appelles-tu ?

— Dee-Dee... Enfin, mon vrai nom, c'est Doris Dobbs.

— Moi, c'est Luke. Je ne connais pas mon nom de famille. J'ai perdu la mémoire.

— Mince ! Ça doit te faire... bizarre.

— Je ne me souviens ni de mon nom ni de mon adresse, je ne sais même plus qui je suis.

— Comment ça ?

C'était ridicule de s'épancher devant une prostituée rencontrée dans la rue, mais il n'avait personne d'autre sous la main.

— Je me demande si je suis un mari fidèle, un père aimant et un bon collègue au travail... Ou un gangster.

— Mon chou, si c'est ça qui te tracasse, je sais déjà quel genre de type tu es. Un gangster, lui, se demanderait s'il est riche, s'il bute les nanas et s'il en impose.

Elle n'avait pas tort.

— C'est une chose que de vouloir être quelqu'un de bien ; mais de là à en être capable...

— Bienvenue chez les humains, mon joli. On est

94

tous pareils. (Elle s'arrêta devant une porte.) La nuit a été longue. C'est ici que je descends.

— Adieu.

Elle hésita.

— Tu veux un conseil ?

— Dis toujours.

— Si tu as envie que les gens cessent de te traiter comme une merde, tu devrais te refaire une beauté. Lave-toi, peigne-toi, et trouve-toi un manteau que tu n'aies pas l'air d'avoir piqué à un cheval.

— Bien vu.

— Et trouve-toi un galurin ! lui cria-t-elle tandis qu'il s'éloignait.

Il porta la main à sa tête et regarda autour lui. Dans la rue, il était le seul parmi les passants à marcher nu-tête. Mais comment faire pour se procurer une nouvelle garde-robe ? Il n'irait pas loin avec la poignée de cents qu'il avait en poche.

La solution lui apparut d'un coup. Comme si ce genre de situation lui était familier. Il irait dans une gare. On y croise une quantité de gens qui trimballent des vêtements de rechange, des rasoirs et tout le nécessaire à toilette bien rangés dans leurs valises.

Or il n'était pas loin d'Union Station.

Le premier étage de la fusée est arrimé au deuxième par des boulons explosifs entourés de ressorts. Quand le premier étage cesse de fonctionner, les boulons sautent et les ressorts l'expulsent du corps de la fusée.

Le Centre des maladies mentales de Georgetown occupait un petit château en brique rouge de style victorien que prolongeait à l'arrière une annexe avec un toit en terrasse. Billie Josephson gara sa Thunderbird rouge sur le parking et s'engouffra dans le bâtiment.

Elle détestait être en retard ; c'était un manque de respect vis-à-vis de son travail et de ses collègues, dont la tâche était ici d'une importance vitale. Ils apprenaient lentement, minutieusement, à décoder les mécanismes de l'esprit humain. Comme s'ils avaient eu à dresser la carte d'une lointaine planète dont la surface n'aurait été visible qu'à l'occasion de brèves percées dans la couche nuageuse qui la recouvrait.

Elle était en retard à cause de sa mère. Une fois Larry parti pour l'école, Billie était allée acheter ses comprimés pour le cœur ; au retour, elle avait trouvé

Becky-Ma allongée sur son lit, tout habillée et cherchant son souffle. Le médecin était venu aussitôt sans rien diagnostiquer de nouveau. Becky-Ma avait le cœur faible : en cas d'essoufflement, il lui fallait s'allonger, ne pas oublier de prendre ses comprimés et rester au repos. Billie n'avait pas eu le choix.

Elle parcourut des yeux le registre du bureau des admissions. La veille au soir, après son départ, on avait admis un nouveau patient : Joseph Bellow, un schizophrène. Ce nom lui rappelait quelque chose, mais quoi ? Un détail l'intrigua : l'homme était ressorti au cours de la nuit.

Pour gagner son bureau, elle traversa le salon. La télé était allumée. Un reporter, filmé sur une une plage poussiéreuse, déclarait :

« Ici, à Cap Canaveral, la question est sur toutes les lèvres : "Quand l'armée va-t-elle tenter de lancer sa fusée ?" On parle des prochains jours. »

Les patients sur lesquels Billie poursuivait ses recherches se tenaient dans cette pièce. Les uns devant la télévision, d'autres jouant aux cartes ou lisant. Quelques-uns demeuraient prostrés, le regard vide.

— Comment ça va, Tommy ?

Tom ignorait le sens des mots. Il sourit et lui rendit son salut. Billie s'était rendu compte, au bout de plusieurs mois, qu'il savait interpréter les gestes mais ne comprenait rien des paroles qu'on lui adressait.

Dans un coin, Marlene, une alcoolique, flirtait avec un jeune infirmier. Elle avait cinquante ans et plus aucun souvenir de sa vie après l'âge de dix-neuf ans. Elle se voyait comme une jeune fille et refusait d'admettre que le « vieux » qui lui rendait visite était son mari.

A travers une vitre, elle aperçut Ronald, un brillant architecte victime de lésions cérébrales dues à un accident de la route. Il faisait des tests par écrit. Mais il ne savait plus calculer de tête. L'addition la plus simple, qu'il opérait à l'aide de ses doigts, lui demandait un temps fou.

De nombreux patients souffraient de diverses formes de schizophrénie et se montraient incapables de s'intégrer au monde réel.

On parvenait à en soulager certains grâce à des médicaments ou à des électrochocs, voire en combinant les deux traitements. Billie avait pour tâche de déterminer précisément la nature de leurs handicaps. De ces cas cliniques, il était possible de déduire, a contrario, certains aspects du fonctionnement neurocérébral chez un sujet sain. Ainsi, Ronald, l'architecte, pouvait dénombrer un groupe d'objets disposés sur un plateau, mais, au-delà de trois ou quatre, il devait les compter sur ses doigts, avec le risque de se tromper. Billie en concluait que l'être humain percevait au premier coup d'œil les éléments d'un petit groupe d'objets, mais que cette aptitude se distinguait de la faculté de compter.

C'était un moyen de sonder peu à peu les profondeurs de l'esprit, de repérer les aires du cerveau associées à la mémoire, au langage, voire aux mathématiques. Si le handicap provenait d'une lésion cérébrale mineure, Billie pouvait en déduire que la capacité de se souvenir ou de procéder à un calcul mental était localisée dans la partie endommagée du système nerveux central. Le but était d'arriver à établir une cartographie du cerveau humain.

Au rythme où elle progressait, il faudrait au moins deux cents ans pour réaliser ce projet. Il est vrai qu'elle travaillait seule. Une équipe de psychologues l'aiderait à avancer plus vite, au point d'en voir les résultats de son vivant. C'était son rêve.

La science était bien ignorante de ces phénomènes à l'époque où son père avait succombé à un accès dépressif. Peut-être parviendrait-elle, en travaillant plus vite, à venir en aide à des patients souffrant des mêmes maux.

Elle gravit l'escalier jusqu'à l'étage supérieur en songeant à ce mystérieux patient. Joseph Bellow, cela sonnait comme un nom d'emprunt. Pourquoi l'avait-on renvoyé chez lui au beau milieu de la nuit ?

Une fois dans son bureau, elle regarda par la fenêtre le bâtiment en construction appelé à flanquer le corps principal de l'hôpital. Un poste de directeur des recherches serait créé à cette occasion. Billie avait posé sa candidature, en même temps qu'un de ses collègues, le Dr Leonard Ross, Len pour ses collègues. Quoique plus jeune que lui, Billie avait plus d'expérience et déjà publié de nombreux articles ainsi qu'un manuel, *Introduction à la psychologie de la mémoire.* Elle avait ses chances et souhaitait vivement décrocher cet emploi de directeur qui lui permettrait de recruter une équipe.

Parmi les ouvriers, elle remarqua un groupe d'hommes en tenue de ville — manteaux de lainage et chapeaux mous au milieu des salopettes et des casques — qui, semblait-il, visitaient le chantier. Len Ross les accompagnait.

— Qui sont ces types avec Len Ross ? demanda-t-elle à sa secrétaire.

— Ils appartiennent à la Fondation Sowerby.

Billie accusa le coup. Cette fondation finançait le nouveau service. Ses membres auraient leur mot à dire pour désigner le responsable. Len était en train de se placer.

— Savait-on qu'ils venaient aujourd'hui ?

— Len a dit qu'il vous avait envoyé une note. Il est passé ce matin vous chercher, mais vous n'étiez pas là.

Billie était sûre qu'il n'y avait jamais eu de note. Len s'était bien gardé de la prévenir. Et, pour tout arranger, elle était arrivée en retard.

Elle se précipita pour rejoindre les visiteurs sur le chantier.

Il se passerait plusieurs heures avant qu'elle repense à Joseph Bellow.

L'assemblage de la fusée ayant été opéré dans l'urgence, les étages supérieurs ont reçu un propulseur d'un modèle déjà existant. Les scientifiques ont choisi d'équiper les étages supérieurs de la fusée avec un faisceau de petites fusées qui avaient fait leurs preuves sur le lanceur *Sergeant*. Celles-ci ont été baptisées *Baby Sergeant*.

Sur le chemin d'Union Station, il s'inquiétait constamment de savoir s'il était filé.

Il avait semé ses poursuivants depuis plus d'une heure, mais d'autres avaient pu les remplacer. Que lui voulait-on ? Rien de bon, sans doute. Sinon, pourquoi le traquer ainsi ?

Il avait besoin de s'éclaircir les idées. Toutes ces hypothèses ne menaient à rien : il lui fallait des certitudes.

D'abord se laver. Et voler la valise d'un voyageur. Il sentait que ce ne serait pas la première fois dans sa vie. Quand il essayait de rassembler ses souvenirs, la première phrase qui lui venait à l'esprit était en français : « La valise d'un type qui descend du train. »

L'exercice serait délicat. Ses frusques le distinguaient des autres passagers, convenablement vêtus. Il devrait opérer vite et s'enfuir. Pas d'alternative.

Dee-Dee, la prostituée, avait raison. Personne n'écouterait un clochard.

En cas d'arrestation, jamais la police ne croirait à sa version des faits. La perspective d'un séjour en prison l'effrayait moins que l'idée de rester des semaines ou des mois dans l'ignorance de sa véritable identité.

Il finit par apercevoir, sur Massachusetts Avenue, le parvis de granit blanc d'Union Station, cathédrale gothique transplantée depuis la Normandie. Sitôt la valise volée, il devrait s'enfuir à bord d'un véhicule. Il conçut aussitôt la façon de s'y prendre.

Des voitures stationnaient aux abords de la gare. La plupart devaient appartenir à des voyageurs. Il ralentit le pas : une Ford Fiesta, bleue et blanche, neuve mais discrète, vint faire un créneau devant lui. Elle ferait l'affaire. Elle démarrait certainement avec une clé, mais arracher le fil derrière le tableau de bord pour court-circuiter le contact ne serait qu'un jeu d'enfant.

Il devait en avoir l'expérience.

Un homme en pardessus sombre descendit de la Ford, prit une serviette dans le coffre, ferma la voiture à clé et se dirigea vers la gare.

Combien de temps s'absenterait-il ? Quelques minutes ? En ce cas, il signalerait aussitôt le vol, et Luke risquerait à tout instant d'être arrêté. Il lui fallait d'abord suivre l'inconnu pour s'assurer de sa destination.

Le hall monumental, qui ce matin lui avait fait l'effet d'un sanctuaire à l'abandon, grouillait maintenant d'animation. Il se sentait terriblement décalé. Tous les gens lui paraissaient propres et bien habillés. Leurs regards le fuyaient ou le considéraient avec répugnance et mépris. Il devait surtout éviter de tomber sur le fonctionnaire zélé qui l'avait jeté dehors. Ce type le reconnaîtrait certainement.

Le propriétaire de la Ford prit place dans une file d'attente. Luke l'imita. Il gardait les yeux baissés, espérant se rendre invisible.

Son homme arriva enfin devant le guichet.

« Un aller-retour pour Philadelphie », demanda-t-il.

Luke en savait assez. Philadelphie était à des heures d'ici. L'homme serait absent toute la journée. Luke ne risquait donc rien jusqu'à la nuit.

Il quitta la file.

Se retrouver dehors était un soulagement. Les clochards avaient encore le droit de circuler dans les rues. Il regagna Massachusets Avenue pour y récupérer la Ford. Il lui faudrait faire vite, au milieu du trafic et des piétons, et malgré sa gueule de clochard. Pas question d'y passer la journée. Il descendit sur la chaussée, fit le tour de la voiture et s'arrêta devant la portière, côté conducteur. Les mains bien à plat contre la vitre, il essaya de la faire bouger. Rien. La bouche sèche, il jeta un bref coup d'œil alentour : personne ne l'avait remarqué. Il s'arc-bouta, accentuant la pression ; la vitre s'abaissa lentement. Glissant la main à l'intérieur, il débloqua la serrure, remonta la vitre et referma la portière. Il venait d'organiser sa fuite.

Il songea même à mettre le moteur en marche et à le laisser tourner, mais la chose risquait d'attirer l'attention d'un agent de police ou même d'un curieux.

Il regagna Union Station. Il était obsédé par l'idée qu'un employé des chemins de fer le remarque. Pas forcément l'homme qui l'avait interpellé auparavant : n'importe quel cheminot consciencieux qui l'éconduirait comme on ramasse un emballage qui traîne. Il ne se déplaçait ni trop vite ni trop lentement, rasant les murs. Ne pas croiser de regard.

Le meilleur moment pour voler une valise se situait après l'entrée d'un train en gare, lors de l'afflux des voyageurs dans le hall. Il examina le tableau des arrivées. Un express en provenance de New York était attendu douze minutes plus tard. Il en profiterait.

Il surveillait le panneau quand il sentit ses cheveux se hérisser.

Quelque chose avait dû traverser son champ de vision. Quelque chose d'inquiétant.

Il fit mine de s'attarder devant le présentoir d'un kiosque à journaux. Parcourut les titres en une :

L'ARMÉE VA BIENTÔT LANCER UNE FUSÉE
ARRESTATION D'UN HOMME DIX FOIS MEURTRIER
DULLES ASSURE LE GROUPE DE BAGDAD
DERNIÈRE CHANCE À CAP CANAVERAL

Puis il jeta un œil par-dessus son épaule. Une vingtaine de personnes franchissaient le hall, se dirigeant vers les rames du réseau de banlieue. D'autres, assises sur les bancs d'acajou, attendaient patiemment : des parents et des chauffeurs venus accueillir les voyageurs en provenance de New York. Un contrôleur attendait à la porte du wagon-restaurant, espérant attirer des clients pour le premier service. Cinq porteurs se tenaient dans un coin, fumant des cigarettes...

Et deux agents.

Aucun doute. Leur tenue était soignée : manteau et chapeau, chaussures bien cirées. Trahis davantage par leur attitude que par leur aspect physique :

ils étaient à l'affût, leurs regards balayant le hall de la gare, scrutant les passants. Ils passaient tout au crible... à l'exception du tableau d'affichage. Les horaires de train étaient la seule information qu'ils négligeaient.

Il faillit leur adresser la parole. Un besoin irrésistible. Celui de parler à des gens qui le connaissaient.

Il brûlait d'envie d'entendre quelqu'un lui dire : « Salut, Luke, comment ça va ? Ravi de vous revoir ! »

Mais ces deux-là répondraient sans doute : « Nous sommes des agents du FBI et vous êtes en état d'arrestation. »

Il se dissimula derrière le kiosque à journaux, puis sortant de la gare, fit quelques pas sous la longue galerie qui bordait la place et revint dans le hall. Juste à temps pour distinguer le dos des deux agents qui sortaient par une autre porte.

Dix minutes s'étaient écoulées. L'arrivée de l'express de New York était imminente. Il gagna le portillon et s'y posta, mêlé à la foule.

En voyant apparaître les premiers voyageurs, un froid glacial l'envahit. Il observa avec attention les arrivants. En cette journée de mercredi, il y avait surtout des hommes d'affaires et des militaires en uniforme, peu de touristes et très peu de femmes et d'enfants. Il chercha un homme dont la silhouette correspondait à la sienne.

Luke repéra un jeune homme de sa taille, mais il portait un duffel-coat et un bonnet de laine : son sac ne contenait sûrement pas de costume de rechange. Luke écarta un autre voyageur, plus âgé mais trop maigre. Le seul qui lui parut convenir n'avait qu'un porte-documents à la main.

Une centaine de voyageurs étaient déjà descendus du train quand il repéra son homme. Même taille, même stature, même âge. Son pardessus gris était entrouvert sur une veste de sport en tweed et un pantalon de flanelle, ce qui laissait supposer qu'il avait emporté un costume de ville dans sa sacoche en cuir. L'individu paraissait préoccupé et marchait à grands pas.

Luke se fraya un chemin dans l'attroupement qui s'était formé devant le portillon, de manière à se trouver derrière ce voyageur.

La cohue se dissipant, ce dernier en profita pour s'engouffrer entre deux groupes. Luke saisit cette occasion pour le faire trébucher.

En chutant, l'homme lâcha son porte-documents et sa serviette, tenta de se rattraper en agrippant le col en fourrure d'une femme qui le précédait, avant de s'écrouler sur les dalles de marbre. La femme tomba à son tour, abandonnant son sac à main et une élégante valise en cuir blanc.

Dans la confusion qui suivit, Luke s'empara de la sacoche en cuir et gagna sans encombre la sortie la plus proche.

Avant de quitter la gare il jeta un bref coup d'œil derrière lui. Personne n'avait remarqué son manège, mais un personnage fouillait le hall du regard. Sa tête pivota soudain vers Luke.

Celui-ci fila vers Massachusetts Avenue. Une minute plus tard, il atteignait la Ford Fiesta et se penchait vers le coffre pour y dissimuler la valise volée. Fermé à clé. Il aperçut alors l'individu qui l'avait remarqué dans la gare et qui se faufilait déjà entre les voitures, dans sa direction.

Luke se précipita vers la portière du conducteur,

l'ouvrit et jeta la valise sur la banquette arrière avant de s'installer au volant.

En tâtonnant sous le tableau de bord, il trouva les fils du démarreur. Il tira dessus et les mit en contact. Pas d'étincelle. Il s'était trompé de circuit. Ses mains plongèrent de nouveau sous le tableau de bord à la recherche d'autres fils. Cette fois-ci fut la bonne.

Il écrasa la pédale d'accélérateur. La Ford démarra.

A moins d'une terrible malchance, le sac devait contenir un jeu complet de vêtements de rechange. De quoi reprendre sa vie en main.

Il lui restait à dénicher un endroit où se doucher et se changer.

Le deuxième étage comporte onze propulseurs *Baby Sergeant* disposés en grappe autour d'un tube central. Le troisième étage en comporte trois. Et le quatrième un seul. Le nez de la fusée abrite le satellite.

Le compte à rebours indiquait moins 630 minutes, et une grande animation régnait à Cap Canaveral.

Tous les spécialistes des fusées partageaient un même rêve, l'espace. Ils ne créaient des armes qu'à la demande du gouvernement. L'équipe en charge d'*Explorer* avait construit et lancé de nombreux missiles, mais celui-ci serait le premier à quitter l'atmosphère, échappant à l'attraction terrestre. Pour la plupart, le lancement de ce soir verrait se réaliser les espoirs de toute une vie. Elspeth éprouvait le même sentiment.

Elle travaillait dans le hangar D, à côté du hangar R qui abritait leurs bureaux. Habituellement réservé aux avions, ce vaste hangar convenait parfaitement à la vérification des missiles.

Elspeth disposait d'une machine à écrire et d'un bureau accolé à celui de son patron, Willy Frederickson. Responsable du lancement, ce dernier se trouvait le plus souvent à l'extérieur. Sa tâche consistait à préparer et à diffuser l'horaire du lancement.

Malheureusement, cet horaire changeait constamment. Personne, en Amérique, n'avait encore envoyé une fusée dans l'espace. Il y avait sans cesse de nouveaux problèmes à résoudre. Les ingénieurs travaillaient dans l'improvisation.

Elspeth devait en tenir compte pour élaborer un nouvel horaire, noter sur son bloc les modifications du planning de chacun, puis les consigner sur des feuilles ronéotypées qu'elle distribuait ensuite à tous les membres de l'équipe. Elle devait courir partout et se tenir au courant de presque tout. Elle était parmi les premières informées des problèmes et de leurs solutions. Elle avait le titre de secrétaire, et le salaire correspondant à cet emploi, alors que ses responsabilités exigeaient un diplôme scientifique. Elle ne s'en plaignait pas. Sa mission l'exaltait. Beaucoup de ses anciennes camarades de Radcliffe ne faisaient que taper du courrier à longueur de journée.

Sa mise à jour de midi étant prête, elle ramassa la pile de documents pour les distribuer à la hâte, comme toujours. Cette course contre la montre avait le mérite de la distraire de ses soucis. Elle s'inquiétait au sujet de Luke.

Elle se rendit d'abord au service des relations publiques. Pendus à leur téléphone, les attachés de presse confiaient à des reporters triés sur le volet qu'il y aurait bien un lancement ce soir. L'armée tenait à ce que la presse donne un large écho à son succès. Mais l'information ne serait fournie qu'après l'événement. On n'était pas à l'abri d'un retard, voire d'une annulation. Les ingénieurs de

Cap Canaveral restaient sur la défensive. Un simple ajournement destiné à régler un problème technique pouvait être transformé en un lamentable échec sous la plume des journalistes.

Un marché avait été conclu avec les principaux médias. On les préviendrait d'un lancement à condition que rien ne filtre avant l'« allumage », autrement dit la mise en marche des réacteurs de la fusée.

Le bureau de presse n'abritait que des hommes. On la suivit du regard tandis qu'elle traversait la salle pour remettre un nouvel horaire au responsable. Elle se savait séduisante avec sa silhouette sculpturale, mais un côté intimidant — peut-être sa bouche aux lèvres serrées ou l'acuité de ses yeux verts — dissuadait ceux qui auraient été tentés de la siffler ou de l'appeler « chérie ».

Dans le laboratoire de mise à feu, cinq ingénieurs en bras de chemise, rassemblés autour d'une paillasse, examinaient d'un air soucieux une pièce de métal plate à moitié calcinée. Le responsable du groupe, le Dr Keller, la salua d'un : « Bonjour, Elspeth », teinté d'un fort accent germanique. Fait prisonnier à la fin de la guerre, il avait été emmené aux Etats-Unis, comme la plupart de ses confrères, pour travailler à la construction de missiles balistiques.

Elle lui tendit un exemplaire du nouvel horaire, qu'il prit sans le regarder. Elspeth désigna du menton l'objet posé sur la table :

— Qu'est-ce que c'est ?

— Une ailette de réacteur.

Elspeth savait que le premier étage était gouverné par des ailettes situées à l'intérieur de la queue.

— Que s'est-il passé ?

— La combustion du carburant érode le métal, expliqua le Dr Keller. Avec un carburant normal à l'alcool, les ailettes tiennent le choc. Mais, aujourd'hui, nous utilisons un nouveau carburant, l'hydyne, dont la combustion est plus lente, avec une vitesse d'échappement plus élevée. L'ennui, c'est qu'il attaque les ailettes au point d'altérer leur fonction de gouvernail. Et le temps nous manque pour effectuer un nombre d'essais suffisant.

— Cela doit-il encore retarder le lancement ?

— C'est ce que nous essayons d'éviter, dit Keller en regardant ses collègues. Nous devrons donc courir le risque.

Les autres acquiescèrent sans entrain.

Elspeth se sentit soulagée.

— Je croiserai les doigts.

— C'est à peu près la seule chose à faire.

Elle sortit sous le brûlant soleil de Floride. Les hangars se dressaient sur un terrain sablonneux, au milieu d'une maigre végétation : palmiers nains, chênes rabougris et des touffes d'herbe drue qui lacéraient la plante des pieds. Elle franchit une aire cimentée et pénétra dans l'ombre du hangar.

Dans la salle de télémétrie, elle aperçut Hans Mueller, qu'on appelait Hank. Il pointa le doigt vers elle en disant :

— Cent trente-cinq.

C'était un jeu entre eux : elle devait trouver en quoi ce nombre était insolite.

— Enfantin, dit-elle. Tu prends le premier chiffre, tu ajoutes le carré du second plus le cube du troisième et tu obtiens le nombre que tu as énoncé.

$$1^1 + 3^2 + 5^3 = 135$$

— Très bien, dit-il. Dis-moi alors quel est le

nombre suivant qui présente les mêmes caractéristiques ?

Elle réfléchit longuement :

— Cent soixante-quinze.

$$1^1 + 7^2 + 5^3 = 175$$

— Exact ! Tu as gagné le gros lot. (Il tira de sa poche une pièce de 10 cents.)

Elle la prit.

— Je te donne une chance de la regagner, proposa-t-elle. Cent trente-six.

— Attends, fit-il en fronçant les sourcils. On additionne le cube de chaque chiffre :

$$1^3 + 3^3 + 6^3 = 244$$

Puis on recommence et on obtient le nombre d'où on est parti :

$$2^3 + 4^3 + 4^3 = 136$$

Elle lui rendit sa pièce avec un exemplaire de son nouvel horaire et sortit. Mais un télégramme épinglé sur la cloison attira son attention :

J'AI MON PETIT SATELLITE, À TOI D'AVOIR LE TIEN.

— Ça vient de la femme de Stuhlinger, expliqua Mueller. Elle vient d'avoir un petit garçon. (Stuhlinger était responsable d'un groupe de recherche.)

Elspeth sourit avant de reprendre sa distribution.

Dans la salle des transmissions, elle tomba sur Willy Frederickson flanqué de deux techniciens de l'armée. Ils vérifiaient la liaison par télex avec le Pentagone. Son patron était un grand échalas au crâne presque chauve. Le télex ne fonctionnait pas. Willy était agacé mais prit la mise à jour en la gratifiant d'un : « Elspeth, vous êtes une perle. »

Quelques instants plus tard, un jeune officier avec une carte à la main et Stimmens, un chercheur, abordèrent Willy.

— Nous avons un problème, annonça l'officier en tendant la carte à Willy. Le jet-stream s'est décalé vers le sud. Il souffle à cent quarante-six nœuds.

Elspeth fronça le nez. Elle connaissait la signification de cette nouvelle. Le jet-stream balayait la stratosphère à une altitude située entre neuf et douze mille pieds. En général, il ne soufflait pas au-dessus de Cap Canaveral, mais, s'il se déplaçait et s'il était trop violent, il pourrait faire dévier la fusée de sa trajectoire.

— Où se trouve-t-il ? demanda Willy.

— Sur l'ensemble de la Floride, précisa Stimmens.

— C'est un élément dont nous avons tenu compte, n'est-ce pas ? demanda Willy en se tournant vers Stimmens.

— Pas vraiment. Il ne s'agit évidemment que d'estimations, mais nous pensons que la fusée peut supporter des vents allant jusqu'à cent vingt nœuds, pas davantage.

Willy se retourna vers le militaire.

— Quelles sont les prévisions pour ce soir ?

— Jusqu'à cent soixante-dix-sept nœuds, et rien n'indique que le jet-stream reparte vers le nord.

— Merde ! lâcha Willy en passant une main sur sa tonsure. (Elspeth savait ce que cela voulait dire : le lancement risquait d'être remis au lendemain.) Envoyez un ballon-sonde, voulez-vous. Nous examinerons de nouveau les prévisions à cinq heures.

Elspeth nota d'ajouter la réunion météo à son horaire, puis repartit, découragée. Ces gens étaient capables de venir à bout de problèmes techniques, mais ils ne pouvaient rien contre le temps.

Une fois dehors, elle emprunta une jeep pour se

rendre à la zone de lancement 26. La route, une piste en terre, s'enfonçait à travers les broussailles ; le véhicule était chahuté par les ornières. Elle surprit un chevreuil qui buvait dans un fossé et qui détala en bondissant au milieu des buissons. Il y avait beaucoup d'animaux sauvages sur le Cap. On parlait même d'alligators et de panthères de Floride, mais Elspeth n'en avait jamais vu.

Elle s'arrêta devant le blockhaus pour contempler le pas de lancement 26B, à trois cents mètres de là. Un derrick récupéré dans une exploitation pétrolière faisait office de portique ; une peinture au minium le protégeait de la corrosion causée par l'air marin. Sur un côté, un ascenseur permettait d'accéder aux différentes plates-formes. L'édifice avait été conçu dans un but purement fonctionnel, sans le moindre souci esthétique.

La longue silhouette blanche de la fusée *Jupiter C*, prise dans l'enchevêtrement des poutrelles orangées, évoquait une libellule prisonnière d'une toile d'araignée. On avait retiré la bâche de toile qui dissimulait les étages supérieurs aux regards indiscrets. La fusée s'étalait maintenant aux yeux de tous, le soleil se réverbérant sur sa peinture immaculée.

Les savants ne s'occupaient guère de politique, mais ils ne pouvaient ignorer que le monde avait les yeux braqués sur eux. Voilà près de quatre mois, l'URSS avait stupéfié la planète en lançant son premier satellite spatial, le *Spoutnik*. Dans les pays où s'affrontaient encore le capitalisme et le communisme, de l'Italie jusqu'en Inde en passant par l'Amérique latine, l'Afrique et l'Indochine, le message fut reçu cinq sur cinq : les savants soviétiques étaient les meilleurs. Un mois plus tard, les Russes avaient mis sur orbite un second satellite, le *Spout-nik II,* avec une chienne à son bord. Les Américains étaient consternés. Aujourd'hui, un chien, demain, pourquoi pas un homme ?

Le président Eisenhower avait promis un satellite américain avant la fin de l'année. Le premier vendredi de décembre, à 11 h 45, la marine américaine lançait la fusée *Vanguard* en présence de la presse internationale. L'engin s'éleva de quelques mètres pour s'enflammer aussitôt, basculer et venir se fracasser sur le ciment. UN FLOPNIK ! avait titré un journal.

La *Jupiter C* était le dernier espoir des Etats-Unis. Il n'existait nulle solution de rechange. En cas d'échec, la compétition serait terminée pour eux.

Aucun véhicule n'avait accès à la zone de lancement, à l'exception des engins de maintenance et des camions-citernes. Après avoir abandonné sa jeep, Elspeth franchit l'espace séparant le blockhaus du portique de lancement par un conduit où passaient les câbles reliant les deux postes. A l'arrière du derrick, enterrée jusqu'au niveau du toit, une longue cabine métallique abritait les bureaux et les machines. Elspeth entra par l'arrière.

Assis sur une chaise pliante, le responsable du portique, Harry Lane, étudiait un plan. Il portait un casque et des bottes de chantier.

— Salut, Harry, dit-elle gaiement.

Il lui répondit par un grognement. Harry n'aimait pas voir des femmes traîner sur le pas de tir.

Elle déposa une mise à jour sur une table métallique et s'en alla. Elle retourna dans le blockhaus, une construction blanche sans étage munie de hublots au verre teinté et défendue par des portes

étanches. Le bâtiment comportait une salle des instruments, qui courait sur toute la largeur de l'édifice, et deux salles de tir, la salle A sur la gauche
et la salle B sur la droite, orientées vers les deux
pas de lancement desservis par ce blockhaus.
Elspeth entra dans la salle de tir B.

Le soleil éclatant qui filtrait par les hublots diffusait dans la pièce une lumière étrange. On se
serait cru dans un aquarium. Des savants étaient
alignés devant une batterie de postes de contrôle.
Des casques leur permettaient de converser avec les
responsables du pas de tir. Ils pouvaient observer
simultanément leurs tableaux de bord et la fusée par
les hublots ou sur des écrans de télévision couleurs.
Sur le mur du fond, une rangée de traceurs enre-
gistrait la température, la pression dans les réservoirs et l'activité électrique. Dans un recoin, une
balance indiquait le poids de la fusée. La tension
qui régnait dans la pièce était parfaitement maîtri-
sée. Les hommes parlaient calmement dans leur
casque, vérifiant sans cesse les cadrans des comp-
teurs. Au-dessus de leurs têtes, une horloge égre-
nait les minutes les séparant de la mise à feu. Au
moment où Elspeth leva les yeux, l'aiguille passa
de 600 à 599.

Elle distribua le nouvel horaire et repartit. Tout
en regagnant le hangar, ses pensées revinrent à
Luke ; le jet-stream lui fournissait un bon prétexte
pour appeler Anthony sur sa ligne directe.

— Le lancement va sans doute être remis à
demain, lui annonça-t-elle. Il y a des vents violents
dans l'atmosphère.

— Je ne savais pas qu'il y avait du vent là-haut.

— On appelle cela le jet-stream. L'ajournement
n'est pas définitif : il y a une réunion à cinq heures.

— Tiens-moi au courant.

— Bien sûr. Comment va Luke ?

— Il y a un problème.

— Lequel ?

— Nous l'avons perdu.

— Quoi ? fit Elspeth, pétrifiée.

— Il a échappé à mes hommes.

— Oh, mon Dieu ! Qu'allons-nous faire ?...

Luke regagna Boston au lever du jour. Il gara la vieille Ford, se glissa dans le pavillon par la porte de service et gravit l'escalier jusqu'à sa chambre. Anthony dormait à poings fermés. Luke se lava le visage et s'écroula dans son lit en caleçon.

Quand il reprit conscience, Anthony le secouait en disant :

— Luke ! Debout !

Une catastrophe avait dû se produire.

— Quelle heure est-il ?

— Il est une heure, et Elspeth t'attend en bas.

Au nom d'Elspeth, la mémoire lui revint. La catastrophe était qu'il ne l'aimait plus.

— Oh non !

— Tu ferais mieux de descendre la voir.

Il était tombé amoureux de Billie Josephson. Et c'était un désastre qui allait bouleverser leurs existences, la sienne autant que celles d'Elspeth, de Billie et d'Anthony.

Il prit une douche glacée. En fermant les yeux, il revit Billie, ses yeux noirs, sa bouche humide, sa gorge blanche. Il enfila un pantalon de flanelle, un chandail et des chaussures de tennis, puis dévala l'escalier.

Elspeth l'attendait dans le hall, la seule partie du bâtiment où les filles étaient admises. C'était une vaste pièce avec une cheminée et d'imposants fauteuils. Comme d'habitude, sa robe de lainage jacinthe et son grand chapeau captaient tous les regards. Hier encore, sa seule vue l'aurait transporté de bonheur ; aujourd'hui, la simple idée qu'elle s'était mise en frais pour lui le désolait.

Elle éclata de rire en le voyant.

— Tu as l'air d'un petit garçon mal réveillé !

Il l'embrassa sur la joue et se laissa tomber dans un fauteuil.

— Ça m'a pris des heures pour aller jusqu'à Newport, expliqua-t-il.

— Manifestement, tu as oublié que tu m'emmenais déjeuner !

Il la regarda. Elle était belle, mais il ne l'aimait pas. Il ne savait pas s'il l'avait aimée un jour, mais il était certain que c'était fini. Il allait gâcher sa vie.

Il fallait absolument qu'il dise quelque chose.

— Pourrait-on renoncer au déjeuner ? Je ne me suis même pas rasé.

Une ombre passa sur le visage d'Elspeth. Elle avait deviné que quelque chose ne tournait pas rond mais s'efforça de paraître insouciante.

— Bien sûr. Les vaillants chevaliers qui ont volé au secours d'une demoiselle en détresse ont besoin d'un sommeil réparateur.

Il se promit d'avoir une explication avec elle dans le courant de la journée.

— Je suis désolé que tu te sois habillée pour rien, murmura-t-il.

— Pas pour rien... Je t'ai vu. Et tes camarades de dortoir ont semblé apprécier ma toilette. (Elle se leva.) Tout à l'heure, le professeur et Mme Durkham donnent une sauterie (à Radcliffe on appelait cela une réception).

Luke se leva à son tour pour l'aider à passer son manteau.

— Nous pourrions nous retrouver plus tard.

— Très bien, fit-elle avec entrain. Passe me prendre à six heures.

Elle lui envoya un baiser et sortit comme une vedette de cinéma. Elle tenait parfaitement son rôle.

Consterné, il regagna sa chambre. Anthony lisait le supplément dominical.

— J'ai fait du café, annonça-t-il.

— Merci.

Il se versa une tasse et en but une gorgée.

— Je te dois une fière chandelle, reprit Anthony. Tu as vraiment sauvé Billie du pétrin hier soir.

— Tu en aurais fait autant pour moi. Personne ne t'a rien dit ce matin ?

— Rien du tout.

— C'est une sacrée fille, Billie, dit Luke.

Il savait que c'était dangereux de parler d'elle, mais il ne pouvait pas s'en empêcher.

— N'est-ce pas qu'elle est formidable ?

Luke, atterré, observa la fierté qui se peignait sur le visage de son camarade de chambre.

— Depuis longtemps, reprit Anthony, je me demandais : « Pourquoi ne sortirait-elle pas avec moi ? » Mais je n'étais pas certain de sa réponse. Trop élégante et trop jolie. Quand elle a accepté, je n'en ai pas cru mes oreilles. J'ai voulu qu'elle me le confirme par écrit.

Anthony trouvait amusant de broder, et Luke se força à sourire. Il se faisait horreur.

— Qu'est-ce que tu as ? dit Anthony.

Luke décida de lui confier une moitié de la vérité.

— Je ne suis plus amoureux d'Elspeth.

Anthony encaissa le choc.

— Dommage. Vous êtes bien accordés.

— Je me sens moche.

— T'inquiète pas. Ça arrive. Tu n'es pas marié... pas même fiancé.

— Pas officiellement.

— Tu lui as fait ta demande ?

— Non.

— Alors, tu n'es pas fiancé, ni officiellement ni officieusement.

— Nous avons discuté du nombre d'enfants que nous aurions.

— Tu n'es quand même pas fiancé.

— Tu as raison, mais je me fais malgré tout l'impression d'être un salaud.

On frappa à la porte, et un homme que Luke n'avait jamais vu entra.

— Monsieur Lucas et monsieur Carroll, je présume ?

A son costume un peu râpé et à son air arrogant, Luke pensa qu'il s'agissait d'un surveillant du collège.

Anthony se leva d'un bond.

— En effet. Vous devez être le Dr Utérus, le célèbre gynécologue. Dieu soit loué, vous êtes venu !

Luke ne riait pas. L'homme portait deux enveloppes blanches dont il avait deviné le contenu.

— Je suis le secrétaire du doyen. Il m'a demandé de vous remettre ces missives en main propre.

L'homme leur remit à chacun une enveloppe et s'en alla.

Anthony décacheta précipitamment la lettre et poussa un juron.

Luke ouvrit la sienne.

Cher Monsieur Lucas,
Veuillez avoir la bonté de venir me voir dans mon bureau à 15 heures cet après-midi.
Bien à vous,

> *Peter Ryder,*
> *Doyen.*

Ce genre de lettre annonçait toujours des mesures disciplinaires. Quelqu'un avait signalé au doyen qu'une étudiante avait été vue dans leur dortoir la nuit dernière. Anthony allait sans doute être renvoyé.

Luke n'avait jamais vu son compagnon de chambre effrayé — son insouciance paraissait inébranlable —, mais il était devenu blême.

— Je ne peux pas rentrer chez moi, murmura-t-il.

D'après les rares confidences d'Anthony au sujet de ses parents, Luke imaginait un père tyrannique et une mère résignée. La réalité devait être pire encore. Son ami semblait avoir devant lui l'image d'un enfer.

A ce moment-là surgit Geoff Pidgeon, le jovial et rondouillard occupant de la chambre d'en face.

— Ce n'est pas le secrétaire du doyen que j'ai vu passer à l'instant ?

— Tout juste, fit Luke en brandissant sa lettre.

— Tu sais, je n'ai dit à personne que je t'avais vu avec cette fille.

— Qui en a parlé ? lança Anthony. Le seul mouchard du campus, c'est Jenkins. (Paul Jenkins était une grenouille de bénitier qui s'était donné pour mission de réformer la moralité des étudiants de Harvard.) Mais il s'est absenté ce week-end.

— Pas du tout, dit Pidgeon. Il a changé ses plans.

— Alors, ça vient de lui, dit Anthony. Je m'en vais étrangler cette ordure.

Si Anthony était renvoyé, réalisa soudain Luke, Billie serait libre. Cette réaction lui fit honte. Billie risquait de connaître le même sort.

— Je me demande, fit-il, si Elspeth et Billie ont reçu des lettres ?

— Pourquoi elles ? demanda Anthony.

— Jenkins connaît sans doute le nom de nos petites amies : il porte un intérêt malsain à ce genre de chose.

— S'il connaît leur nom, déclara Pidgeon, on peut être sûr qu'il les a dénoncées. Il est comme ça.

— Elspeth ne risque rien, dit Luke. Elle n'était pas ici. Personne ne pourra prouver le contraire. Mais pas Billie. Elle perdra alors sa bourse. Elle m'a expliqué ça hier soir. Elle ne pourra plus étudier nulle part.

— Ne t'inquiète pas pour elle, c'est de moi qu'il s'agit. Il faut que j'organise ma défense.

Luke était scandalisé. C'était aller contre toutes les règles de l'honneur.

— Si j'allais au dortoir des filles vérifier que Billie est rentrée de Newport ?

— Tu veux bien ? fit Anthony. Merci.

Il était deux heures lorsqu'il arriva devant le dortoir de Radcliffe. Malgré l'urgence, il avait pris soin de sa tenue : chemise bleu clair, pantalon de flanelle impeccable et veste de tweed gris, sa préférée.

Les bâtiments en brique rouge étaient regroupés autour d'un petit parc où déambulaient des couples d'étudiants. C'était là, se rappela-t-il avec gêne, qu'il avait embrassé Elspeth un samedi à minuit, à la fin de leur premier rendez-vous. Il méprisait au plus haut point les hommes qui changeaient de fille comme de chemise. C'était pourtant ce qu'il était en train de faire.

Une domestique le fit entrer dans le hall du dortoir. Il demanda à voir Billie. La femme de chambre s'assit à un bureau, décrocha un tuyau acoustique, souffla dans l'embouchure et dit : « Visiteur pour Mlle Josephson. »

Billie descendit, vêtue d'un chandail de cachemire gorge-de-pigeon et d'une jupe écossaise. Elle était ravissante mais semblait préoccupée. Luke aurait aimé la prendre dans ses bras pour la réconforter. Elle aussi avait été convoquée dans le bureau de Peter Ryder et elle annonça à Luke qu'Elspeth avait également reçu une lettre.

Ils entrèrent dans le fumoir où les étudiantes étaient autorisées à recevoir des visiteurs masculins.

— Que vais-je devenir ?

Luke n'entrevoyait même pas le début d'une solution.

— Anthony pourrait prétendre qu'il s'agissait de quelqu'un d'autre, mais il devrait alors désigner la fille.

— Que vais-je dire à ma mère ?

— Anthony pourrait soudoyer une femme,

enfin... tu sais, une fille des rues, pour dire que c'était elle.

— Ils ne la croiront pas.

— Et Jenkins démentirait. C'est lui le mouchard qui t'a dénoncée.

— Ma carrière universitaire est terminée. Je vais rentrer à Dallas et me faire embaucher par un magnat du pétrole chaussé comme un cow-boy...

Deux étudiantes débouchèrent dans le hall, hors d'haleine.

— Nous sommes en guerre ! Les Japonais ont bombardé Hawaii !

— Hawaii ? fit Luke, incrédule. Pourquoi ? Qu'y a-t-il donc à Hawaii ?

— On ne parle que de ça dans la rue.

Billie regarda Luke.

— J'ai peur, avoua-t-elle.

Il lui prit la main.

Deux autres filles arrivèrent en courant. Quelqu'un descendit une radio de sa chambre et la brancha. Dans un silence impatient, tout le monde attendit que les lampes du poste se mettent à chauffer. Puis on entendit la voix d'un speaker :

« D'après les dépêches, le cuirassé *Arizona* aurait été détruit et l'*Oklahoma* coulé à Pearl Harbor. Les premiers rapports précisent que plus de cent appareils de l'aviation américaine ont été cloués au sol à la base navale de Ford Island ainsi que sur les terrains de Wheeler et de Hickam. D'après les premières estimations, les pertes américaines s'élèveraient à au moins deux mille morts et un millier de blessés. »

D'autres étudiantes accoururent, parlant fort ; on leur demanda de la boucler.

« L'attaque japonaise, déclenchée à 7 h 55, heure

128

locale, juste avant 13 heures à New York, a eu lieu sans aucun avertissement. »

— Ça veut dire la guerre, n'est-ce pas ? fit Billie.

— Et comment, répliqua Luke. Je voudrais écraser le Japon sous les bombes.

C'était stupide d'en vouloir ainsi à toute une nation, mais la colère l'emportait.

Billie lui pressa la main.

— Je ne veux pas que tu fasses la guerre, dit-elle, les yeux embués de larmes. Je ne veux pas que tu sois blessé.

— Merci... Mais, nous avons beau être en guerre, je ne peux pas oublier cette convocation du doyen. A moins que...

— Quoi ?

— Il y a peut-être un moyen pour qu'Anthony et toi restiez à Harvard.

— Lequel ?

— Laisse-moi réfléchir.

Elspeth était nerveuse, bien qu'elle estimât n'avoir rien à craindre. Certes, elle n'avait pas respecté le couvre-feu la veille au soir, mais personne ne l'avait surprise. Cette histoire ne concernait qu'Anthony et Billie. Elspeth aimait bien Anthony et elle avait l'affreux pressentiment qu'il allait se faire renvoyer.

Ils se retrouvèrent tous les quatre devant le bureau du doyen.

— J'ai un plan, annonça Luke, mais, avant qu'il ait pu s'expliquer, le doyen ouvrit la porte et leur fit signe d'entrer.

Luke eut tout juste le temps de leur souffler :

— Laissez-moi parler.

Peter Ryder, le doyen, était un homme tatillon et

vieux jeu, strictement vêtu d'une veste noire, d'un gilet et d'un pantalon gris à rayures. Son nœud papillon était impeccable, ses chaussures soigneusement cirées, et ses cheveux gominés le faisaient ressembler à un œuf dur recouvert de peinture noire. Une vieille fille aux cheveux grisonnants l'assistait : Iris Rayford, responsable de la moralité des étudiantes de Radcliffe.

Ils faisaient cercle autour du doyen comme pour un cours restreint. Peter Ryder alluma une cigarette.

— Maintenant, messieurs, vous feriez bien de vous conduire en gentlemen. Je veux entendre la vérité. Que s'est-il passé dans votre chambre hier soir ?

Sans se soucier de la question de Ryder, Anthony intervint comme si c'était lui qui dirigeait les débats.

— Où est Jenkins ? C'est lui le mouchard, n'est-ce pas ?

— Personne d'autre n'a été convié, dit le doyen.

— Mais un homme a le droit d'être confronté à son accusateur.

— Monsieur Carroll, nous ne sommes pas devant un tribunal. On nous a priés, Mlle Rayford et moi, d'établir les faits. Si besoin est, des mesures disciplinaires seront prises.

— Je ne suis pas sûr que cette procédure soit acceptable. Jenkins devrait être ici.

Elspeth comprit la manœuvre d'Anthony. Il espérait que Jenkins n'oserait pas renouveler les accusations en sa présence.

Luke coupa court à la discussion.

— En voilà assez ! Monsieur, dit-il en s'adressant au doyen, c'est moi qui ai amené une femme au dortoir.

130

Elspeth en resta bouche bée.

— D'après mes informations, dit le doyen, c'est M. Carroll qui aurait invité la femme chez lui.

— Je crains que vous n'ayez été mal informé.

— C'est faux ! s'exclama Elspeth.

Luke la foudroya du regard.

— Mlle Twomey était dans son dortoir à minuit, comme le montrera le registre de nuit de la surveillante.

Elspeth le regarda, abasourdie. Le registre le prouverait en effet puisqu'une camarade avait imité sa signature. Elle comprit qu'elle ferait mieux de se taire avant de s'attirer des ennuis. Où Luke voulait-il en venir ?

Anthony se posait la même question.

Regardant son ami d'un air déconcerté, il lui dit :

— Luke, je ne sais pas ce que tu es en train de faire, mais...

— Laisse-moi raconter l'histoire, répondit Luke... S'il te plaît.

Anthony haussa les épaules.

— Monsieur Lucas, fit le doyen d'un ton sarcastique, veuillez continuer, j'ai hâte de vous entendre.

— J'avais rencontré la fille à l'auberge du Compte-Gouttes, commença Luke.

Pour la première fois, Mlle Rayford intervint.

— L'auberge du Compte-Gouttes ? dit-elle d'un ton incrédule. C'est un jeu de mots ?

— Oui.

— Poursuivez.

— Elle est serveuse là-bas. Elle s'appelle Angela Carlotti.

Manifestement, le doyen n'en croyait pas un mot.

— On m'a dit, déclara-t-il, que la personne aperçue au dortoir de Cambridge était Mlle Bilhah Josephson, ici présente.

— Nullement, monsieur, répliqua Luke avec le même aplomb. Mlle Josephson est en effet une de nos amies, mais elle n'était pas en ville. Elle a passé la nuit dernière au domicile d'un de ses parents à Newport, Rhode Island.

— Ce parent le confirmera-t-il ? fit Mlle Rayford en s'adressant à Billie.

Celle-ci lança à Luke un regard stupéfait et dit :

— Oui, mademoiselle Rayford.

Elspeth scrutait le visage de Luke. Comptait-il vraiment sacrifier sa carrière pour sauver Anthony ? C'était de la folie !

— Pouvez-vous, demanda Ryder à Luke, nous montrer cette... serveuse ?

— Oui, monsieur, bien sûr.

Le doyen parut surpris.

— Très bien.

Elspeth n'en revenait pas. Luke aurait donc acheté une fille ? Si c'était le cas, ça ne marcherait jamais. Jenkins jurerait ses grands dieux que c'en était une autre.

Luke ajouta alors :

— Mais je n'ai pas l'intention de la mêler à cette affaire.

— Ah, fit le doyen. Dans ces conditions, il m'est difficile d'accepter votre version.

Elspeth n'en croyait pas ses oreilles. Luke avait raconté une histoire invraisemblable et n'avait aucun argument pour l'étayer. Alors, à quoi bon ?

— Je ne pense pas, assura Luke, que le témoignage de Mlle Carlotti sera nécessaire.

— Permettez-moi, monsieur Lucas, de ne pas être d'accord avec vous sur ce point.

Ce fut alors que Luke lâcha sa bombe.

— Monsieur, je quitte le collège ce soir.

— Luke ! s'exclama Anthony.

— Cela ne vous avancera à rien de partir avant qu'on ne vous renvoie, assura le doyen. Il y aura quand même une enquête.

— Notre pays est en guerre.

— Jeune homme, je le sais.

— Monsieur, je m'engage demain matin.

— Non ! s'écria Elspeth.

Pour la première fois, le doyen ne sut que répondre.

Elspeth comprit le stratagème de Luke. Le collège serait malvenu d'entamer une action disciplinaire contre un garçon qui allait risquer sa vie pour son pays. Et, sans enquête, Billie était sauvée.

Le chagrin s'abattit sur elle. Luke avait tout sacrifié... pour sauver Billie.

Mlle Rayford pourrait demander son témoignage au cousin de Billie, mais celui-ci la couvrirait.

Plus rien ne comptait maintenant pour Elspeth. Elle venait de perdre Luke.

Ryder marmonna qu'il allait faire son rapport et laisser ses collègues décider. Mlle Rayford insista longuement pour se faire préciser l'adresse du cousin de Billie. Ils ne voulaient pas perdre la face ; ils avaient été bernés et le savaient.

Ils finirent par congédier les quatre étudiants.

A peine la porte refermée, Billie éclata en sanglots.

— Luke, lança-t-elle, ne pars pas pour la guerre !

— Tu m'as sauvé la vie, dit Anthony en prenant Luke par les épaules et en le serrant contre lui. Je n'oublierai jamais cela. Jamais... Ne t'inquiète pas, ajouta-t-il en prenant la main de Billie, Luke est trop malin pour se faire tuer.

Luke se tourna alors vers Elspeth. Il tressaillit en croisant son regard. Elle le dévisagea un long moment et, soudain, le gifla à toute volée. Il ne put réprimer un cri de douleur et de surprise.

— Bougre de salaud !

Puis elle tourna les talons.

Chaque moteur de *Baby Sergeant* mesure 1,20 mètre de long pour 15 centimètres de diamètre. Son poids est de 26,7 kilos. Il fonctionne durant exactement 6 secondes 1/2.

Luke cherchait une rue résidentielle calme. Washington lui était devenue une ville parfaitement étrangère. En quittant Union Station, il prit une direction au hasard qui l'amena dans le centre-ville, au milieu de superbes perspectives et d'imposants bâtiments officiels. Tant de beauté l'intimidait. Il savait cependant qu'en poursuivant sa route il finirait par atteindre un quartier où des gens ordinaires vivaient dans des maisons normales.

Il franchit une rivière et se retrouva dans un secteur résidentiel aux rues bordées d'arbres. Après être passé devant un édifice dont un panneau indiquait qu'il abritait l'hôpital psychiatrique de Georgetown, il s'engagea dans une ruelle où s'alignaient de modestes pavillons. Ici, les gens ne devaient pas avoir d'employés de maison à plein temps. Il risquait moins d'être dérangé dans ce qu'il avait à faire.

Cette voie se terminait en impasse, à l'entrée d'un cimetière. Luke fit demi-tour et gara la Ford de façon à pouvoir filer rapidement en cas de besoin.

Il lui fallait quelques outils rudimentaires : un ciseau à froid ou un tournevis et un marteau. Le coffre de la voiture devait contenir une trousse à outils mais il était fermé à clef. En fouillant le sac de voyage, il mit la main sur un dossier contenant des documents. Il trouva un trombone et s'en servit pour ouvrir le coffre.

Comme il l'avait espéré, il y avait quelques outils dans une boîte métallique à côté du cric. Il choisit le tournevis le plus robuste. Pas de marteau, mais il y avait une grosse clé à molette qui ferait l'affaire. Il fourra le tout dans la poche de son pardessus en loques, referma le coffre, se saisit du sac et remonta la rue à pied. Un vagabond dépenaillé avec une luxueuse valise à la main risquait fort d'attirer l'attention. Qu'un habitant du quartier, intrigué par ce personnage, appelle les flics et que ces derniers n'aient rien de mieux à faire ce matin-là, et il pourrait vite se retrouver dans le pétrin. Mais si tout se passait bien, en moins d'une demi-heure il pourrait s'être lavé, rasé et habillé comme un citoyen respectable.

Il se dirigea vers la première maison de la rue et frappa à la porte.

Rosemary Sims avait vu une belle automobile bleue et blanche passer lentement devant sa maison. A qui appartenait-elle ? Les Browning auraient-ils acheté une nouvelle voiture ? Ils en avaient les moyens. A moins que ce ne soit M. Cyrus, celui-là

136

ne se refusait rien. Sinon, le conducteur ne devait pas être du quartier.

Elle avait encore de bons yeux et, de son grand fauteuil posté au coin de la fenêtre du premier étage, elle pouvait surveiller presque toute la rue, surtout en hiver avec les arbres dénudés. Elle vit donc cet inconnu surgir à pied au coin de sa rue. Etrange inconnu, sans chapeau, avec un manteau déchiré, des chaussures lacées avec de la ficelle, et un sac de voyage flambant neuf à la main.

Il venait de frapper à la porte de Mme Britsky. Une veuve qui vivait seule, mais qui savait se défendre. Elle ne le laisserait pas entrer. Ça ne traîna pas. Mme Britsky jeta un œil par la fenêtre et éconduisit l'inconnu d'un geste péremptoire.

Celui-ci récidiva chez sa voisine, Mme Loew, une grande brune que Mme Sims trouvait arrogante. Après avoir échangé quelques mots avec ce visiteur, elle lui claqua la porte au nez.

Il semblait décidé à faire toute la rue. La jeune Jeannie Evans vint lui ouvrir, sa petite fille Rita dans les bras. Elle fouilla dans la poche de son tablier et lui donna quelque chose, sans doute un peu de monnaie. L'homme devait être un mendiant.

Le vieux M. Clark ouvrit sa porte en robe de chambre et en chaussons. Avec lui, pas d'aumône.

Le propriétaire du pavillon suivant, M. Bonetti, était parti travailler. Sa femme, Angelina, enceinte de sept mois, venait de sortir cinq minutes plus tôt pour aller faire des courses. Il n'y avait personne dans la maison.

Luke n'avait pas manqué d'examiner le système de fermeture des portes. Toutes identiques et munies de serrures Yale dont le pêne s'emboîtait dans un montant fixé au chambranle. On la manœuvrait avec une clé de l'extérieur et par la poignée de l'intérieur.

Toutes étaient percées d'un judas en verre dépoli. Briser la vitre pour y passer la main était tentant mais l'effraction serait vite remarquée. Il inspecta la rue. Il n'avait pas eu de chance, cinq tentatives avant de trouver une maison vide. Bien assez pour se faire remarquer. Mais il ne vit personne aux alentours. Il décida d'utiliser le tournevis pour faire jouer la serrure et pénétrer à l'intérieur de la maison. Il lui faudrait faire vite.

Mme Sims quitta sa fenêtre et décrocha le combiné du téléphone posé auprès de son fauteuil. Lentement, elle s'appliqua à composer le numéro du poste de police. Elle le connaissait par cœur.

Quand elle en eut terminé, elle regarda de nouveau au-dehors. L'inconnu avait disparu.

La voix d'un policier se fit entendre au téléphone. Désemparée, elle raccrocha sans dire un mot.

Pourquoi l'homme avait-il soudain cessé son manège ? Où était-il passé ?

Un sourire lui vint. Elle avait maintenant de quoi occuper sa journée.

La serrure ne lui avait pas résisté longtemps. Il s'était aussitôt glissé à l'intérieur. C'était la maison d'un jeune couple, meublée avec un mélange de cadeaux de mariage et d'objets de brocante. Dans le salon trônaient un canapé tout neuf et un grand poste de télévision mais dans la cuisine, des cageots servaient encore à ranger la vaisselle. Sur le radiateur de l'entrée, une lettre cachetée. Elle était adressée au nom de G. Bonetti.

138

Pas trace d'enfants. Selon toute probabilité, M. et Mme Bonetti travaillaient tous les deux et devaient être absents dans la journée. Mais il ne pouvait pas compter là-dessus.

Il s'empressa de monter au premier étage qui comportait trois chambres dont une seule était aménagée. Il jeta le sac de voyage sur un lit soigneusement bordé. Le sac contenait un costume bleu à fines rayures plié avec soin, une chemise blanche et une cravate club des plus classique. Il y avait aussi du linge de rechange et une paire de richelieus noirs bien cirés, apparemment d'une demi-pointure trop grande pour lui.

Il se débarrassa de ses vêtements crasseux et les envoya bouler dans un coin. Cela lui faisait un drôle d'effet de se retrouver nu chez des inconnus. Malgré le risque, il ne put résister à l'envie de prendre une douche. En ressortant de la salle de bains, inquiet, il tendit l'oreille. Aucun bruit dans la maison.

Il se sécha avec une des serviettes de bain roses de Mme Bonetti — sans doute un autre cadeau de mariage — et enfila le caleçon, le pantalon, les chaussettes et les chaussures noires. Si quelqu'un survenait, il pourrait toujours s'enfuir, même à demi-vêtu. Il entreprit de se raser avec les lames et le blaireau trouvés dans une trousse de toilette à l'intérieur du sac volé. Il y découvrit aussi une liasse de cent dollars en billets de vingt. Une réserve providentielle. Il empocha l'argent, bien décidé à rembourser l'homme un jour. Et se fit alors une curieuse remarque :

« Après tout, ce type n'était pas un collabo. »

Bon sang, d'où lui venait cette réflexion ? Encore un mystère ?

Il finit de s'habiller. Les vêtements étaient de bonne qualité. Et tous à sa taille. Sur la valise, une étiquette de bagage indiquait une adresse : Central Park South, New York. Leur propriétaire devait être un grand patron venu à Washington pour une réunion.

Un grand miroir était placé sur la porte de la chambre. Luke ne s'était plus regardé depuis le choc reçu, dans les toilettes de Union Station, devant son image repoussante de vagabond crasseux.

Il se planta devant la glace. Et aperçut le reflet d'un homme grand, d'une trentaine d'années, avec des cheveux noirs et des yeux bleus : quelqu'un de normal, malgré des traits tirés par la fatigue. Il se sentit soulagé et se demanda ce qu'un type comme lui pouvait bien faire dans la vie.

Ses mains n'étaient pas celles d'un travailleur manuel. L'homme qu'il avait en face de lui avait le teint et l'allure soignée d'un cadre supérieur.

Mais pas d'un policier.

Dans le sac de voyage, pas de chapeau ni de manteau. Luc savait que, privés de tels accessoires, il se ferait remarquer par une froide journée de janvier. Peut-être en trouverait-il dans la maison ?

Il ouvrit la penderie. Elle ne contenait pas grand-chose. Mme Bonetti avait trois robes. Son mari avait un veston de sport pour les week-ends et un costume noir qu'il mettait sans doute pour se rendre à l'office du dimanche. Pas de pardessus — M. Bonetti devait en porter un et il n'avait pas les moyens d'en avoir deux — mais il y avait un imperméable léger. Luke le décrocha du cintre. Ce serait toujours mieux que rien. Il l'enfila. Un peu étriqué mais mettable.

Pas de feutre dans la penderie, mais une casquette de tweed que Bonetti arborait sans doute avec sa veste de sport le samedi. Luke l'essaya. Trop petite. Il lui faudrait s'acheter un chapeau avec l'argent trouvé dans la trousse de toilette. En attendant, la casquette ferait l'affaire...

Au même instant, une voix se fit entendre au rez-de-chaussée. Il s'immobilisa.

— Qu'est-il arrivé à ma porte ? dit une jeune femme.

Une autre voix, aussi juvénile, répondit :

— On dirait que quelqu'un a essayé de la forcer !... Tu devrais peut-être appeler la police.

Luke étouffa un juron. Il s'était attardé trop longtemps.

Mme Bonetti n'était pas partie travailler mais acheter des provisions. Elle avait rencontré une amie au supermarché et l'avait invitée à venir prendre un café.

Déguerpir, et vite.

Luke jeta un œil par la fenêtre de la chambre. Pas d'arbre ni de conduit de gouttière par où descendre.

Les voix se rapprochaient.

— Rien n'a été déplacé. Je ne crois pas que les voleurs soient entrés.

— Et au premier ?

Se coulant sans bruit, Luke traversa le palier pour gagner la salle de bains. Pas plus d'espoir de ce côté-là. Sauf à se casser une jambe.

— Je vais regarder.

— Tu n'as pas peur ?

Un petit rire nerveux.

— Si. Mais que veux-tu que je fasse d'autre ?

141

J'aurais l'air malin si j'appelle la police et qu'il n'y a personne.

Des pas résonnèrent dans l'escalier. Luke se plaqua derrière la porte de la salle de bains.

On entra dans la chambre. Il y eut un cri de surprise.

— A qui est ce sac de voyage ?

Luke se glissa hors de la salle de bains, aperçut la porte de la chambre entrebâillée, mais pas de silhouettes de femmes. Il descendit les marches sur la pointe des pieds, remerciant le ciel qu'elles aient été recouvertes de moquette.

— Tu as déjà vu un cambrioleur apporter une valise ?

— J'appelle tout de suite la police, c'est bizarre.

Il franchit la porte d'entrée, un sourire aux lèvres. Il avait réussi.

Mme Sims avait repris son guet et sursauta en apercevant un homme qui sortait de la maison des Bonetti. Il portait l'imperméable noir de M. Bonetti et sa casquette de tweed gris, celle qu'il mettait pour aller assister aux matches de base-ball, mais il était plus grand que M. Bonetti et ses vêtements ne lui allaient pas tout à fait.

Elle regarda cette silhouette s'éloigner dans la rue. Il serait bien obligé de revenir : c'était une impasse. Mais, une minute plus tard, la voiture bleue et blanche que Rosemary Sims avait déjà remarquée surgit devant ses yeux. Elle roulait à vive allure. L'homme en casquette et le mendiant ne faisaient qu'un !... Il avait dû s'introduire par effraction et voler les affaires de M. Bonetti !

Au moment où la voiture passait devant sa fenêtre, Mme Sims parvint à lire la plaque minéralogique. Elle saurait le garder en mémoire.

Les moteurs *Sergeant* ont passé 300 essais au sol et 50 en vol. On a procédé à 290 mises à feu, avec succès.

Assis dans la salle de conférences, Anthony bouillait.

Luke était lâché dans Washington, sans que personne puisse prévoir ce qu'il allait faire, et lui, Anthony, devait écouter un scribouillard du Département d'Etat pérorer sur la nécessité de combattre les rebelles regroupés dans les montagnes de Cuba. Anthony savait parfaitement à quoi s'en tenir à propos de Fidel Castro et de Che Guevara. Ils disposaient de moins d'un millier d'hommes. A quoi servirait de les liquider ? Si Castro était éliminé, un autre prendrait sa place.

Anthony n'avait qu'une idée en tête, se lancer à la recherche de Luke.

La plupart des postes de police du district de Columbia avaient été mis en alerte. On avait demandé aux commissariats de signaler tout incident impliquant des ivrognes ou des clochards, de mentionner tout auteur de délit qui s'exprimait comme un professeur de collèges, de transmettre à lui ou à ses collaborateurs le moindre détail sortant de l'ordinaire. Et les policiers n'étaient que trop contents de coopérer avec la CIA, ravis à l'idée de se trouver mêlés à une affaire d'envergure internationale.

L'homme du Département d'Etat avait fini son laïus. Suivit un tour de table. Anthony savait que la seule façon pour les Etats-Unis de neutraliser Castro serait d'inciter le gouvernement cubain à faire des réformes. Heureusement pour les communistes, ça n'en prenait pas le chemin.

La porte s'ouvrit et Pete Maxell se faufila dans la salle. D'un petit signe de tête, il s'excusa auprès de George Cooperman qui présidait la réunion, puis vint s'asseoir auprès d'Anthony en lui glissant un dossier avec des rapports de police.

Quasiment tous les commissariats avaient observé un incident insolite. Une jolie femme arrêtée comme pickpocket devant le Jefferson Memorial s'était révélée être un homme ; au zoo, un groupe de beatniks avait tenté d'ouvrir une cage pour libérer un aigle ; un résident de Wesley Weight avait essayé d'étouffer sa femme en lui faisant ingurgiter une pizza avec une dose supplémentaire de parmesan ; et un camion de livraison appartenant à un éditeur de publications religieuses avait renversé son chargement à Petworth, bloquant la circulation. Georgia Avenue était submergée par une avalanche de bibles.

Il y avait peu de chances que Luke, sans argent, ait quitté Washington. Il pouvait en voler, mais pour quoi faire ? Il n'avait nulle part où aller. Sa mère

144

habitait New York, et sa sœur, Baltimore, choses que, bien évidemment, il ignorait.

Anthony parcourut les rapports tout en écoutant d'une oreille distraite son patron, Carl Hobart, leur parler de l'ambassadeur américain à Cuba, Earl Smith : celui-ci s'était acharné à saper l'autorité des Eglises et des responsables politiques favorables à une politique de réformes modérées. Anthony se demandait parfois si ce diplomate n'était pas en réalité un agent du Kremlin, bien qu'il y eût de fortes probabilités qu'il ne s'agisse simplement d'un crétin.

Un des rapports attira son attention et il le montra à Pete.

— C'est exact ?

Pete acquiesça.

— Oui, un clochard a attaqué et rossé un agent de police au coin de A Street et de la Septième Avenue.

— Un *clochard* a rossé un *flic* ?

— Et pas loin du quartier où nous avons perdu la trace de Luke.

— Ça pourrait être lui ! (Carl Hobart, qui était en train de parler, jeta un regard courroucé en direction d'Anthony qui reprit à voix basse :) Mais pourquoi s'attaquer à un sergent de ville ? Aurait-il volé son arme ?

— Négatif. Mais il l'a salement amoché. L'homme a été hospitalisé avec une fracture de l'index de la main droite.

Anthony tressaillit comme s'il avait reçu une décharge électrique.

— C'est lui ! lança-t-il tout haut.

— Bon sang ! fit Carl Hobart.

— Anthony, intervint George Cooperman d'un

ton badin, ou bien vous la bouclez ou bien vous allez bavarder ailleurs, voulez-vous ?

Anthony se leva.

— Pardon, George. Je reviens tout de suite.

Une fois dans le couloir où Pete l'avait suivi, il répéta :

— C'est lui... Pendant la guerre, c'était sa signature. Il faisait ça aux gens de la Gestapo... il leur brisait l'index.

— Comment le savez-vous ?

Il venait de gaffer. Pete était persuadé que Luke était un diplomate souffrant d'une dépression nerveuse. Anthony ne lui avait pas dit qu'il connaissait Luke personnellement. Il se maudit de cette négligence.

— Je ne vous ai pas tout raconté. J'ai travaillé avec lui dans l'OSS. Avant qu'il n'entre dans la carrière diplomatique, après la guerre.

— Il n'a donc pas simplement des problèmes avec sa femme, n'est-ce pas ?

— Non. Je suis pratiquement sûr que c'est plus grave.

Pete sembla convaincu.

— Ce doit être un vrai salaud sans pitié, pour casser comme ça le doigt d'un type.

— Sans pitié ? (Anthony n'avait jamais considéré Luke sous ce jour, même s'il y avait quand même chez lui un côté brutal.) Dans les moments critiques, sans doute. A quelle heure l'incident s'est-il produit ?

— 9 h 30.

— On a perdu quatre heures. Il peut se trouver n'importe où en ce moment. Envoyez deux hommes sur A Street, qu'ils montrent sa photo aux passants

146

et voient si on a le moindre indice sur la direction qu'il aurait pu prendre. Parlez aussi à ce flic.

— Entendu.

— Et si vous trouvez quoi que ce soit, n'hésitez pas à interrompre cette putain de réunion.

— Compris.

Anthony retourna dans la salle. George Cooperman, son camarade de guerre, déclarait d'un ton impatient :

— On devrait envoyer un groupe de durs des Forces Spéciales pour liquider en trente-six heures cette armée de pouilleux.

L'homme du Département d'Etat dit d'un ton nerveux :

— Pourrions-nous garder le secret sur cette opération ?

— Non. Mais nous pourrions faire passer cela pour un conflit local, comme nous l'avons fait en Iran et au Guatemala.

— Pardonnez ma candeur, intervint Carl Hobart, mais pourquoi garder secret ce que nous avons fait là-bas ?

— Il se trouve, dit l'homme du Département d'Etat, que nous ne voulons pas divulguer nos méthodes.

— Ridicule, lui répliqua Hobart. Les Russes sont au courant. Les Iraniens et les Guatémaltèques aussi. Et en Europe, la presse nous a accusés ouvertement ! Personne n'a été dupe sauf le peuple américain. Alors, pourquoi lui mentir ?

— Si tout cela se savait, répondit George avec une irritation croissante, il y aurait une enquête du Congrès. Et ces enfoirés de politiciens nous demanderaient des comptes, sans parler de ces bouseux d'Iraniens et de ces cueilleurs de bananes.

— Et peut-être avec raison, insista Hobart.
Avons-nous vraiment rendu service au Guatemala ?
On a du mal à faire la différence entre le régime
d'Armas et une bande de gangsters.

— Merde ! s'écria George. Nous ne sommes pas
ici pour nourrir des Iraniens affamés et pour donner des droits civiques aux paysans d'Amérique du
Sud. Notre boulot, c'est de promouvoir les intérêts
américains — et que la démocratie aille se faire
foutre !

Il y eut un silence, puis Carl Hobart reprit :

— Merci, George, de nous avoir permis d'éclaircir ce point.

Chaque moteur *Sergeant* possède un dispositif de mise à feu comprenant deux allumettes électriques branchées en parallèle et un rouleau d'oxydant métallique enveloppé dans une gaine en plastique. Ces systèmes sont extrêmement sensibles. Au point qu'en cas d'orage survenant dans un rayon de 15 km autour de Cap Canaveral, il convient de les débrancher pour éviter une mise à feu accidentelle.

Dans un magasin de Georgetown, Luke fit l'achat d'un pardessus de laine bleu marine. Il pouvait maintenant affronter le regard des passants.

Et résoudre ses problèmes.

D'abord se renseigner sur les mécanismes de la mémoire. Qu'est-ce qui provoquait l'amnésie ? Sous quelles formes ? Durant combien de temps ? Et surtout, quels étaient les remèdes ?

Où trouver des éléments de réponse sinon dans une bibliothèque ? Après s'être procuré un plan de Washington dans un kiosque à journaux, il découvrit la Bibliothèque municipale, au carrefour de New York et de Massachusetts Avenues, de l'autre côté de la ville, et s'y rendit aussitôt.

C'était un bâtiment imposant, construit sur le modèle d'un temple grec. Au fronton étaient gravés les mots :

SCIENCE   POÉSIE   HISTOIRE

En haut des marches, Luke hésita à poursuivre avant de se souvenir qu'il était redevenu un citoyen normal.

Sa nouvelle apparence opérait des miracles. Une bibliothécaire grisonnante installée derrière le comptoir se leva.

— Puis-je vous aider, monsieur ?

Luke était éperdu de reconnaissance de se voir traité avec tant de courtoisie.

— Je voudrais consulter des ouvrages sur la mémoire.

— Ce sera dans la section psychologie. Si vous voulez bien me suivre, je vais vous indiquer l'emplacement.

Elle le précéda à l'étage supérieur et lui désigna les rayons.

Luke inspecta les étagères. Les ouvrages ne manquaient pas, psychanalyse, développement de l'enfant, perception, mais rien qui le concernât. Il prit un gros volume intitulé *Le Cerveau humain*, et le feuilleta mais il n'y avait pas grand-chose sur la mémoire et l'ouvrage semblait extrêmement technique. Il contenait des équations et pas mal de statistiques qu'il comprit sans mal, mais l'essentiel impliquait des connaissances en biologie humaine qu'il ne possédait pas.

Son regard se porta alors vers *Une Introduction à la psychologie de la mémoire* de Bilhah Josephson. Le titre était prometteur. Au chapitre sur les troubles de la mémoire, il lut :

On appelle « amnésie globale » l'affection commune qui fait que le patient « perd la mémoire ». Luke était aux anges. Il n'était pas seul dans son cas.

Le patient ignore son identité et ne reconnaît pas

ses parents ni ses enfants. Toutefois, il se rappelle bien d'autres choses. Il peut être capable de conduire une voiture, de parler des langues étrangères, de démonter un moteur et de citer le nom du Premier ministre du Canada. Cette affection est connue sous le nom d'« amnésie autobiographique ».

Exactement ce qui lui était arrivé. Il pouvait encore s'assurer qu'on le suivait et était capable de voler une voiture sans la clé.

Le Dr Josephson défendait une thèse selon laquelle le cerveau comportait plusieurs fichiers, correspondant chacun à un type d'information.

La mémoire autobiographique enregistre les événements que nous avons connus personnellement et les répertorie selon la date et le lieu : nous savons en général non seulement ce qui s'est passé, mais quand et où.

La mémoire sémantique de longue durée retient des connaissances générales comme le nom de la capitale de la Roumanie ou la méthode pour résoudre des équations de second degré.

La mémoire immédiate est celle qui nous permet de nous souvenir d'un numéro de téléphone entre le moment où nous le regardons dans l'annuaire et celui où nous le composons.

Elle donnait des exemples de patients qui avaient perdu un fichier et en avaient conservé d'autres, comme c'était le cas pour Luke. Cette explication rationnelle le réconforta quelque peu.

C'est alors qu'il eut une soudaine inspiration. Il avait une trentaine d'années, cela faisait donc environ une décennie qu'il exerçait un métier. Ses connaissances professionnelles devaient encore lui être accessibles, logées dans sa mémoire sémantique de longue durée. Il devait être capable de l'utiliser pour découvrir quelle était son activité. Et, qui sait, progresser vers la découverte de son identité.

Levant les yeux, il essaya de réfléchir au genre de savoir qu'il possédait. Il ne tint pas compte de sa formation d'agent secret car son aspect physique, celui d'un homme enfermé dans des bureaux, n'en faisait pas un flic. Mais quelles étaient ses compétences ?

La tâche n'était pas simple. On n'accédait pas à sa mémoire comme on inspecte le contenu de son réfrigérateur. Cela ressemblait plutôt à un travail de documentaliste. Il fallait préciser l'objet de sa recherche. Frustré, il se dit qu'il fallait être patient.

S'il était juriste, serait-il capable de se souvenir de tous les arcanes du corpus législatif ? S'il était médecin, pourrait-il regarder quelqu'un en diagnostiquant chez lui une appendicite ? Ça ne marcherait pas ainsi. Pourtant, il avait noté un indice. Il n'avait eu aucun mal à comprendre les équations et les statistiques du *Cerveau humain*, même si d'autres détails de psychologie l'avaient laissé perplexe. Peut-être exerçait-il une profession ayant affaire avec des chiffres : la comptabilité ou les assurances, peut-être. A moins qu'il ne soit professeur de maths.

Il consulta la section des mathématiques et s'arrêta sur un livre intitulé *Théorie des nombres*. Il le feuilleta un moment. C'était présenté avec clarté, mais cela datait un peu...

Soudain il leva les yeux. Il venait de faire une découverte. Il était familier de la théorie des nombres !

Indice capital. L'ouvrage qu'il tenait entre ses mains contenait plus d'équations que de texte. Il n'était pas destiné au profane mais à un public universitaire. Il devait avoir certaines connaissances scientifiques.

Encouragé, il repéra le rayon des ouvrages de chimie et choisit *Technique des Polymères*. Il trouva le texte intelligible, mais ardu. Il passa ensuite à la physique et se plongea dans *Symposium sur le comportement des gaz froids et très froids*. C'était fascinant. Il avait l'impression de lire un roman.

Les hypothèses se précisaient. Son travail impliquait des connaissances de mathématiques et de physique. Quelle branche de la physique ? Le chapitre sur les gaz réfrigérés était intéressant mais son auteur lui en apprenait sur le sujet. Il s'orienta vers les ouvrages de géophysique, se rappelant l'article de journal intitulé : PAS D'ENVOL VERS LA LUNE POUR LES ÉTATS-UNIS. Son choix se porta sur *Principes de la conception des fusées*.

Un texte élémentaire dans lequel il repéra une erreur dès la première page. Poursuivant sa lecture, il en dénicha deux autres...

— C'est ça ! s'écria-t-il, faisant sursauter un étudiant qui consultait à côté de lui un livre de biologie.

S'il détectait aussi facilement des erreurs dans un manuel, il devait être un expert de la question. Un spécialiste des fusées.

Combien y en avait-il aux Etats-Unis ? Sans doute quelques centaines. Il se précipita au bureau d'accueil et s'adressa à la bibliothécaire.

— Existe-t-il une liste recensant les personnalités scientifiques ?

— Bien sûr, l'*Annuaire des scientifiques américains*, au début de la section science.

Il le trouva sans mal. Malgré sa taille, l'ouvrage

ne devait recenser que les principaux scientifiques américains. Malgré tout, Luke s'installa à une table et, maîtrisant son impatience, parcourut l'index en cherchant ceux qui se prénommaient Luke.

Aucun géophysicien ou astronome ne portait ce prénom. Mais était-ce le sien ? Pete était le seul individu à l'avoir appelé Luke. Et s'il se prénommait en réalité Percival ?

Il se sentit déçu mais il n'était pas prêt à renoncer.

Il songea à une autre approche. Il y avait bien quelque part des gens qui le connaissaient. Son prénom n'était peut-être pas Luke, mais son visage, lui, n'avait pas changé. L'*Annuaire des scientifiques américains* ne contenait les photos que des savants les plus connus, comme le Dr Wernher von Braun. Luke estimait pourtant qu'il devait avoir des amis et des collègues susceptibles de le reconnaître à condition, bien sûr, de les trouver. C'est par là qu'il fallait chercher : parmi les spécialistes des fusées. Il devait y compter des relations.

Et où trouver des scientifiques ? Dans une université.

Il s'empara d'une encyclopédie, y chercha Washington et tomba sur une liste des universités de la ville. Il irait à celle de Georgetown car il était passé un peu plus tôt dans ce quartier et saurait y retourner. Il consulta son plan et constata qu'il y avait un vaste campus occupant une cinquantaine de blocs. Ce serait bien le diable s'il n'y avait pas là-bas un important département de physique avec des douzaines de professeurs. Et si l'un d'entre eux n'était pas capable de le reconnaître.

Plein d'espoir, il sortit de la bibliothèque et remonta dans sa voiture.

Les dispositifs de mise à feu n'étaient pas conçus à l'origine pour être actionnés dans le vide. Pour la fusée *Jupiter*, il fallut les modifier. Pour trois raisons. Un, l'ensemble du réacteur était enfermé dans un récipient hermétique. Deux, pour prévenir une perte d'étanchéité du récipient, le dispositif d'allumage proprement dit était lui-même placé dans un réservoir hermétique. Et, trois, le système de mise à feu devait fonctionner dans le vide, à l'intérieur d'un système dit de protection multiple.

On interrompit la réunion sur Cuba pour faire une pause café ; Anthony en profita pour courir jusqu'au bâtiment Q, priant le ciel que ses hommes aient retrouvé la trace de Luke.

Pete l'attendait dans l'escalier.

— J'ai un rapport de la police de Georgetown, il y a quelque chose de bizarre, annonça-t-il. Une femme revenant de faire ses courses a découvert qu'on avait forcé sa porte et utilisé sa douche. L'intrus a disparu en laissant derrière lui un sac de voyage et de vieux vêtements crasseux.

— Enfin... une piste ! Passez-moi l'adresse.

— Vous croyez que c'est lui ?

— J'en suis certain. Il en a assez de ses nippes de clochard, alors il s'introduit dans une maison vide, se douche, se rase et change de tenue. C'est son genre : il ne supporte pas d'être mal fringué.

— Vous avez l'air de rudement bien le connaître.

Anthony comprit qu'il avait encore gaffé.

— Pas du tout. J'ai lu son dossier.

— Je me demande bien pourquoi il a abandonné ses affaires, reprit Pete après un instant de réflexion.

— A mon avis, il a failli être surpris par le retour de la femme.

— Et la réunion sur Cuba ?

Anthony interpella une secrétaire qui passait.

— Appelez, je vous prie, la salle de réunion dans le bâtiment B et dites à M. Hobart que j'ai été saisi d'une violente douleur d'estomac et que M. Maxell a dû me raccompagner chez moi.

— Une douleur d'estomac, répéta-t-elle, impassible.

— Parfaitement.

Il quitta le bâtiment, suivi de Pete, et ils sautèrent dans sa vieille Cadillac jaune.

— Cette affaire, expliqua-t-il à Pete tandis qu'il roulait vers Georgetown, exige du doigté : Luke nous a laissé quelques indices, mais il n'est pas question de s'éparpiller. J'ai l'intention de convaincre la police de Washington de collaborer.

— Bonne chance, dit Pete d'un ton sceptique. Que voulez-vous que je fasse ?

— Soyez aimable avec les flics et laissez-moi leur parler.

— Ça, c'est dans mes cordes.

Anthony roulait vite et il eut tôt fait de trouver l'adresse qu'indiquait le rapport. C'était un petit pavillon dans une rue tranquille. Une voiture de police était garée devant.

Avant d'entrer dans la maison, Anthony inspecta avec soin les alentours. Il repéra ce qu'il cherchait : un visage qui l'observait d'une fenêtre, celui d'une femme d'un certain âge avec des cheveux blancs.

156

Celle-ci soutint son regard sans se démonter. C'était exactement ce qu'il espérait, une voisine curieuse. Il lui adressa un petit salut auquel elle répondit d'une inclination de la tête.

Il se dirigea vers la maison où on avait pénétré par effraction. Il distingua les éraflures et de petites échardes sur le chambranle, à l'endroit où la serrure avait été forcée. Luke n'avait pas perdu la main.

Une jolie jeune femme, enceinte, fit entrer Anthony et Pete dans son salon. Deux hommes occupaient le canapé, un agent de police en uniforme et un jeune inspecteur vêtu d'un costume anthracite de mauvaise qualité. Devant eux, sur une table basse, un sac de voyage ouvert.

Anthony exhiba sa carte. Comme il ne voulait pas que Mme Bonetti — et tous ses amis et voisins — sache que la CIA s'intéressait à l'affaire, il se contenta de lui dire :

— Nous sommes des collègues de ces messieurs.

L'inspecteur s'appelait Lewis Hite.

— Vous avez quelque chose là-dessus ? demanda-t-il, méfiant.

— Je crois que nous avons certaines informations capables de vous aider. Mais il faut d'abord que je sache ce que vous avez trouvé.

Hite écarta les mains d'un air perplexe.

— Nous avons trouvé un sac de voyage appartenant à Rowley Anstruther junior, de New York.

Anthony examina l'objet, un article en cuir marron de bonne facture contenant des chemises propres et du linge de rechange, mais ni chaussures, ni pantalon, ni veste.

— Il semblerait, dit-il, que M. Anstruther soit

arrivé à Washington aujourd'hui en provenance de New York.

Hite acquiesça. Mme Bonetti fut soufflée.

— Comment savez-vous cela ?

— L'inspecteur Hite vous l'expliquera.

— Le sac contient du linge de rechange, mais rien à laver, précisa Hite. Le type n'a pas changé de vêtements, il n'a donc pas encore passé une nuit en dehors de chez lui. On peut en déduire qu'il est parti ce matin. Enfin, il aurait aussi abandonné de vieux vêtements.

Le sergent de ville, qui s'appelait Lonnie, tira un carton de sous le canapé.

— Les voilà : imperméable, chemise, pantalon, chaussures.

Anthony reconnut les guenilles portées par Luke.

— Je ne pense pas, dit-il, que M. Anstruther soit jamais venu ici. On lui a certainement dérobé son sac ce matin, probablement à Union Station.

Puis, se tournant vers le sergent :

— Lonnie, voudriez-vous appeler le commissariat le plus proche de la gare pour demander si on leur a signalé un vol ? Enfin, si Mme Bonetti nous autorise à utiliser son téléphone.

— Bien sûr, il est dans l'entrée.

— Le rapport, précisa Anthony, devrait décrire le contenu du sac. A mon avis, y figuraient aussi un costume et une paire de chaussures. Ceux-là ont disparu. Veuillez noter soigneusement la description du costume.

— A vos ordres, fit le sergent en gagnant le vestibule.

Anthony n'était pas mécontent de lui. Il avait réussi à prendre l'initiative de l'enquête sans froisser la police. L'inspecteur Hite se tenait maintenant aux ordres.

— M. Anstruther, reprit Anthony, doit être un homme d'un mètre quatre-vingt-trois ou quatre, pesant un peu plus de quatre-vingts kilos, et bien bâti. Lewis, si vous vérifiez la taille de ces chemises, vous constaterez sans doute qu'elles ont une encolure de seize et une longueur de manche de trente-cinq.

— En effet, dit Hite. J'ai déjà vérifié.

— J'aurais dû me douter que vous seriez plus rapide que moi, lança Anthony, soucieux de le flatter. Nous avons une photographie de l'homme que nous suspectons. (Il se tourna vers Pete, qui remit à Hite une liasse de photos.) Nous ne connaissons pas son nom, poursuivit Anthony sans vergogne. Il fait un mètre quatre-vingt-deux, pèse un peu plus de quatre-vingts kilos et est solidement charpenté. Il se peut qu'il fasse semblant d'être amnésique.

— Mais de quoi s'agit-il ? demanda Hite, intrigué. Ce type avait besoin des vêtements d'Anstruther et il est venu ici se changer ?

— Quelque chose comme ça.

— Mais pourquoi ?

— Désolé, je ne peux pas vous le dire.

— Affaire confidentielle, hein ? fit Hite, enchanté. Pas de problème.

— Pour le vol, vous avez mis en plein dans le mille, annonça Lonnie. Union Station, ce matin à 11 h 30.

Anthony venait de marquer un nouveau point.

— Et le costume ?

— Bleu marine avec une petite rayure blanche.

— Vous pouvez donc transmettre une photo et

un signalement avec les vêtements qu'il porte, suggéra Anthony à l'inspecteur.

— Pour vous, il est toujours en ville.

— Affirmatif.

Anthony n'en était pas aussi sûr qu'il le laissait
paraître, mais il ne voyait pas quelle raison aurait
poussé Luke à quitter Washington.

— Je présume qu'il est en voiture.

— Nous allons le vérifier. (Anthony se tourna
vers Mme Bonetti.) Comment s'appelle la dame aux
cheveux blancs qui habite sur le trottoir d'en face,
deux maisons plus bas ?

— Rosemary Sims.

— Elle passe beaucoup de temps à regarder par
sa fenêtre ?

— Nous l'appelons « Rosy la Fouine ».

— Parfait. (Il s'adressa à l'inspecteur.) Si nous
allions lui dire un mot ?

Ils traversèrent la rue et frappèrent à la porte de
Mme Sims, qui ouvrit aussitôt : elle les guettait dans
l'entrée.

— Je l'ai vu ! s'empressa-t-elle de déclarer.
Quand il est arrivé, il avait l'air d'un clochard et,
quand il est ressorti, il était sur son trente et un.

D'un geste, Anthony fit comprendre que c'était
Hite qui devait poser les questions.

— Madame Sims, avait-il une automobile ?

— Mais oui, une jolie petite voiture bleue et
blanche. J'ai pensé qu'elle n'appartenait à aucun
des résidents de cette rue. (Elle leur lança un regard
entendu.) Je sais ce que vous allez me demander.

— Auriez-vous par hasard relevé le numéro ?
demanda Hite.

— Parfaitement. Je l'ai noté.

Anthony sourit.

15 heures

> Les étages supérieurs de la fusée sont abrités par un cylindre d'aluminium dont la base est en alliage de magnésium. La section du dernier étage est montée sur roulements, ce qui lui permet, pendant le vol, de tourner sur lui-même à 550 tours-minute. Grâce à ce monde de stabilisation gyroscopique, la trajectoire est ajustée avec la plus grande précision.

Les grilles de fer de l'université de Georgetown s'ouvraient sur la 37e Rue, au coin de O Street. Bordés par une pelouse mitée, se dressaient des bâtiments gothiques de pierre grise. Etudiants et enseignants couraient d'un pavillon à l'autre, emmitouflés dans leur manteau d'hiver.

La plupart des professeurs portaient un col rond d'ecclésiastique. Luke en déduisit que ce devait être une université catholique.

Il se demanda s'il appartenait à cette confession.

Il se gara devant l'entrée principale, un portique à trois arches. A l'accueil, on lui indiqua l'emplacement du département de physique. Il avait l'impression d'être un chasseur de trésor pénétrant dans les salles d'une pyramide égyptienne.

Il entra dans un vaste laboratoire. Autour d'une paillasse, des individus travaillaient sur les éléments d'un spectrographe à micro-ondes. Tous portaient des lunettes. D'après leur âge, Luke estima que c'étaient des professeurs et des élèves en fin d'études. Il s'en approcha, toujours animé de l'espoir qu'on le reconnaisse.

Le plus âgé surprit son regard, mais il se contenta de lui demander en quoi il pouvait lui être utile.

— Y a-t-il ici un département de géophysique ?

— Vous plaisantez ? Dans cette université, la physique elle-même est considérée comme un sujet mineur.

Luke leur laissa à tous le temps de le dévisager, mais personne ne réagit.

— Et l'astrophysique ?

— Oui, bien sûr, ça fait partie de nos disciplines de prédilection. Notre observatoire est réputé.

— Où est-il situé ?

— Au bout de l'immeuble, derrière le terrain de base-ball.

Luke suivit un couloir sombre qui longeait le bâtiment. Un homme au dos voûté, vêtu de tweed, arrivait en sens inverse. Luke plongea ses yeux dans les siens, prêt à répondre au salut de l'enseignant. Mais celui-ci baissa la tête et poursuivit son chemin.

Nullement démonté, Luke reprit son manège avec tous ceux qu'il rencontrait. Sans succès. Il quitta ces locaux et, au-delà d'un terrain de sport, aperçut un dôme blanc.

Il s'agissait d'un grand observatoire tournant dont la coupole avait une partie coulissante. Luke entra.

Les salles étaient disposées autour d'un gros pilier central qui supportait l'énorme masse de la coupole. Luke ouvrit une porte. Une femme de son âge était assise derrière une machine à écrire.

— Bonjour, dit-il. Le professeur est-il là ?

162